Seitensprung ins Glück

Mary E.
Mitchell

Seitensprung ins Glück

Deutsch von Susanne Engelhardt

Weltbild

Originaltitel: *Starting Out Sideways*
Originalverlag: Thomas Dunne Books/St. Martin's Press

Besuchen Sie uns im Internet:
www.weltbild.de

Für Ross

Die Autorin

Mary E. Mitchell, die schon seit ihrer frühen Jugend Romane schreibt, verfasst daneben auch Sachbücher sowie Essays, die unter anderen in der *New York Times,* dem *Boston Herald* und im *Literary Journal* erscheinen. Darüber hinaus unterrichtet sie Kreatives Schreiben an diversen Schulen. Sie lebt mit ihrem Mann in Massachusetts.

Weltbild Taschenbuch

Vorwort der Autorin

Seitensprung ins Glück ist pure Fiktion. Alle Personen in diesem Buch sind frei erfunden und haben keinen Bezug zu wirklichen Menschen, weder lebenden noch toten. Jede Ähnlichkeit wäre somit reiner Zufall. Der Supermarkt SaveWay, in dem ein Großteil der Handlung spielt, geht natürlich auch nicht auf eine Firma gleichen oder ähnlichen Namens zurück, und kein Unternehmen hat an diesem Buch Anteil gehabt oder seine Entstehung gefördert. Und obwohl ich fand, dass die *Cosmopolitan* genau die Art von Lektüre ist, die meine Hauptfigur regelrecht verschlingt, habe ich sowohl die Inhalte der Zeitschrift als auch die Reaktionen meiner Protagonistin darauf frei erfunden. Zwischen der *Cosmo* und mir oder auch meinem Verleger gibt es keinerlei Verbindung. Aber es macht Spaß, sie zu lesen!

Die Personen

Roseanna Plow, geborene Pulkowski, 32 Jahre alt, etwas pummelig, verheiratet mit Teddy Stracuzza, der laut ihrer Mutter ein echter »Potz« (jiddisches Schimpfwort) ist. Sie arbeitet in der Arbeitsvermittlung für geistig Behinderte.

Helen Pulkowski, 74 Jahre alt, Roseannas Mutter, die nie ohne Zigarette in der Hand auftritt und sich regelmäßig in Roseannas Leben einmischt.

»Pulkowski«, 80 Jahre alt, Roseannas Vater – seit der Weltwirtschaftskrise in den Zwanzigerjahren hat er keinen vollständigen Satz mehr über die Lippen gebracht, doch die Liebe zu seiner Frau kommt eben auch ohne Worte aus.

Alexa Pulkowski, eine weitere Verwandte von Roseanna. In welcher Beziehung sie zu unserer pummeligen Protagonistin steht, wird hier allerdings noch nicht verraten.

Teddy Stracuzza, Roseannas Ehemann und ein echter »Potz«, weil er Roseanna mit deren bester Freundin Inga betrügt.

Inga Stockholm, Roseannas »beste Freundin«, die sich deren Ehemann Teddy unter den Nagel reißt – natürlich blond und gertenschlank, wer hätte das gedacht.

Mickey Hamilton, Geschäftsführer der SafeWay-Filiale auf Long Island und gelernter Metzger, wird daher von seinen Freunden »Ham« – Schinken – genannt.

Milton Beyer, 22 Jahre alt und bildschön. Er ist Roseannas liebster Schützling und total vernarrt in sie. Milton kümmert sich liebevoll um die Einkaufswagen in »Hams« Supermarkt und ist ein Meister darin, Lebensmittel in Tüten zu verpacken.

Eleanor Scudder, Roseannas zweitliebster Schützling, putzt in einer Zahnarztpraxis, die laut Dr. Sharpe noch nie zuvor so sauber war. Leider rastet sie beim Anblick roter Putzlappen total aus und legt nach getaner Arbeit ihr Nachthemd an, seit man sie einmal dort über Nacht vergessen hatte.

Marcie, 25 Jahre alt, Roseannas Kollegin und Freundin, die zugleich auch eine gute Freundin von Roseannas Mutter ist. Daher weiß sie auch über alles Bescheid, was in Roseannas Leben so passiert.

Sean Zambuto, Chef von Roseanna und Marcie und mit dieser auch liiert, obwohl er schon über 40 ist.

Johnny Bellusa tritt erst spät in Roseannas Leben, obwohl er für dieses eine entscheidende Rolle spielt ...

1
Ein Potz!

Mein Name ist Roseanna Plow, und ich habe mich verkehrt herum durch den Geburtskanal geackert. Mein Leben lang hat meine Mutter mich anderen so vorgestellt. Nie hat sie mit Groll von meiner Geburt gesprochen, lediglich voller Verwunderung. Und es verblüfft meine Mutter immer noch, dass ich mich vor gut zweiunddreißig Jahren beim Verlassen ihres Leibes entschieden habe, diese Welt verkehrt herum zu betreten, ohne dabei auf die Unannehmlichkeiten zu achten, die ihr das vielleicht bescheren könnte, ihr, meiner barmherzigen Bäckerin, meiner ersten Gönnerin. Meine Mutter pflegte mich jedes Mal fest an ihre Seite zu drücken, wenn sie wieder einmal fremden Ohren von meiner Ankunft erzählte.

»Sie hat sich verkehrt herum durch den Kanal geackert«, erläuterte sie dann dem verblüfften Zuhörer, und ich spürte, wie sich ihr spitzer Hüftknochen in meine Wange drückte. Ich stellte mir vor, wie ich in einer Art Gondel, die von niemandem gesteuert wurde, auf Long Island zukam, verkehrt herum dahinglitt und in dem engen Kanal überall anstieß. Wenn meine Mutter dann geendet hatte, folgte immer ein Moment des Schweigens, so als erwartete sie von der Schulkrankenschwester, der neuen Nachbarin oder dem Grundschullehrer eine Erklärung dafür, warum ich mich wohl so entschieden haben mochte.

Ja, *verkehrt herum,* in der falschen Richtung. Das ist die passende Metapher für die vielen Zusammenstöße in meinem Leben – ständig geriet ich mit meiner Mutter aneinander, gerade ging die Beziehung mit meinem Mann Teddy in die Brüche, was meine Mutter natürlich vorhergesehen hatte (»Heirate jemand Vernünftigen«, hatte sie gesagt, als sie mir den marineblauen Hosenanzug zeigte, den sie bei meiner Hochzeit tragen wollte, »dann denke ich darüber nach, ob ich für die Kirche eventuell doch ein Kleid anziehe.«), und während der College-Zeit war es mir sogar gelungen, meinen Vater zu verärgern, indem ich meinen Namen von Pulkowski zu Plow geändert hatte.

Letzte Woche nötigte mein Mann mich, an unserem Küchentisch Platz zu nehmen, und erklärte mir mit ruhiger Stimme, dass er eine andere Frau liebe. Nicht irgendeine andere Frau, sagte er, sondern meine beste Freundin Inga. Und als wolle er sich der Vorhersage meiner Mutter bezüglich seiner Nichtsnutzigkeit würdig erweisen, packte er anschließend eine Tasche und ging.

Heute Abend kommt meine Mutter von der anderen Seite der Stadt zum Essen herüber, mein erster Gast seit Teddys Abgang. Sie kommt allein, mein Vater bleibt bei Schmorbraten und Bier zu Hause. Wahrscheinlich will sie mal wieder ein Gespräch von Frau zu Frau mit mir führen, das kenne ich schon. Auf dem Herd in der kleinen Küche meiner Wohnung köchelt eine leckere Spaghettisoße vor sich hin. Nach einem Rezept meiner Schwiegermutter, was meiner Mutter zweifellos missfallen wird.

Aber egal, ich bin froh über ihre Gesellschaft.

Es ist jetzt exakt acht Tage und drei Stunden her, dass Teddy die kleine Sporttasche von Champion packte – zuletzt hat er noch zärtlich seinen iPod hineingebettet – und unsere Wohnung verlassen hat. Seitdem stelle ich ihn mir in den Armen meiner besten Freundin Inga vor. Wie er in ihrem Bett liegt, in ihrem Schlafzimmer, das ich tausendmal gesehen habe. Die Patchwork-Decke von ihrer Großmutter. Der weiße Lampenschirm aus Korbgeflecht auf dem Nachttischchen. Der dezente Lavendelduft, der aus den Schubladen und dem Wandschrank dringt. Zwischen den Schranktüren hängt ein kleines Holzschild. Ich habe es Inga zu ihrem dreißigsten Geburtstag geschenkt. *F* wie FREUNDIN, *F* wie FÜR IMMER, steht darauf. Wenn jetzt abends die Weinflasche mal wieder zur Neige geht, wenn der letzte Schokokeks verdrückt ist und ich mich vollkommen leer geweint habe, dann kommt mir dieses Schild zum Schießen vor. Inga, meine *Freundin.*

»Ich konnte dieses dürre Ding noch nie leiden«, schimpfte meine Mutter ins Telefon, nachdem sie spitz bekommen hatte, warum Teddy mich abserviert hatte. Ich konnte spüren, wie aufgebracht sie war, wie sie eine Hand tief in die Tasche ihrer braunen Bundfaltenhose schob und mit der anderen den Hörer umklammerte. »So eine müsste man abknallen«, sagte sie. So grob kann meine Mutter sein, eine richtige Gangsterbraut. Ich fragte mich, was mein Vater wohl dachte, als sie das von sich gab.

Nachdem ich mich all der vielen Buchstaben in meinem Nachnamen entledigt hatte, sprach mein Vater lange Zeit kein Wort mehr mit mir. Dieses Problem hatte meine Mutter nicht.

»Plow heißt Pflug!«, schnaubte sie, als ich den neuen Namen zum ersten Mal ins Flurtelefon im Wohnheim hauchte. »Warum nicht gleich Dampfwalze statt Pflug, so wie du das Herz deines Vaters platt rollst?«

»Ma«, flehte ich, doch durch die Leitung drang nur kaltes Schweigen.

Ich konnte ihre Gedanken lesen. *Verkehrt herum,* dachte sie. *Immer verkehrt herum.*

Sie nimmt nie ein Blatt vor den Mund, meine Mutter. Sie ist knallhart, trotz ihres zierlichen Körperbaus und ihrer kindlichen Gesichtszüge. Eine Art Donna Reed auf Drogen, eine Shirley Partridge hoch zwei. Sie war zweiundvierzig, als ich geboren wurde. Jetzt ist sie vierundsiebzig und raucht immer noch.

Während meine Freunde nette Siebziger- und Achtzigerjahre-Kindheiten durchlebten, wuchs ich in einem Albtraum im Stil der Fünfziger auf, mit Thunfischkonserven und Wackelpeter, in dem Brocken wabbelten, und mit einer Mutter, die zu glauben schien, dass Miracel Whip von Kraft einfach zu allem passte. Wenn man meiner Tante Sophie glauben durfte, hatte meine Mutter damals in den Fünfzigern den Männern die Türen aufgehalten. Schwere Glastüren in Banken, Portale von Eingangshallen, Bahnhofstüren. Sie riss diese Türen stürmisch mit einem ihrer dünnen Ärmchen auf, fixierte dabei die kräftigen Herren in ihren Anzügen mit den breiten Aufschlägen und bedeutete ihnen mit dem Anflug eines Lächelns, hindurchzugehen. »Nun machen Sie schon«, pflegte sie zu sagen, und sie machten auch. Anschließend spürten sie die Blicke meiner Mutter im Rücken, während sie vor ihr hergingen.

Da geht es uns allen recht ähnlich.

Nachdem ich meinen Nachnamen in Plow abgeändert hatte, hörte meine Mutter auf, mir Care-Pakete zu schicken. Keine selbst gebackenen Plätzchen oder Teebeutel von Tetley mehr. Keine Cracker mit orangem Schmelzkäse mehr, der spritzte wie Rasierschaum aus der Dose. Sie war entrüstet, als vom College ein Brief kam, in dem stand, dass Roseanna Plow es unter die Jahrgangsbesten geschafft hatte. Meine gute Abschlussnote bedeutete ihr nichts, sie bemerkte nur die fehlenden Vokale und Konsonanten. Als ich das nächste Mal nach Hause kam, sah ich, dass mein Abschlusszeugnis über der Werkbank meines Vaters hing. Jemand hatte meinem abgekürzten Namen sorgfältig das fehlende *u*, das *k* und das *ski* hinzugefügt.

Das konnte nur meine Mutter gewesen sein. Damals war ich achtzehn und leicht pummelig. Ich stand in der Garage und erkannte, dass ich in ihren Augen vollkommen missraten war, dass sie mich zu dem hatte machen wollen, was sie nie war – gebildet und doch unterwürfig. Was für ein verwirrender Widerspruch, wenn man bedachte, wie ich von dieser starken, stolzen Frau großgezogen worden war, einer Frau, mit der sich die Männer nicht anlegten, nicht mal damals in den Fünfzigern.

Meine Mutter nennt meinen Vater immer nur Pulkowski, etwa: »Mach mir mal ein Bier auf, Pulkowski«, oder: »Komm mal her und gib mir Feuer, Pulkowski« oder: »Pulkowski! Bring das Kind ins Bett und schau dir mit mir das Spiel an«. Nie hatte sie etwas von einem Prinzesschen an sich, nie.

Wäre ich doch in diesem schrecklichen letzten Ehejahr ein bisschen mehr wie sie gewesen, als Teddys Rücken unser Bett wie eine Wand aus kaltem Marmor teilte.

Selbst wenn meine Eltern sich für eine Party in Schale warfen, für die meine Mutter uns alle mit ihrem Parfüm einnebelte und ihr weites, langes Tanzkleid, ihre Perlenkette und den roten Lippenstift trug, selbst dann noch zwinkerte sie meinem Vater in seinem besten Anzug zu und sagte: »Feiner Zwirn, Pulkowski. Und jetzt hilf mir mal mit dem verfluchten Reißverschluss.« Hätte ich doch Teddy nur mit dem gleichen Selbstbewusstsein herumkommandieren können! *Nimm mich in die Arme, Stracuzza! Küss mich, verflucht noch mal!*

Die Art und Weise, wie meine Mutter mit meinem Vater spricht, schockiert mich immer noch und macht mich eifersüchtig. Seine Reaktion darauf ist der eigentliche Grund, warum ich meinen Nachnamen von Pulkowski zu Plow kürzte. Als ich zu Hause auszog und dann meinen Namen aus dem Mund anderer hörte, kam ich mir vor, als wäre ich mein Vater, der von Helen Pulkowski herumgescheucht wurde. Kaum hörte ich jemanden »Pulkowski« sagen, sah ich meine Mutter vor mir, eine Zigarette zwischen den schmalen roten Lippen, wie sie ihrem Mann verführerisch zublinzelte. Kein Artikel in der *Cosmopolitan* hat sich jemals auch nur ansatzweise mit dieser Art von Verführungskunst auseinandergesetzt.

Während ich gegen zehn vor sieben gerade die Soße abschmecke, höre ich meine Mutter kommen. Zuerst wird meine unverschlossene Tür geöffnet, es folgt das leise Geräusch, als sie ihre Jacke über die Rückenlehne des Sofas wirft. Sie ist früh dran, wie immer, wenn sie einen Anlass für wichtig genug hält. Sie seufzt, räuspert sich und begrüßt mich endlich.

»Guten Abend, Madame Butterfly.«

»Ich bin in der Küche«, rufe ich aus meiner dampfigen kleinen Ecke, doch die Schritte meiner Mutter entfernen sich, statt näher zu kommen. Sie geht zum Schlafzimmer. Sie wird ein bisschen darin herumschnüffeln, ein paar Türen aufziehen, vielleicht noch den Arzneischrank durchforsten – und nach Zeichen der Bestätigung für Teddys Verschwinden Ausschau halten.

Nur zu bald steht sie neben mir, die dünnen Handgelenke verschränkt, in der einen Hand eine Zigarette. Sie trägt eine gestärkte Bluse und eine blaue Polyesterhose. Auf der Suche nach Spuren des Leidens sieht sie mich prüfend an.

»Hi, Ma«, sage ich und sehe von der Soße auf. Sie nickt knapp, wie eine Verkäuferin. Ich sehe ihr an, wie aufgewühlt sie ist. Wehe, wenn dieser miese Kerl ihrer Kleinen ein Leid zugefügt hat. Dann wird sie ihn sich vorknöpfen. Der Löffel kreist und kreist in der Soße, und mein Handgelenk bewegt sich, als würde ich ein Boot rudern.

»Was ist denn? Bist du nervös?«, sagt sie. »Lass mich mal, bevor du noch ein Loch in den Topfboden kratzt.«

Sie klemmt sich die Zigarette in den Mundwinkel, bevor sie mir den hölzernen Kochlöffel aus der Hand nimmt.

»Mach mal Platz«, sagt sie und schiebt mich mit der Hüfte vom Herd weg. Ihre Salem Light wackelt über unserem Abendessen.

»Ma, die Asche ...«, warne ich sie.

»Ja, ja, die Asche.« Sie starrt in die Soße. »Eines will ich dir mal sagen, Miss Asche. Es ist keine Schande, von einem

Ehemann verlassen zu werden, der schon immer ein Nudnik, ein Nichtsnutz und Langweiler war.«

»Ma!«, rufe ich und nehme ihr den Löffel wieder ab. Wir können nur miteinander reden, wenn wir rühren. »Du hast ihm von Anfang an keine Chance gegeben«, sage ich zur Soße.

Meine Mutter schnaubt verächtlich und breitet die ausgestreckten Hände vor sich aus. »Teddy ist ein Potz«, erklärt sie gelassen. »Und jetzt hat er dich verlassen. Das ist alles.«

Ich umklammere den Löffel so fest, dass meine Knöchel knacken. Etwas an meiner Jiddisch sprechenden, katholischen Mutter, für die mein Mann ein Potz ist, erinnert mich an früher. Als ich noch ein Kind war, pflegte sie mich jedes Jahr in den Plymouth Kombi zu laden und zum Fotostudio der Gebrüder Bascome zu kutschieren, um mich dort ablichten zu lassen. Mr Bascome platzierte mich auf einem Teppichwulst in Beige und zog dann hinter mir mit Bildern bedruckte Rollos herunter. Saß ich zuerst zwischen den Ästen eines blühenden Kirschbaums, waren es – wieder ein Rollo – im nächsten Moment ein Weihnachtsbaum und ein Kamin. Ein letztes Rollo und ich schwebte in strahlendem Blau, als wäre ich gestorben und Mr Bascome fotografierte mich nun oben im Himmel. Ich bekam jedes Mal eine Gänsehaut, wenn sein behaartes Handgelenk über mich hinweggriff und meine Welt austauschte. Genau das tat auch meine Mutter mit ihren knappen, schneidenden Bemerkungen, mit denen sie mein Leben gemäß ihrer eigenwilligen Ansichten beurteilte.

»Ma«, sage ich und rühre immer noch wie wild, sodass die Soße aus dem Topf und bis auf die Regale spritzt. »Du hast nicht die geringste Ahnung.«

»Eins weiß ich«, sagt sie, schnappt sich den Löffel und deutet auf eine imaginäre Tafel über uns. »Nicht mal Oprah Winfrey verschwendet noch eine Sendung an das Thema ›Mein Mann hat mich wegen meiner besten Freundin verlassen‹. Wie vorhersehbar! Wie uninteressant! Das ist« – jetzt deutet meine Mutter mit dem Löffel auf mich – »einfach *unter deiner Würde,* Rosie! Du warst auf dem College! Du warst unter den Jahrgangsbesten!« Die Soße tropft auf meinen weißen Kachelboden und sieht dort aus wie echtes Blut. »Deine Probleme sollten mehr Niveau haben als dieser Potz, der dich wegen einer unechten Blondine verlässt.«

»Ma! Leg den Löffel weg!«, kreische ich und entwinde ihr das Corpus Delicti mit einer Technik, die ich für meine Arbeit mit den Autisten gelernt habe. Ich atme tief durch und versuche, Ruhe in das Ganze zu bringen. »Nicht alles im Leben dreht sich ums Fernsehen!«, rufe ich. »Es tut mir leid, dass meine Probleme nicht zeitgemäßer sind, aber ist dir schon mal die Idee gekommen, dass diese Trennung vielleicht nur vorübergehend sein könnte?«

»Ich bitte dich!«, schnaubt meine Mutter, und eine Wolke aus Rauch – oder Dampf – kommt aus ihrem Mund.

»Ma!«, kreische ich erneut und wedele mit dem tropfenden Löffel wie mit einem Taktstock. »Ich will damit sagen, dass du einfach nicht genug Einblick hast! Du kannst doch Teddy nicht einen Potz nennen, wenn du so wenig Bescheid weißt! Er ist *mein* Mann. Das ist *meine* Ehe. *Ich* entscheide, wer hier der Potz ist. *Ich* entscheide es!«

Ich lege den Löffel weg, greife in den Schrank über dem Herd und nehme die Teller heraus. Meine Mutter ist erstaunlich still. Als ich gerade mit der Salatschüssel beschäftigt bin, spüre ich ihre Finger, die leicht in meine Taille kneifen. »Hm«, murmelt sie, »die meisten Frauen nehmen *ab,* wenn ihre Männer sich aus dem Staub machen.«

»Ma!« Ich fahre herum und knalle die Schüssel viel zu heftig auf die Arbeitsplatte.

»He«, sagt sie. »He, he, he.« Freundlich tätschelt sie mir die Wange. »Sind ja nur ein paar Pfunde.« Sie nimmt eine dicke Strähne meiner langen Haare zwischen die Finger.

»Du bist so ein hübsches Mädchen, Rosie«, säuselt sie.

»Sieh dich nur mal an, dieses wunderbare kastanienbraune Haar, das hast du von deinem Vater.« Sie schnippt ihre Zigarette in meine Spüle. Ich mache einen Schritt zurück und sehe sie so kühl wie möglich an.

»Ich kann es einfach nicht glauben, dass du mein Leben beurteilst, als wäre es eine Talkshow.«

»So schlimm wie bei Jerry Springer geht es ja nicht zu, so viel ist sicher. Schließlich hast du nie auf den Kerl eingedroschen. Was ich nur zu gern getan hätte, ungefähr hundert Mal ...«

»Es reicht!«, verkünde ich und lasse kaltes Wasser über ihre Kippe laufen. »Wir essen jetzt.«

Etwas an meiner Ankündigung bringt sie zum Schweigen. »Soll ich die Salatteller hinstellen?«, fragt meine Mutter unschuldig.

Wir verzehren die Spaghettisoße meiner Schwiegermutter wortlos. Nachdem sich meine Mutter nach dem Essen auf den zehneinhalb Meilen langen Rückweg nach Commack gemacht hat – über den Veterans Highway, und dann noch ein kurzes Stück über die Autobahn –, sitze ich am Tisch und starre den Salzstreuer an. Meine Mutter hat natürlich recht. Teddy *ist* ein Potz. Aber er ist der Potz, den ich geheiratet habe, vor viereinhalb Jahren. Und die Ehe ist heilig. Sogar meine Mutter ist dieser Meinung. Ich gehe zum Kühlschrank und entkorke eine halb volle Flasche Pinot Noir. Was soll denn daran verkehrt sein, zu versuchen, sich mit seinem eigenen Mann wieder zusammenzuraufen? Ich schenke mir einen Schlummertrunk ein und klaube dann die Packung mit Schokokeksen aus dem Küchenschrank. Ausgerechnet Helen Pulkowski sollte doch das Ehegelübde zu würdigen wissen.

Ich kratze gerade die Soßenspritzer vom Regal, als mir auffällt, dass die Weinflasche leer ist. Ich schließe die Tür zweimal ab und richte mich auf dem Sofa ein. Ich schüttele die Kissen auf, bevor ich ohne Schuhe und mit angezogenen Beinen in die Ecke rutsche, wie eine Katze beim Sonnenbad. Ich summe ein bisschen – wie immer, wenn ich angesäuselt bin. Ich greife nach dem Telefonhörer: Er ist weiß, leicht und hat die Form eines Seifenstücks. Ich atme tief ein, dann wieder aus und tippe die Nummer ein. Elf fröhliche Töne. Es klingelt einmal, zweimal, und als ich höre, dass jemand drangeht, bin ich kurz davor, aufzulegen. Ich tue es dann aber doch nicht. Warum sollte ich? Wer sollte mich denn verletzen wollen? Meine beste Freundin? Mein Mann? Sicher nicht. Eine Sekunde später höre ich die Stimme einer Frau.

»Hallo?«

Inga. Ich erkenne sie an ihrer leicht weinerlichen Stimme, die sich anhört wie Popeyes Olivia und über die Teddy und ich immer lachen mussten. *Oh! Popeye!*, flüsterten wir immer hinter Ingas Rücken, um abrupt abzubrechen, sobald sie sich umdrehte. Ich höre mich kichern.

»Hi. Ich bin's, Roseanna«, sage ich und versuche, mich zu beherrschen.

Am anderen Ende herrscht Schweigen.

»Roseanna Plow«, sage ich.

Jetzt seufzt Inga leise.

»Früher Pulkowski«, fahre ich fort. »Verheiratete Mrs Stracuzza«, zische ich. »Ist zufällig noch ein Stracuzza in der Nähe, mit dem ich mal reden könnte?« Ich lache fröhlich, als wäre all das ein guter Witz. Ich tue das für Inga, ein letztes kleines Geschenk an sie.

»Roseanna«, sagt sie, »es ist zehn Uhr.«

»Danke«, erwidere ich, »dass du mich auf den neuesten Stand bringst.«

»Roseanna«, sagt sie, »es ist schon spät.«

Ich umklammere den Hörer, als wolle ich sie erwürgen.

»*Hol ihn.*«

In der Leitung poltert es, als würde der Hörer weggeworfen. Ich reibe mir den Arm wie man es tut, wenn man einen blauen Fleck hat. Jemand hat den Hörer mit der Hand abgedeckt, damit sie über mich reden können, ohne dass ich es mitkriege. Genau wie bei meinem letzten Anruf. So behandeln sie mich. Warum also rufe ich wieder an? Unter welchem *Vorwand,* meine ich. Ich weiß, dass ich anrufe, weil meine Mutter mir suggeriert hat, dass Teddy ein Potz ist, und weil ich diese Vorstellung unbedingt loswerden will. Aber wie kann ein Anruf mir dabei helfen? Teddy *ist* ein Potz. Ich patsche mir mit der freien Hand auf die Wange. Konzentrier dich! Welchen *vorgetäuschten* Grund habe ich für diesen Anruf? Gerade fällt es mir wieder ein, da nimmt Teddy auch schon den Hörer auf.

»Ja?«, sagt er und klingt dabei so förmlich, dass ich hastig an mir herunterschiele, ob ich auch vollständig angezogen bin. »Es ist zehn Uhr«, fährt er fort.

»Darauf hat deine Tussi mich bereits hingewiesen.«

Aus den kleinen Löchern des Hörers schlägt mir Kälte entgegen. Ich drücke eins von den malvenfarbenen Kissen an mich und unternehme einen neuen Anlauf.

»Ich wollte nur anrufen, um dir zu sagen, dass unsere Visa-Abrechnung gekommen ist.« (Wie ich es liebe, das Wort »unser« zu benutzen, wenn ich weiß, dass sie neben ihm steht und vielleicht ein Ohr an den Hörer presst, um zu lauschen, sodass ihre Wange seine berührt.) Ich fahre fort: »Erinnerst du dich an die Bettwäsche, die wir letzten Monat bei Macys für unser Bett gekauft haben?«

»Die *du* gekauft hast«, korrigiert er mich.

»Für *unser* Bett«, beharre ich.

»Roseanna«, seufzt er, »es wäre besser, wenn du deine Kreditkartenabrechnungen von jetzt an selber zahlst. Weil ich dir nämlich sagen muss, dass ich all diese Konten kündigen werde. Visa, American Express, Discover ... Eine fehlt noch, oder?« Er schweigt kurz. »Genau. Die First Bank MasterCard.«

»Du willst sie *kündigen?*«, sage ich. »Was soll das denn heißen? Das kannst du doch nicht machen ...«

»Das sind meine Konten, Roseanna. Leg dir selbst eine Kreditkarte zu. Du hast doch ein eigenes Einkommen.«

Damit spielt er auf meine Arbeit als Berufsberaterin für Menschen mit geistiger Behinderung und anderen Beeinträchtigungen an. Das überrascht mich. Früher hat er meinen Verdienst nie als ernst zu nehmendes Einkommen betrachtet, ganz zu schweigen von dem, was ich mache. *Blödis beraten* hat er es mal während eines schrecklichen Streits genannt. Aber das Geld ist regelmäßig auf unserem Konto eingetroffen, und Teddy hat keinen Cent davon verschmäht. Und die Kosten für die Karten haben wir immer aufgeteilt, alle liefen auf seinen Namen, wurden aber zur Hälfte von mir bezahlt.

»Teddy«, sage ich. »Jetzt sei doch vernünftig.« Mein Herz krampft sich zusammen. »Wir sind verheiratet«, sage ich. »Es gibt Dinge, die gehören uns gemeinsam. Bankkonten. Autos. Bettwäsche.« Ich zähle die Aspekte unserer Ehe auf, als wäre es eine Einkaufsliste. »Gut, ich weiß ja, Inga und du, ihr habt da gerade ... *etwas* ... am Laufen, aber deshalb können wir doch nicht einfach von einem Moment auf den anderen unser Leben auseinanderdividieren. Wir müssen miteinander *reden* ...«

Ich höre, was ich gerade gesagt habe, und es lässt mich erst einmal verstummen. Selbst meinem alkoholvernebelten Hirn fällt auf, wie lächerlich ich klinge. Da rufe ich tatsächlich im Suff den Mann an, der mich wegen meiner besten Freundin verlassen hat. Ich setze mich auf, wild entschlossen, dieses Telefonat sofort zu beenden.

»Roseanna«, kommt Teddy mir zuvor. »Ich glaube, es gibt da etwas, das du wissen solltest. Inga und ich werden uns ein Haus kaufen.«

Vor meinen Augen tanzen kleine Blitzlichter. Ein Haus? Ist er völlig verrückt geworden? Er *hat* bereits ein Haus, ich sitze zufällig gerade darin. *Hier* ist unser Haus, oder wenigstens unsere Wohnung. Und zwar die, aus der wir ausziehen, wenn wir unser eigenes Haus kaufen, wenn Teddy Teilhaber einer Anwaltskanzlei geworden ist und ich schwanger bin. Das hat er mir versprochen. Er hat's *versprochen.*

»Ein Haus?«, brülle ich. »Du kannst nicht mit Inga ein Haus kaufen! Du lebst nämlich *hier,* in dieser Wohnung. Du hast eine Frau …«

»Roseanna«, sagt er mit Nachdruck. »Ich rede erst wieder mit dir, wenn du dich normal benimmst.«

Klick! macht es und ich brülle: »Verdammt und zugenäht, Stracuzza!« Ich brülle so laut, dass es mir vorkommt, als würde ich jede Faser meines Teppichs erzittern sehen. Er aber hört mich nicht; er hat aufgelegt. Ein echter Potz eben.

2
Ein bisschen schön

»Mein liebes Kind«, sagt meine Mutter am nächsten Morgen am Telefon. »In meinem Leben war auch nicht immer alles Klavierkonzert und Kalbskotelett.« Entweder meine Mutter stellt sich so die Einleitung zu einem angeregten Plausch vor, oder sie will sich wieder mit mir versöhnen, nachdem sie meine Ehe mit der Jerry Springer Show verglichen hat. Ich habe mich oft gefragt, warum sie nie ein zweites Kind bekommen hat, noch jemanden, in dessen Leben sie rumpfuschen kann.

Ich sehe sie förmlich vor mir, in ihrem blitzblanken, ordentlichen Wohnzimmer, in dem alles in Beige gehalten ist – Wände, Teppich, Schonbezüge, alles beige – und neben sich auf dem Tablett aus Kiefernholz stehen ihre Kaffeetasse und der Aschenbecher. Beige sei die beste Basis, behauptet meine Mutter oft. Nichts springt daneben zu sehr ins Auge, nichts beißt sich damit. Bis heute kann ich keine Strumpfhosen in einer normalen Farbe anziehen.

Als Kind pflegte ich in Primärfarben zu träumen, um all das Beige abzuwehren, das mich umgab. Und wenn ich bei jemandem bin, dessen Zuhause mir gefällt, zücke ich sogar jetzt noch einen Block und notiere mir alle Details, die das Haus vor zu viel Beige bewahren. *Schwarze Küchengeräte,* schreibe ich, *stechen mehr ins Auge! Obstkorb: Tomaten rein wegen der Farbe. Buch auf Couchtisch: magenta.* Mehr als einmal habe ich beim Nachhausekommen die Zimmer nach diesen Listen umdekoriert. Manchmal fällt es Teddy positiv auf, wie damals, als ich den Duschvorhang durch eine Weltkarte aus Plastik ersetzt habe. Danach konnte ich ihn immer beim Duschen sehen, wie er sich mit Kanada vor der Brust die Achselhöhlen einseifte, während Südamerika taktvoll seinen Intimbereich verdeckte. Ich freute mich, wenn mein Mann sich zu meinen kleinen Eingriffen äußerte. Dann kam ich mir wie eine gute Ehefrau vor. Es gibt ja so vieles, was eine Frau tun muss, um in ihrem Heim erfolgreich zu sein. Meine Mutter hat mir das mein Leben lang eingetrichtert.

Ich höre den Fernseher im Hintergrund. In Gedanken ist sie zur Hälfte bei *Good Morning America* und zur anderen Hälfte bei mir, ihrer unglücklichen Tochter, die erneut in einem leeren Bett aufgewacht ist und sich gerade fertig macht, um den »Einfaltspinseln«, wie sie sie nennt, beizubringen, wie man im Supermarkt SaveWay von Ronkonkoma Lebensmittel in Tüten packt.

»Das Abendessen gestern war sehr nett«, flötet meine Mutter. »Pulkowski hat es richtig leidgetan, dass er nicht dabei war.«

Darauf erwidere ich nichts, denn ich glaube nicht ernsthaft, dass mein Vater zum Essen kommen wollte. Wäre er mitgekommen, hätte er auch etwas sagen müssen. Und mein Vater hat schätzungsweise seit der Weltwirtschaftskrise in den Zwanzigern keinen ganzen Satz mehr gesagt. Es ist fast schon peinlich, wirklich. Meine Eltern sind ein lebendes Stück Geschichte, und ich war ihr New Deal, in letzter Minute sozusagen. Ich bin der einzige Mensch, den ich kenne, dessen Vater noch im Zweiten Weltkrieg war. Zugegeben, er war erst siebzehn, als er sich 1944 freiwillig meldete, und er verschwieg bei der Rekrutierung sein wahres Alter, aber trotzdem ist er heute alt.

»Rosie? Bist du noch dran?«

Ich bin erst halb angezogen. Ich bin müde, schlecht vorbereitet und habe gleich einen Termin wegen der Fortschritte meines liebsten Schützlings, Milton Beyer.

»Ich muss los«, erkläre ich meiner Mutter. »Hab gleich einen Termin im SaveWay.«

»Einer von deinen kleinen Einfaltspinseln?«, fragt sie unschuldig.

»Ma, diese Leute sind *Menschen mit einer geistigen Behinderung.*«

»Hmm«, schnaubt sie. »Nächste Woche wirst du sie wieder anders nennen. Dann sind diese Leute, wenn sie morgens aufwachen, aber immer noch Einfaltspinsel.«

»Mag ja sein, aber es ist eben nicht nett, jemanden, der berufstätig ist und sich nützlich macht, *Einfaltspinsel* zu nennen.«

»Genau wie es nicht nett ist, dich und mich als Mädels zu bezeichnen. Was sind Frauen denn sonst? Etwa Jungs?«

»Ich bin spät dran«, erkläre ich ihr. Ich klemme mir den Hörer unters Kinn, um meinen Rock hochzuziehen. »Ich muss los.«

»Willst du zum SaveWay von Ronkonkoma? Wo dieser nette neue Geschäftsführer arbeitet? Ich liebe diesen Geschäftsführer, Rosie. Der ist es wert, dass man den anderen Supermarkt, den Pathmark, links liegen lässt und die paar Meilen mehr fährt. Außerdem hat er immer frische Ware.«

Sie redet von Mickey Hamilton, Miltons Chef. Sie scheint auf ihn zu fliegen. Soll heißen, sie findet, ich sollte ihn heiraten. Meine Mutter hat schon immer ein Faible für die Romanzen anderer gehabt.

»Ich muss jetzt zur Arbeit«, sage ich noch einmal.

»Ja, *irgend*jemand muss ja wohl diesen Riesenfernseher bezahlen, den dein Mann sich angeschafft hat.«

Jetzt spielt sie auf den Breitbildfernseher an, der unser kleines Wohnzimmer aussehen lässt wie eine grell ausgeleuchtete Sportkneipe. Ich wusste doch, dass er ihr gestern Abend nicht entgangen ist. Ich hatte auch nicht gewollt, dass Teddy ihn kauft. Er ist laut, vulgär und nimmt zu viel Raum ein. Wie riesig muss das »Vorher«-Gesicht bei einer dieser Vorher-Nachher-Sendungen denn noch sein, hatte ich ihn gefragt, als er ihn zum ersten Mal eingeschaltet hatte. Damit wir kapieren, dass diese Person jede Menge teurer Schönheits-OPs braucht? Er hatte mich nur verständnislos angesehen. Sein Hirn war von all den Beiträgen über Brustvergrößerungen, Viagra und Toyotas schon völlig vernebelt.

»Weißt du«, erkläre ich meiner Mutter, »die Sache mit Teddy setzt mir auch so schon genug zu, ohne dass du noch darauf herumreitest.«

»Entschuldige, Schätzchen. Ich ärgere mich ja nicht über dich, nur über deinen Mann.«

»Dann versuch wenigstens zu berücksichtigen, dass er eben genau das ist: mein Mann.«

Meine Mutter schweigt. Sie weiß, dass es lächerlich ist, was ich gerade gesagt habe. Teddy ist von nun an genauso wenig mein Mann wie sie.

»Manche Menschen sind einfach nicht besonders gut darin, einen geeigneten Partner zu wählen, Rosie«, sagt meine Mutter sanft. »Sogar ganz und gar vernünftige Leute haben diesbezüglich manchmal Probleme.«

Mit einer ungeduldigen Bewegung schlüpfe ich in den Schuh. »Es reicht«, sage ich.

»Eines Tages wird ein Mann kommen, der dich so liebt, wie du es verdient hast ...«

»Es reicht!«, rufe ich. Und dann tue ich es. Ich lege auf, auch wenn ich später dafür bezahlen werde.

Ich atme tief durch und versuche, mich auf Milton zu konzentrieren. Sein Termin ist in zwanzig Minuten, und ich war diejenige, die dem Jungen in den letzten Monaten immer wieder eingebläut hat, wie wichtig es ist, pünktlich zur Arbeit zu erscheinen. Er hat jetzt seit drei Wochen Einkaufswagen zusammengeschoben und dafür an drei Freitagen hintereinander verlässlich seinen Gehaltsscheck bekommen. Er hat vor, anlässlich dieser Bewertung sein Jackett und die Fliege zu tragen, und der Anblick Miltons in dieser Aufmachung – wie sich sein weiches braunes Haar im Nacken über dem weißen Kragen ringelt – könnte einem schier das Herz brechen. Endlich finde ich meinen zweiten Schuh und die Handtasche und eile zur Tür.

Während ich die flachen Straßen von Long Island in Kriechgeschwindigkeit durchquere, wandern meine Gedanken wieder zu Teddy und Inga. Auch wenn es im Fernsehen ganz alltäglich erscheinen mag, habe ich immer noch Probleme, mir vorzustellen, dass *meine* beste Freundin es wirklich mit meinem Mann treibt. Was für ein Haus wollen Teddy und sie sich wohl kaufen? Ein neues? Ein großes? Eins von diesen Häusern auf »dem Hügel«, im schicken Teil von Ronkonkoma? In gewisser Hinsicht trifft es mich schlimmer, dass Teddy mich wegen eines anderen Hauses verlassen hat als wegen Inga.

Ich sehe aus dem Seitenfenster. Die Augusthitze hat die Babys hervorgelockt wie Blumen. Auf den Gehwegen sehe ich, wie sie sich mit prallen Fäustchen, großen Augen und verschmierten glatten Gesichtern an den Metallstangen ihrer Kinderwagen festklammern. Wenn ich sie so sehe, spüre ich einen so heftigen Schmerz in meinem leeren Bauch, dass mein Hirn sofort nach einem entkrampfenden Midol verlangt, doch mein Herz weiß es besser.

O ja, Roseanna Plow wünscht sich ein Baby. Es war Teddy, der mich davon abgehalten hat, schon vor Langem all seine Regale voller ungelesener juristischer Fachbücher runterzureißen, um den ungenutzten zweiten Raum zu einem Kinderzimmer umzubauen. Denn Teddy wollte noch warten. Bis er bei einer guten Kanzlei untergekommen war. Bis er wenigstens irgendwo Juniorchef war.

An dem Tag, an dem er unsere gemeinsame Wohnung verließ, war er sechsunddreißig Jahre alt, und niemand hatte ihn bisher gefragt, ob er sein Juniorpartner sein wollte. Und doch hatten wir diese stillschweigende Vereinbarung: Wenn du mich willst, dann wartest du mit dem Baby. Vermutlich musste ich eingewilligt haben, obwohl ich nicht genau wusste, wie dieser Deal eigentlich funktionieren sollte. Bedeutete das, dass ich auf Teddy zu verzichten hatte, wenn ich anfing, mir ein Baby zu wünschen? Und was, wenn wir wirklich zuerst dieses tolle Haus und seinen tollen Job bekommen hätten, also vor dem Baby? Wie wäre es dann geworden? Hätte er siebzig Stunden in der Woche gearbeitet, wäre um fünf aufgestanden, um sechs gefahren, um sieben abends im Bett gewesen und hätte einmal pro Woche mit mir geschlafen und sogar dann noch das Handy in Reichweite gehabt?

Ich kann Milton Beyer sehen, als ich auf den Parkplatz vor dem SaveWay fahre. Er trägt zwar das Jackett und die Fliege, doch nur, weil er die Uniform abgelegt hat, heißt das noch lange nicht, dass er nicht automatisch alle Einkaufswagen einsammelt, die sich von den schönen, ordentlichen Reihen vor den Türen des Supermarktes entfernt haben. Seine auf Hochglanz gewienerten Lederschuhe glänzen in der Sonne, als er die wieder eingefangenen Wagen an den Rand schiebt. Sein breiter, zweiundzwanzig Jahre junger Rücken ist über den ersten Wagen gebeugt. Er wäre einfach umwerfend mit einem um dreißig Punkte höheren IQ. Die Frauen würden ihm zu Füßen liegen, und er wäre arrogant. Mit einer wie mir würde er sich dann nicht abgeben. Ich hupe einmal, und er blickt mit seinen braunen Augen und seinem überraschten Kindergesicht zu mir herüber.

»Miss Plow!« Er lächelt, und ich lächle zurück. In seinen Augen werde ich immer jungfräulich sein, denn es war mir nicht möglich, Milton beizubringen, dass ich verheiratet bin. So ist das mit vielen meiner Schützlinge, von denen die meisten zweiundzwanzigjährige Männer und Frauen sind, die nun allein zurechtkommen müssen, nachdem der Staat nicht länger für sie zahlt. Die meisten kommen direkt von den hintersten Rängen der Klassenzimmer, wo ausgepowerte Lehrer sie Schrauben und Muttern in Eimer haben sortieren lassen, was sich dann Erziehungsmaßnahme nennt. Meine Aufgabe ist es, ihnen beim Übergang in ein produktives, unabhängiges Leben beizustehen. Ich frage mich, ob meine Mutter findet, dass es die gleiche Aufgabe ist wie die, die sie mir gegenüber hat.

Jetzt kommt Milton in grenzenloser Begeisterung auf mich zugerannt. Ich blicke in sein schönes Gesicht und male mir aus, welche Pläne seine Eltern wohl für ihn hatten, als sie ihn Milton nannten. Ich muss daran denken, wie Teddy mich all die Jahre unserer Ehe begrüßt hat, wie er mir an Flughäfen, auf Partys oder in meinem Büro entgegengekommen ist, wie er darum gekämpft hat, den glücklichen Ausdruck auf seinem Gesicht zu verbergen, als wäre es wer weiß wie schlimm für seine Frau, zu wissen, dass sie ihm Freude bereitet. Teddy könnte eine Menge von Milton lernen, was nie an der juristischen Fakultät unterrichtet wurde. Zum Beispiel, wie Milton jetzt die Wagentür öffnet und mich zum SaveWay geleitet.

»Du siehst sehr gut aus, Milton«, sage ich und bewundere das Hemd und das Jackett, während er hochrot anläuft.

»Sie auch«, sagt er und achtet sorgfältig mit krampfhaft gefalteten Händen darauf, mich nicht anzufassen, so, wie es ihm beigebracht wurde. »Sie sind so schön, Miss Plow. So eine schöne Dame. Ich könnte Sie küssen …«

»Aber Milton«, tadele ich ihn freundlich. »Denk immer daran, wie wir am Arbeitsplatz miteinander sprechen sollen.«

»Ja«, sagt er zutiefst betrübt. Er legt die glatte Stirn in Falten, als wir den Rest des Parkplatzes überqueren. Milton fühlt sich ein bisschen zurechtgewiesen, ich fühle mich ein bisschen schön.

Der Geschäftsführer hier wird »Ham«, also Schinken, genannt, weil er früher Metzger war. Das ist Jahre her, aber der Beigeschmack von Fleisch bleibt. Was nicht heißen soll, dass Mickey Hamilton nicht nett wäre. Meine Mutter liebt ihn. Er behandelt Milton gut. Er genießt den Anblick meiner sich wiegenden Hüften, wenn ich sein Zimmer betrete, genau wie einst Teddy, bevor er dem Reiz halb verhungerter Tussis wie

Inga erlag. Es gibt diese Männer, die Frauen, an denen ein bisschen was dran ist, schätzen, auch wenn man in den Hochglanzmagazinen anderes liest. Doch selbst wenn Ham meine Figur gefällt, heißt das noch lange nicht, dass Milton seinen Job behalten wird. Damit es dazu kommt, muss Milton unbedingt aufhören, zu vertraulich mit den Kunden umzugehen oder Unsinn mit den leeren Zweiliter-Wasserflaschen zu treiben, etwa damit zu jonglieren oder Derartiges. Babys küssen verboten. Auch in der Floristenecke herumsitzen und sich zwischen den Rosensträußen niederlassen ist untersagt. Das alles sind Verhaltensweisen, die Milton lernen muss, wenn er seinen Job behalten will. Manchmal habe ich ein schlechtes Gewissen, weil ich das Vergnügen aus seinem Leben vertreibe, nur damit der Rest von uns sich besser fühlt.

»Das elektronische Auge sieht uns!«, teilt Milton mir aufgeregt mit, und wie auf Kommando gleiten die Glastüren auseinander. Seite an Seite gehen wird durch den Gang mit den Milchprodukten, vorbei an Bechern mit saurer Sahne, literweise Milch und Miltons Lieblingsprodukt, kleinen roten Käseecken mit lachenden Kühen.

»Es gefällt mir einfach, wie sie mich ansehen«, gesteht Milton mir, als ich die Tür zu Mickey Hamiltons Büro aufschwinge.

»Denk daran«, flüstere ich, den Mund ganz nah an seinen braunen Locken, »wie wir uns bei Arbeitsbesprechungen verhalten.«

Unsere Augen stellen sich auf das Halbdunkel in dem fensterlosen Raum hinter der Käsetheke ein. Wir sehen Mr Hamilton an seinem Schreibtisch sitzen, der in Wahrheit ein zerkratzter Holztisch ist. Er ist so groß gewachsen, dass das Möbelstück zu klein für ihn aussieht. Er ist ein netter Geschäftsführer, Ende dreißig und mit einem freundlichen, uninteressanten Gesicht. Wie mein Vater hat er sein Diplom an der Schule der schweigenden Männer gemacht, er ist einer von diesen Typen, die nicht viel reden. Seine sandfarbenen

Haare fallen ihm oft wie ein Vorhang vor die grauen Augen, wenn er mit einem spricht – fast, als wolle er sich dahinter verstecken. Nur eines muss man ihm lassen: Er hat einen knackigen Po.

Beim Rascheln meines Rockfutters sieht er auf, und Milton, entschlossen, sein bestes Benehmen an den Tag zu legen, streckt ihm die Hand hin, welche Mr Hamilton ergreift und entschlossen schüttelt.

»Wie geht es dir, Milton?«, fragt er höflich.

»Mir geht es gut«, sagt Milton. Dann verdüstert sich sein Blick. »Aber ich muss mal auf's Klo.«

»Du weißt ja, wo die Toiletten sind«, sagt Ham zu ihm und vermeidet es, mich anzusehen. Wir schweigen beide, als Milton davonstapft. Keiner weiß, wohin er blicken soll.

Ich klappe meinen Notizblock auf, um den peinlichen Moment zu überspielen. Ich schreibe das Datum auf. Ich fange an, eine Einkaufsliste zu schreiben, wenn ich schon mal hier bin. Entrahmte Milch. Fettfreier Hüttenkäse. Schokolade. Ich werfe einen Blick auf die Uhr und frage mich, wie lange dieser Termin wohl dauern wird. Ein neues Leben, füge ich hinzu. Wir können die Spülung hören, als Milton wieder aus den Waschräumen kommt.

»Ich hab mir die Hände gewaschen«, teilt er uns stolz mit.

»Gut gemacht, mein Junge«, sagt Ham.

Wir zücken unsere Akten und beginnen mit der Arbeit.

3

Rote Lappen

Marcie knallt einen Aktenordner auf meinen Schreibtisch und mustert mich dreist durch die Gläser ihrer Hornbrille. »Was ist denn mit dir los?«, fragt sie.

Marcie arbeitet als Sekretärin in unserer Abteilung der Arbeitsvermittlung EPT (Employment Partnership and Training – es ist tatsächlich die gleiche Abkürzung wie für den bekannten Schwangerschaftstest), aber in Wahrheit schmeißt sie den ganzen Laden. Sie hat erstaunlich viel Macht für eine fünfundzwanzigjährige Frau. Sie schläft mit Sean Zambuto, unserem Chef, was – das stimmt wirklich – sie zur Chefin und Zambuto zum Sexsklaven macht. Unsere geistig behinderten Schützlinge, die in der Büroumgebung oftmals verwirrt und ängstlich sind, lieben sie ausnahmslos. Und die Sozialarbeiter einschließlich meiner Wenigkeit kommen zehn Mal am Tag zu ihr gekrochen, um sich Anweisungen zu holen. Das berechtigt sie auch, alles über unsere Privatangelegenheiten zu wissen.

»Du siehst echt fertig aus«, sagt Marcie. »Dabei ist doch erst Dienstag.« Sie stopft sich eine dicke Strähne ihrer unbarmherzig gestutzten schwarzen Haare (dabei waren sie einst naturblond und wunderschön) hinters Ohr. Ihre Brille, die aussieht wie eines dieser Modelle mit angeklebter Nase und Schnauzer, verbirgt Augen, aus denen sie mich wissend anstarrt. Ich werde nie verstehen, woran ich mit ihr bin. Sie ist von der Natur mit einem Gesicht wie dem von Reese Witherspoon und einem Körper wie dem von Jessica Simpson ausgestattet worden, und doch versucht sie, ihr gutes Aussehen zu kaschieren, solange ich sie kenne.

»Er ist also noch nicht zurückgekommen?«, erkundigt sie sich.

Marcie darf mir solche Fragen stellen, weil sie meine Freundin ist. Mich stört nur, dass sie gleichzeitig auch die Freundin meiner Mutter ist. Die beiden telefonieren mindestens einmal pro Woche miteinander. Das ist meine eigene Schuld, habe ich sie doch einmal an einem einsamen Sonntagnachmittag zum Essen mit nach Hause genommen, als Teddy nicht mitkommen wollte. Meiner Mutter wäre es ganz egal gewesen, ob er dabei ist oder nicht. Sie und Marcie kamen sich beim Wühlen in den Vintage-Klamotten meiner Mutter und beim Lesen der aktuellsten Ausgabe des *Star Magazine* näher, und der Rest ergab sich von selbst.

»Er kauft ein Haus mit ihr«, sage ich.

»*Was* macht er?«

Sean Zambuto taucht plötzlich in der offenen Tür auf und betrachtet uns aus traurigen, tief sitzenden Augen. Er ist sechzehn Jahre älter als Marcie und war nie verheiratet. Seine jetzt schon hängenden Wangen lassen ihn aussehen wie Schlafmütz von den sieben Zwergen. Der Gedanke daran, dass die beiden das Bett teilen, ist verstörender als Marcies neue Brille. Dabei ist er ein netter Kerl, wie er gerade wieder unter Beweis stellt, indem er uns höflich zunickt. »Könnte ich dich kurz sprechen, Marcie, wegen der Akte Fallon?«, fragt er.

»In deinem Büro«, bellt Marcie. »Ich bin in einer Minute bei dir.«

Sean schenkt mir ein tragisches Lächeln, bevor er wie ein geprügelter Hund abzieht. Ich bin sicher, dass er genau mitbekommen hat, was mir widerfahren ist. Im Büro wird natürlich eifrig darüber getuschelt, als wäre ich der inoffizielle ungelöste Fall, das spannende Thema in der Mittagspause, der willkommene Grund, länger am Kopierer rumzulungern. Alle haben Mitleid mit mir, bis auf Marcie, die nur sauer zu sein scheint. Sie klopft mit dem Fuß auf den Boden wie ein

Metronom. Sie mag Teddy nicht, sie konnte ihn noch nie leiden. Und Inga findet sie verabscheuenswert. Allein dafür muss man sie lieben.

»Vergiss dieses Arschgesicht«, befiehlt sie. »Der kommt nie wieder zurück.«

»Was heißt hier Arschgesicht?«, wiederhole ich. Meine Entrüstung ist nicht gespielt.

»Na gut. Dann halt diesen Versager. Entschuldige.«

»Dieser Versager ist mein Mann!«, entgegne ich, vielleicht etwas zu schrill.

Marcie schnaubt verächtlich. Mir fällt auf, dass ich das gleiche Gespräch mit ihr führe wie mit meiner Mutter. Nur der Schimpfname hat sich geändert. Teddy ist vom Potz zum Arschgesicht avanciert.

»Er ist noch nicht mal zwei Wochen weg«, sage ich. »Findest du nicht, dass mir ein paar Illusionen zustehen?«

Sie sieht mich unendlich mitfühlend an, als wäre ich eine alte Frau, die sich gerade die Bluse mit pürierten Karotten vollgekleckert hat. »Deine Ehe konntest du doch vom ersten Tag an in die Tonne treten«, verkündet sie. »Da helfen auch keine Illusionen.«

Ganz schön hart, diese Marcie.

»Du hörst dich an wie meine Mutter«, werfe ich ihr vor.

»Deine Mutter gefällt mir«, erwidert Marcie.

»Und mir gefällt dein Haarschnitt nicht«, entgegne ich, doch sie lacht nur, drückt mich an sich und hüllt uns beide in den teuren Duft ihres lächerlichen Pummelchen-Parfüms.

»Das war eine üble Sache für dich, Rosie«, sagt sie und tätschelt mir den Rücken. »Und wenn dein Mann kein Arschgesicht ist, dann ist Inga ganz sicher eins.«

Schrecklich. Jetzt kullern schon wieder die Tränen, obwohl ich nur ein einfaches Gespräch führe. Marcie bemerkt sie auch, obwohl ich mich bemühe, sie hastig wegzuwischen. Himmel, sie ist auch noch *schuld* daran, weil sie Inga erwähnt hat, die Frau, die mir geholfen hat, Teddys und mein

Schlafzimmer einzurichten, die Freundin, die immer behauptete, ich sei so, wie ich bin, schön. Dreizehn Jahre lang waren wir befreundet, seit wir im College zusammen einen Kurs in Psychologie besucht haben. Wir haben alles miteinander durchgestanden, die schlechtesten Zeiten und die besten Diäten – nicht, dass sie es je nötig gehabt hätte, eine zu machen. Sie hat mir Zucchini-Champignon-Aufläufe gebacken und dafür Diätmargarine statt Butter verwendet, und ich habe ihr immer ehrlich gesagt, was ich über ihren jeweiligen Freund dachte. Ich war diejenige, die sie aufgeheitert hat, wenn sie einsam war oder selbst einmal sitzengelassen wurde.

Marcie klopft sachte auf den Aktenordner, den sie auf meinen Schreibtisch gelegt hat, und holt mich so zurück auf den Boden. »Eleanor Scudder«, sagt sie sanft. »Um halb neun kam ein Anruf von der Zahnarztpraxis in Mineola.« Sie schiebt die Brille auf ihrer perfekten Nase nach oben. »Wir unterhalten uns später weiter, ja? Und weißt du auch, warum?«

»Warum?«

»Weil ich dich mag, du Dussel.«

Aus Marcies Mund ist das ein Kompliment. Ihr schwarzer Nagellack glänzt, als sie mir die Hand tätschelt und geht. Ich brüte in meinem Kabuff vor mich hin, und der überteuerte doppelte Latte Macchiato auf dem Schreibtisch vor mir wird kalt. Woher will Marcie eigentlich wissen, dass meine Ehe vom ersten Tag an schlecht war? Ich kann mich an schöne Vormittage im Bett erinnern, zusammen mit meinem frischgebackenen Ehemann, an gewagte Liebesspiele am Strand (wir hatten Sand in jeder Hautfalte), daran, wie Teddys Gesicht aussah, als er meinen Brautschleier vor dem Altar zurückschlug. Wie hatte er ausgesehen? Nervös. Ängstlich. Als hoffte er, er könne mich glücklich machen. Oder er hatte gehofft, dass er nicht dabei war, einen Fehler zu begehen.

Ich versuche, auf und ab zu gehen, aber dafür ist wirklich kein Platz. Fünf Tage die Woche bin ich in diesem winzigen

Büro in einem nichtssagenden Gebäude aus Ziegelstein gefangen, eingezwängt wie eine Wüstenrennmaus in einem billigen Plastikkäfig. Die Büros von EPT im ersten Stock haben so dünne Wände, dass man bei jedem falschen Anruf mithören kann, den Marcie entgegennehmen muss. *Nein,* höre ich sie mindestens einmal pro Tag sagen, *hier ist nicht die Hotline für den Schwangerschaftstest. Wählen Sie die Achthunderter-Nummer auf der Verpackung, Kindchen.* Sie ist überraschend sanftmütig zu diesen falsch verbundenen Anruferinnen, von denen die meisten, stelle ich mir vor, jung, verwirrt und zu Tode verängstigt sind – vielen unserer Schützlinge nicht unähnlich.

Ich nippe an dem kalten Kaffee und wappne mich innerlich für das Telefonat mit Eleanors Chef. Ein Anruf aus Dr. Sharpes Praxis kann nur eines bedeuten: Eleanor hat einen roten Lappen gesehen. Elanor ist mein Schützling mit Downsyndrom. Sie putzt seit fünf Monaten in dieser Arztpraxis in Mineola. Sie war ein wahrer Segen für alle Beteiligten, hauptsächlich, weil sie eine ungewöhnliche Liebe zu Staubsaugern hegt. Sobald das Gerät einmal eingeschaltet ist, fühlt sich Eleanor von dem Brummen und Vibrieren angeregt und schiebt das Gerät auf dem Teppichboden unermüdlich vor und zurück, vor und zurück. (Teddy ging es ähnlich mit den elektrischen Massagematten, die es in den Zimmern billiger Motels gab. Man kennt einen Mann eben erst dann wirklich, wenn man mal mit ihm in einem billigen Motel gewesen ist. In dieser Umgebung zeigt er seine wahre Natur.) Wie dem auch sei, die Zahnärzte haben mir gesagt, dass sie gar nicht gewusst haben, was *sauber* bedeutet, bevor Eleanor zu ihnen kam. So mussten wir nur den Punkt mit den roten Putzlappen klären. Eleanor fängt bei ihrem Anblick an zu weinen. Niemand weiß, woher das kommt, aber sobald man Eleanor ein rotes Tuch zum Staubwischen gibt, bricht sie in unkontrolliertes Schluchzen aus, das andauert, bis man sie vom Arbeitsplatz wegholt. Den Zahnärzten wurde nahegelegt, ihre Putzutensilien von Zeit zu Zeit durchzusehen, aber wer weiß, vielleicht ist irgendjemandem eine Panne unterlaufen.

Ich will gerade zum Telefon greifen, um in der Praxis anzurufen, als es klingelt. Ich wusste, dass Teddy anrufen würde. *Ich wusste es.*

»EPT. Roseanna Plow«, melde ich mich so professionell wie möglich.

»Hier ist Ham. Mickey Hamilton vom SaveWay.«

Mein Herz sinkt. Milton. Er hat wieder Babys geküsst.

»Wie läuft es so bei Ihnen, Mr Hamilton?«, frage ich.

»Bitte«, sagt er. »Mr Hamilton ist mein Vater.«

»Mickey«, sage ich.

»Ham«, korrigiert er mich.

Aber Ham – Schinken! – kommt mir einfach nicht über die Lippen.

»Tja, also«, sagt er nach einigen Sekunden des Schweigens, »hier läuft alles bestens.«

»Sehr schön!«, äußere ich leicht verwirrt. »Und Milton ...«

»Milton geht's auch bestens.«

»Gut!«

»Ich, äh, habe mich etwas gefragt. Sind Sie eigentlich verheiratet?«

»Wie bitte?«

»Sind Sie verheiratet?«

Ich bin schockiert. Diese Frage aus dem Mund eines Mannes, der eigentlich nie spricht.

»Ja, na ja, kann man so sagen.«

»Ich werde Sie nicht darum bitten, das genauer zu erklären.«

»Gut.«

»Aber hätten Sie Lust, mal mit mir zum Essen zu gehen?«

Ich starre aus dem kleinen Fenster meines Büros. Ein rotes Auto fährt vorbei, dann ein schwarzes. Eine kleine Spinne kriecht am Fenster hoch.

»Halten Sie das wirklich für eine gute Idee?« – »Ja, durchaus«, sagt er.

Die Spinne baumelt sachte an einem unsichtbaren Faden hin und her. Inga, fährt es mir plötzlich durch den Kopf. Blöde, miese Inga. Was für eine Freundin ist sie?

»Sind *Sie* verheiratet?«

»Nein, bin ich nicht.«

Ich warte.

»Geschieden«, sagt er.

Ich sage es nicht, aber ich bin überzeugt, dass er die Verantwortung für die Scheidung trägt. Ich kann mir nicht vorstellen, dass eine Scheidung nicht die Schuld des Mannes ist. Und wer will mit so einem Mann ausgehen?

»Ich rufe Sie zurück«, sage ich zu Mickey Hamilton.

»Bitte«, sagt er, »tun Sie das.«

Ich lege auf, und einige Minuten lang kann ich nicht wieder abheben. Ich wusele in meinem engen Büro herum, hänge meinen Blazer von der Stuhllehne an den Wandhaken, verteile ein paar Akten auf dem Regal. Was könnte ich gesagt oder getan haben, das einen ehemaligen Metzger dazu veranlasst haben mag, mit mir ausgehen zu wollen? Hat meine Mutter ihn auf die Idee gebracht? Zuzutrauen wäre es ihr. Aber wie sollte das gut gehen? Wenn ich ihm nach ein paar Long Island Iced Teas und einem protzigen Dinner in einem Steakhaus womöglich sagen würde, dass ich mir nicht vorstellen kann, ihn wiederzusehen, ihn zu küssen oder mit ihm auf seinem Wasserbett in Form eines Hamburgers zu kuscheln, würde Milton dann etwa gefeuert? Schikaniert? Kritisiert? Ich seufze und schnippe eine tote Fliege vom Aktendeckel. Dabei wäre es schön, Teddy eifersüchtig zu machen.

Ich greife zum Telefon und rufe in der Zahnarztpraxis an. Dr. Sharpes Sprechstundenhilfe ist völlig aufgelöst angesichts des Zustandes, in dem sich die Praxis befindet. Überall Eimer und Wischmops. Der Staubsauger lief noch, als sie morgens kam.

»Es war meine Jacke«, gesteht die Sprechstundenhilfe mir. »Sie ist rot. Ich hab sie im Büro gelassen, als ich nach Hause gegangen bin. Sie muss heruntergefallen sein. Alles ist ein einziges Chaos!«

»Und Eleanor?«

»Sie war hier, als ich kam.«

»War sie etwa die ganze Nacht da?«

»Sie hatte ja auch eine Menge damit zu tun, alles kurz und klein zu schlagen.«

»Hat denn die Betreuerin ihrer Wohngruppe nicht nach ihr gesehen? Hat niemand versucht, sie zu finden?«

»Anscheinend nicht. Heute morgen wollen sie jemanden herschicken. Eleanor lag schlafend in der Toilette, als ich hier ankam.«

Noch während ich auflege, ziehe ich meinen Blazer vom Haken. In Gedanken feuere ich Pfeile mitten ins Herz der Nachtaufsicht in Eleanors betreuter Wohngruppe. Wie konnte man denn übersehen, dass jemand in der eigenen Wohnung fehlte? Ich will gerade die Tür zuziehen, als das Telefon erneut klingelt, und fast hätte ich nicht abgenommen. Aber beim fünften Klingeln gebe ich nach.

»Ich hab schon den ganzen Morgen versucht, dich zu erreichen«, sagt meine Mutter.

»Ich verdiene meinen Lebensunterhalt.«

»Du solltest diese Anklopf-Funktion haben, die die Telefongesellschaften heutzutage anbieten.«

»Die *was?*«

»Na, du weißt schon, wenn du mit jemandem telefonierst, und dann piept es in der Leitung …«

»Glaub mir, das ist das Letzte, was ich will.«

»Hmm«, bemerkt meine Mutter. »Du hast ja eine ganz schöne Laune heute Morgen.«

»Ich war gerade auf dem Weg zur Tür, Ma. Ein Notfall in Mineola.«

»Ist Teddy zurück?«

Als ich nicht antworte, sagt sie: »Dann fahr nach Mineola. Aber ruf mich heute Abend an.«

Als ich auf der verstopften Autobahn festsitze, merke ich, wie aufgewühlt und verärgert ich bin. Meine Mutter weiß nur zu gut, dass Teddy nicht zurück ist. Und lustig ist das auch nicht mehr. Wenn er heute nicht zurückkommt, sind es zehn Tage, seit er weg ist. Zehn. Das ist zweistellig. Nah an der Zweiwochengrenze. Gefährlich nah an der Dreiwochengrenze, nach der er ganz offiziell zum Arschgesicht wird, sogar nach meinen Maßstäben.

Ich steige auf die Bremse und fluche leise. Die gute Eleanor mit ihrem Halbmondlächeln. Wie das wohl ist, eine ganze Nacht in einer Zahnarztpraxis zu verbringen? Die arme Mrs Scudder, die sich zu der Entscheidung durchringen musste, ihrer Tochter zu gestatten, das schützende Heim ihrer Kindheit zu verlassen, und die nichts anderes wollte als jede andere Mutter auch (zumindest meine Mutter, wie ich mir widerwillig eingestehen muss), dass nämlich die eigene Tochter freudig die nächste Hürde im Leben nehmen möge (in meinem Fall: die Scheidung, in Eleanors Fall: die Unabhängigkeit). Hier haben wir Eleanors Chance, mit anderen zu leben, ihre eigenen Mahlzeiten zu kochen und ihre eigenen Socken zu kaufen. Und was passiert, während sie meiner Obhut unterstellt ist? Sie wird irgendwo vergessen, wie ein Fahrrad auf dem Bürgersteig.

In der Zahnarztpraxis sind überall die Spuren der letzten Nacht zu sehen. Ein Rollo liegt zerbrochen auf dem Boden, und die einzelnen Lamellen breiten sich aus wie ein riesiger Fächer. Auf dem malvenfarbenen Teppich ist ein dunkler Fleck von der Größe Texas' zu sehen. Daneben liegt eine leere Flasche mit Flüssigseife. Ein einzelner Patient auf einem Chromstuhl blättert nervös in einer Wohnzeitschrift und tut krampfhaft so, als wäre alles bestens. Die Sprechstundenhilfe führt mich zur Tür der Toilette und klopft.

»Eleanor?«, ruft sie. Sie versucht, die Tür zu öffnen. Der

Messingknopf lässt sich drehen. »Ich glaube, Dr. Sharpe möchte danach noch mit Ihnen sprechen«, flüstert sie, bevor sie mit einem strengen Blick auf mich den Rückzug antritt.

Ich mache die Toilettentür weit auf. Unter einem Standwaschbecken mit vornehm vergoldeten Armaturen sind Eleanors nackte Fußsohlen zu sehen. Sie sitzt mit dem Rücken an der Wand in ihrem weißen Putzfrauenkittel da. Ihre verknautschten Socken und die Schlappen bilden einen Bogen um sie, wie bei einem kleinen Garten.

»Eleanor«, sage ich.

Ihr Blick ist so leer wie der einer Gummipuppe. Ich knie neben ihr nieder und ergreife ihre Hand. »He, meine Süße«, flüstere ich. Sie dreht den Kopf weg, und ich frage mich, ob ich das Halbmondlächeln jemals wieder sehen werde. »Deine Betreuerin kommt gleich. Du kannst jetzt nach Hause.«

»Ich warte hier«, sagt sie. Ihr Haar steht ab wie die Stacheln eines Stachelschweins, ein Look, dem Marcie vermutlich nacheifern würde, wenn sie ihn sähe.

»Eleanor«, sage ich erneut und drücke ihre kleine Hand mit den dicken Fingern. Sie wirft die Arme um meinen Hals und erdrückt mich beinahe.

»Ist ja gut«, sage ich, obwohl gar nichts gut ist. Sie zittert wie jemand, der ein Erdbeben überlebt hat. »Ist ja gut«, wiederhole ich. Nach einer Weile lässt sie sich von mir aufhelfen. Hand in Hand gehen wir an dem Mann mit der Wohnzeitschrift vorbei. Er sieht beunruhigt aus, wie jemand, den eine menschliche Geste schockiert, die er noch nicht in einer Talkshow gesehen hat. *Das ist doch nur eine barfüßige Frau mit Downsyndrom,* möchte ich ihm sagen, *Hand in Hand mit einer leicht übergewichtigen Sozialarbeiterin.*

Nachdem ich Eleanor in eines der hinteren Büros bugsiert habe, wo sie auf ihre Betreuerin warten soll, kehre ich zur Anmeldung zurück, um diese dort abzufangen. Ich hasse sie bereits jetzt, diese unbekannte Schlampe, die Eleanor im

Stich gelassen hat, und ich sehne mich danach, ihr die Meinung zu geigen. Endlich kommt eine blasse Blondine mit randloser Brille zur Tür herein. Mit wichtiger Miene und der Figur eines Models für Bademoden kommt sie auf mich zugeeilt, als wisse sie genau, dass ihr mit diesem Körper keiner etwas anhaben kann. Sie mustert mich, kommt dann geschmeidig heran und drückt mir fest die Hand.

»Miss Plow? Ich bin Chelsea Hannigan von der Initiative Cooperative Living.« Ihre Stimmer erinnert mich an Ingas, schrill und spitz. »Wo ist Eleanor?«, fragt sie.

»Wo sie *jetzt* ist? Oder wo sie heute Nacht war?«

Ihr Blick umwölkt sich, als flöge ein Schwarm Fruchtfliegen daran vorbei. Wie ich sie dafür hasse, dass ihr die Brille so gut steht. Als sie den Mund aufmacht, um etwas zu erwidern, blickt der Herr von seiner Zeitschrift auf.

»Miss Plow«, sagt sie, »ich war letzte Nacht nicht für Eleanor zuständig ...«

»Darum geht es gar nicht, Miss Hannigan«, falle ich ihr ins Wort. »Sondern darum, dass sie allein war. Im Stich gelassen. Wissen Sie eigentlich, wie das ist, zu glauben, dass jemand nach einem sieht, nur um dann festzustellen, dass er es *nicht* tut? Dass man Sie total vergessen hat? Dass Sie auf sich allein gestellt sind?«

Chelsea Hannigan starrt mich an. Anscheinend habe ich gebrüllt. Sie hat mir gerade gesagt, dass sie gar nicht zuständig war letzte Nacht. Selbst dem Mann auf dem Chromstuhl kommen meine Worte ein bisschen melodramatisch vor. Er blickt vorsichtig auf und schaut dann schnell wieder nach unten in seine Zeitschrift. Vermutlich erkennt keiner von den beiden, dass ich aus Erfahrung spreche, dass ich gerade jetzt diese Erfahrung *mache*, im Stich gelassen zu werden, dass ich der Inbegriff des Im-Stich-gelassen-Werdens bin und dass ich nicht die geringste Lust habe, den Schwarzen Peter wegen Eleanors schlechter Behandlung zugeschoben zu bekommen. Meine Augen füllen sich mit Tränen. Gerade will ich Chelsea Hannigan noch weiter runterputzen, als mein Handy beginnt, die Titelmelodie von *Die Stunde des Siegers* zu spielen.

Teddy. Was hat er sich nur für einen bescheuerten Klingelton ausgesucht. Ein Mann, der sich einhundert Paar Joggingschuhe kauft und dann mit dem Auto zur nächsten Straßenecke fährt, um eine Zeitung zu holen. Und trotzdem. Meine Hand gleitet wie die eines Diebes in meine Tasche. »Eine Sekunde«, sage ich zu Chelsea Hannigan, und sie blickt erleichtert drein, als ich aus dem Anmeldebereich in die Toilette trete, die Eleanor gerade freigemacht hat. Ich schließe die Tür hinter mir ab und setze mich auf die Toilettenbrille.

»Roseanna«, sagt Teddy in steifem, kaltem und anklagendem Tonfall. »Ich möchte mir verbitten, dass du ständig bei mir und Inga anrufst.«

Das bringt mich auf die Palme. »Und wie soll ich dich dann bitte schön erreichen?«, fauche ich.

»Wozu willst du mich erreichen? Ich versuche hier nur, für Recht und Ordnung zu sorgen, und schätze es nicht …«

»Wo genau?«, unterbreche ich ihn und streiche meinen Rock glatt.

»Wie bitte?«

»Wo genau versuchst du, für Recht und Ordnung zu sorgen? Im Haus meiner besten Freundin? In ihrem Bett? Weil ich dich nämlich todsicher SEIT MEHR ALS EINER WOCHE NICHT ZU HAUSE GESEHEN HABE!«

Mir fällt auf, dass ich das Schreien von eben noch übertroffen habe. Jetzt kreische ich. Ich sitze kreischend auf einer Klobrille. Gott sei Dank sitzt meine Mutter nicht nebenan und hört zu. Wäre Milton hier, würde er mich nicht mehr schön finden. Er würde mich für verrückt halten. *Denk daran, wie wir am Arbeitsplatz miteinander sprechen.* Aber Teddy hat den Platz an meiner Seite verlassen, und das ertrage ich nicht länger. Er soll wissen, dass es mies ist, was er mir angetan hat. Er soll wissen, dass er ein Arschgesicht ist, wie Marcie es formuliert hat. Ich muss herausfinden, warum er fort ist und ob irgendwo in den Tiefen seines kleinen Gehirns noch ein Restchen Liebe für mich schlummert. Und da kommt mir plötzlich eine hervorragende Idee.

»Teddy«, sage ich in möglichst bedrohlichem Ton. »Es wäre besser, wenn du diesen Sonntag vorbeikommst und deinen blöden Fernseher abholst. Ich will ihn nicht, und ich habe auch nicht vor, ihn zu bezahlen.«

Mir kommt es vor, als hörte ich ein leises Keuchen am anderen Ende der Leitung. Ermutigt fahre ich fort: »Er ist erst drei Wochen alt, und ich habe die Rechnung. Wenn du nicht kommst und ihn abholst, gebe ich ihn Montag höchstpersönlich zurück.«

»*Was* machst du?«

Teddy klingt fassungslos. Endlich habe ich ihn da getroffen, wo es wehtut. Bei seinem Flachbildschirm. Seine Frau zu verlassen, ist das eine, aber auf den Fernseher zu verzichten ist etwas ganz anderes.

»Du hast ganz richtig gehört«, sage ich. »Du kommst am Sonntag, und wehe, du bringst dieses Weibsstück mit.«

»Aber Rosie ...«

»Komm nach sieben, wenn ich wieder zu Hause bin. Ich habe nicht vor, einen ganzen Tag damit zu verschwenden, auf dich zu warten.«

Ich lege auf.

Rosie. Er hat mich Rosie genannt. Das ist Beweis genug dafür, dass ich das Richtige mache, beschließe ich. Ich werde ihm noch eine Chance geben. Um des heiligen Sakraments der Ehe willen. Oder so ähnlich.

Als ich ins Wartezimmer zurückkomme, scheinen alle verschwunden zu sein. Der Mann mit der Zeitschrift ist fort. Chelsea Hannigan hat mit Eleanor die Flucht angetreten.

»Die Betreuerin hat Miss Scudder mitgenommen«, erklärt mir Dr. Sharpes Sprechstundenhilfe, als ich zu ihr komme. »Und Dr. Sharpe ist auch weg.«

Sie weicht meinem Blick aus. Fast, als ob sie Angst vor mir hätte.

»Nun gut«, sage ich und versuche, sehr britisch zu klingen. Ich weiß auch nicht, warum ich der Meinung bin, dass das helfen könnte. Als ich mich zum Gehen wende, versuche ich so würdevoll wie möglich auszusehen. Es wird hier später noch eine Menge zu erledigen geben – die Reinigung muss bezahlt, die Rollos repariert werden, dann gilt es, sich um die Versicherung zu kümmern und um Eleanors Beurteilung. Aber in diesem Moment ist mir das alles zu viel. Nicht jetzt, wo Teddy vielleicht doch wieder nach Hause zurückkommt und der Fortbestand unserer Ehe in der Waagschale liegt, glänzend im Licht eines Flachbildfernsehers.

4

Bleib dir selbst treu

Am nächsten Tag ist mal wieder »Elternabend«, und ich setze im Konferenzraum von EPT Kaffee auf, während ich auf das Eintreffen der Eltern warte. Es handelt sich um das monatliche Treffen mit den Familien meiner geistig zurückgebliebenen Schützlinge, und etwa zwanzig Personen werden mit den üblichen Fragen, Beschwerden und der üblichen Lust auf Butterplätzchen ankommen. Ich ziehe die Frischhaltefolie von einem Tablett mit frischem Gebäck und versuche zu vermeiden, dass Krümel auf meine rosa Bluse fallen. Ich bin müde, und mir tut der Rücken weh, weil ich allein auf der zu harten Matratze (die natürlich Teddy ausgesucht hat) schlafe: Ich habe mich die ganze Nacht hin und her geworfen und gefragt, ob Teddy nun am Sonntag kommt, um seinen Flachbildfernseher abzuholen.

Schweigend lege ich die magnetischen Plättchen, die ich in einem Umschlag aus meiner ledernen Aktenmappe gezogen habe, auf das weiße Brett vor mir. UNABHÄNGIGKEIT! SELBSTACHTUNG! TEAMARBEIT! KOMMUNIKATION! schallt es mir von den glänzenden Streifen entgegen. BLEIB DIR SELBST TREU fällt aus dem braunen Kuvert auf den Boden. Ich beuge mich hinunter, um das Plättchen aufzuheben. Was für eine Ironie, dass ausgerechnet ich solch einen Haufen Unsinn vortragen muss. Von Teamarbeit kann man im Hinblick auf meine vierjährige Ehe sicher nicht sprechen. Um die Kommunikation ist es miserabel bestellt. Die Selbstachtung ist im Totalabsturz begriffen. Und was das Sich-selbst-treu-Bleiben betrifft, so ist das lediglich Teddy gelungen. Er hat es geschafft, alles, was er wollte, aus diesem Bund zu holen, einschließlich einem Fernseher und meiner besten Freundin.

Die Tür geht auf und Mrs Beyer kommt in einem leuchtend blauen Kostüm herein. Sie hat den Gang einer Frau, die sich unter Männern durchsetzen muss. Ihr glatter, knielanger Rock an ihrem dünnen, wohlgeformten Körper leuchtet, als würde er von hinten angestrahlt. Ich kann verstehen, warum sie all diese Riesenhäuser draußen in den Hamptons so leicht losbekommt. Vermutlich verdient sie bei einem Verkauf mehr als ich in einem ganzen Jahr damit, ihrem Sohn beizubringen, wie man Regale mit Suppen und Hundefutter abstaubt.

»Ich freue mich, dass Sie kommen konnten«, sage ich zu ihr.

Sie lächelt ihr schönes Lächeln und runzelt dann ihre makellose Stirn. »Milton ist mitgekommen«, sagt sie. Ihr rotbraunes Haar schwingt um ihren Kopf. »Er sitzt vor Ihrem Büro. Er hat darauf bestanden zu kommen und wollte sogar mit dem Bus fahren, falls ich ihn nicht mitnehme.«

»Schon in Ordnung«, sage ich eingedenk der Tatsache, dass es schließlich ihr Sohn ist, der es da mit seiner Begeisterung für mich etwas übertreibt. »Es ist doch toll, dass er sogar allein Bus fahren würde«, füge ich ermunternd hinzu.

Der Konferenzraum beginnt, sich zu füllen. Ein kleines Grüppchen von Eltern und Wohnheimbetreuern hat sich leise lachend und essend um die Kekse geschart. Bald sind die üblichen Verdächtigen auf ihren Sitzen versammelt: Miltons Mutter, Linda. Die Wohnheimbetreuer, die aussehen wie Studenten und alle frisch vom College kommen. Mr Schieb, noch immer im Blaumann, der wegen seines Sohnes Nicky da ist. Mr und Mrs McCabe mit ihren identischen Nickelbrillen. Mrs Scudder, die wegen Eleanor gekommen ist. Arlene Horton mit der riesigen Handtasche aus Kunstleder, die auf ihrem Schoß thront wie ein kleiner Hund. Ein ganz ansehnliches Grüppchen. Die Leute fangen an, die Schutzfolie von ihren selbstklebenden Namensschildern zu ziehen, ein Zeichen für mich, dass es losgehen kann.

»Herzlich willkommen«, sage ich. »Vielleicht beginnen wir damit, dass Sie alle die Gelegenheit bekommen, sich zu äußern.«

Nach einigen unbehaglichen Sekunden des Schweigens räuspert Mrs McCabe sich und macht den Anfang. »Na ja«, sagt sie, »Susan hat ein bisschen Ärger.«

Ich lächle ermutigend. Susan arbeitet in der Wäscherei des Babylon Terrace Motels.

»Sie hat Waschlappen gestohlen«, sagt Mrs McCabe. Das Deckenlicht spiegelt sich in ihren Brillengläsern. »Sie stopft sie sich in den BH und die Socken, bevor sie geht.«

Ernsthaftes Nicken allerseits. »Die Versuchung ist einfach zu groß, wissen Sie«, äußert Mr Schieb, was mich zu der Überlegung veranlasst, was er wohl schon alles aus der Autowerkstatt entwendet hat. Erneutes Nicken.

»Mein Mann und ich werden ja nicht für immer da sein«, sagt Mrs McCabe, eine Bekanntmachung, die man bei dieser Art Treffen oft zu hören bekommt. »Und wer klärt dann so etwas mit den Motelbesitzern?«

Alle Blicke richten sich auf mich, als wüsste ich die Antwort, als wäre ich für ihre Kinder da, wenn sie einmal tot sind. Plötzlich scheinen wir alle in diesem kleinen Raum traurig zu sein. Ich spüre, dass die Eltern von mir eine Aussage erwarten, die sie heute Nacht besser schlafen lässt.

»Gut!«, rufe ich und klatsche in die Hände. »Deshalb sind wir ja alle zusammen hier. Ich übernehme es, mit Susans Vorgesetztem zu sprechen, und Sie können mit Susan selbst kommunizieren.«

Sie blicken mich ausdruckslos an. Ich zeige auf eines der Magnettäfelchen, das, auf dem KOMMUNIKATION! steht. Mein Arm ist ausgestreckt, mein Blazer rutscht über die Hüfte nach oben. »Jede Mom und jeder Dad sollte sich selbst treu bleiben«, ermutige ich sie und gehe zum nächsten Streifen über. »*Sagen* Sie es Ihren Kindern, wenn sie etwas falsch machen. Sagen Sie es nicht nur einmal, um dann beim nächsten …«

Ich werde unterbrochen. Die Tür fliegt auf und Milton Beyer platzt herein. Er geht an den Stuhlreihen vorbei bis nach vorne, wo ich stehe. Er bewegt sich mit großer Dringlichkeit, was durch seinen gebeugten Kopf, die vorgezogenen Schultern und die geballten Fäuste deutlich wird. Der normalerweise so liebe Ausdruck ist von seinem schönen Gesicht verschwunden. Er sieht schlimm aus, sein Haar ist ganz durcheinander und seine Jeans sitzt ein bisschen zu hoch und in der Taille schief. Auf seinem blauen Sweatshirt prangt der Road Runner, mit der Aufschrift BEEP BEEP!! unter den großen Füßen.

»Miss Plow?«, sagt Milton beim Näherkommen. Auf seinem hübschen, kantigen Kinn entdecke ich einen ganz leichten Bartschatten.

»Milton«, sage ich.

»Ich muss bei der Arbeit an meine Manieren denken. Ich muss bei der Arbeit an meine Manieren denken.«

»Ja, ja. Aber – nein. Was ich sagen wollte, Milton: Wir sind gerade mitten in unserem Elternabend …«

»Ich *muss* aber mit Ihnen reden, Miss Plow.«

Milton fährt zur Gruppe herum. Sein Blick streift seine Mutter und bleibt an Arlene Horton in der ersten Reihe hängen.

»Ich arbeite sehr gut!«, erklärt er ihr. »Ich bin sehr gut!«

»Davon bin ich überzeugt, mein Junge«, sagt Mrs Horton und drückt ihre große Tasche an sich.

»Ich bin ein echtes Plus. Mr Hamilton sagt, ich bin ein echtes Plus.«

»Ja, das bist du, Milton«, gebe ich ihm recht und geleite ihn vorsichtig am Ellbogen in den hinteren Teil des Raumes. »Und ich verspreche dir, dass wir nachher weiterreden. Nach dem Elternabend, ja?«

Ich spüre, wie Milton sich sträubt, als ich ihn zurück zur Tür bringe. Aber hier handelt es sich um einen Elternabend, und ich muss mir selbst treu bleiben. Keine Kinder beim Elternabend.

»Ich wollte Ihnen nur sagen, wie schön Sie sind«, sagt Milton. »Und ich liebe Sie.«

Eine Stille senkt sich über den Raum, wie man sie nicht oft erlebt. Kein Kichern, kein peinlich berührtes Hin- und Herrutschen auf den Stühlen. Diese Eltern lachen bei Liebeserklärungen nicht.

»Wir reden später weiter«, sage ich noch einmal zu Milton. Dann schenke ich ihm eine Tasse Kaffee mit Amarettoaroma ein. Er nippt daran und lächelt. »Hmm«, sagt er. »Armadillo.«

Ich halte ihm die Tür auf. Wir alle sehen zu, wie Milton mit seinem Kaffee und seinen Keksen hinausschlurft. Nach einer Minute bricht Mr Schieb das Schweigen, indem er sich am Arm kratzt und seufzt. »Himmel«, sagt er. »Was für ein Abend.«

5
Unwiderstehlich guter Sex

Ich versuche, mir nicht allzu viele Hoffnungen zu machen, dass Teddy Sonntag wirklich kommt, aber ach, wie gern würde ich das Klimpern der Schlüssel auf der anderen Seite der Tür hören und dann sein wunderbares Gesicht im Türrahmen sehen. Diese glatte, braune Haut. Die breiten Schultern. Das dicke braune Haar, das mehr von einem Fell als von einer Frisur hat. Teddy, wie der Bär. Mein Teddybär, mein abspenstiger Mann, komm heim zu Mama!

Ich versuche, den Gedanken abzuschütteln, Vernunft anzunehmen. Teddy hat jetzt ein anderes Zuhause, mit Inga zusammen. Marcie zufolge ist es nicht mehr vernünftig, ihn weiter zu lieben, nicht realistisch, zu glauben, er käme zurück, und schon gar nicht erlaubt, das alles nicht wahrhaben zu wollen. Und doch sitzt ein Teil meines Herzens an der Tür wie das Haustier der Familie und wartet darauf, dass Teddy hereinkommt. Seine letzte Chance. Die gebe ich ihm. Die und womöglich den Fernseher.

Es ist sieben Uhr abends, und nichts ist geschehen. Ich nehme mir eine *Cosmopolitan* mit ins Bett. Ich habe keine Ahnung, warum ich einen ganzen Stapel davon habe. Eigentlich finde ich sie blöd, aber trotzdem verpasse ich fast nie eine Ausgabe, ich zahle sogar jeden Monat den Einzelhandelspreis – ich schnappe mir das neueste, halb nackte Titelmädchen aus dem Zeitschriftenständer bei SaveWay, als hätten meine Finger ein Eigenleben. Ich vermeide es, beim Kauf von Milton oder Ham gesehen zu werden.

In dieser Ausgabe dreht sich alles um die Liebe. Na ja, eigentlich um Sex, aber wenn man der *Cosmo* glauben darf, dann sind Sex und Liebe so ziemlich das Gleiche. DAS BETT ALS BEET DER LIEBE!, springt mir die Überschrift ins Auge, die in roten Buchstaben über den Schritt des Models gedruckt ist. Das Model erinnert mich ein bisschen an Chelsea Hannigan, weshalb es mir sofort unsympathisch ist. Ich lese weiter. SO WIRD'S KNUSPRIG: WIE SIE IM SONNENSTUDIO IHREN SPASS HABEN, verrät eine zweite Überschrift. Bei knusprig kriege ich bloß Lust auf Grillhähnchen. Mein Blick schweift zu der Headline, die eine der Brüste verdeckt. GELÜSTE, DIE SIE *NICHT* UNTERDRÜCKEN SOLLTEN! steht in fetten, violetten Großbuchstaben an dieser recht auffälligen Stelle. Jetzt muss ich doch lachen. Mein beruflicher Alltag besteht darin, Zweiundzwanzigjährigen beizubringen, ihre Gelüste zu unterdrücken. Küss keine Babys in Einkaufswagen. Bekomme beim Anblick roter Putzlappen keinen Wutanfall. Vielleicht war ich so beschäftigt damit, anderen ihre Gelüste auszutreiben, dass ich mir meine eigenen ausgetrieben habe. Vielleicht hat Teddy mich deshalb verlassen. Vielleicht habe ich nicht genug Gelüste.

Es ist gerade erst halb acht, als ich genug über die weisen Ratschläge auf dem Umschlag der *Cosmopolitan* nachgedacht habe. Die Sonne ist zwar noch nicht untergegangen, aber offiziell ist es trotzdem Abend. Es ist durchaus angebracht, dass ich im Bett liege und ein Telefon in der Hand halte. Alle möglichen, normalen und nicht deprimierten Menschen gehen abends ins Bett und nehmen das Telefon mit. Es sieht schwer danach aus, als käme Teddy nicht mehr wegen seines Fernsehers. Wahrscheinlich glaubt er sowieso nicht, dass ich ihn zurückgebe. In Wahrheit habe ich nämlich die Rechnung nicht. Ich weiß nicht mal, wo er ihn gekauft hat. Er hat ihn einfach eines Abends auf einem Wägelchen hereingerollt, als handele es sich um einen streunenden Hund. Mein verblüfftes Schweigen war für ihn vermutlich gleichbedeutend mit der Erlaubnis, ihn behalten zu dürfen.

Ich nippe an meinem Anti-Stress-Tee und ignoriere den

Kuchen, den meine Mutter gebacken und heute Morgen auf der Türschwelle abgestellt hat. Teufelszeug. Bei den Treffen der Anonymen Übergewichtigen nennen sie so eine wie meine Mutter einen *freundlichen Feind*. Jemand, der einem die eine Hand reicht, um einem zu helfen, während er einem mit der anderen einen Kuchen mit drei Millionen Kalorien anbietet. Ich blättere lustlos in dem Sexratgeber auf meinem Schoß, bis ich auf einen Artikel stoße, der die Überschrift »Die Geheimnisse von unwiderstehlich gutem Sex« trägt. Ich schaue auf das Foto einer spargeldürren Blondine mit deutlichen Brustimplantaten, die sich in den Armen eines richtig harten Kerls räkelt. Es gibt reichlich Zitate, Ratschläge von wohlmeinenden Lesern, deren Namen geändert wurden, um ihre Privatsphäre zu schützen. Masochistisch, wie ich bin, fange ich an, sie zu lesen. *Mein Schnucki und ich leben im Schlafzimmer so richtig auf, indem wir zuerst nackt unser Ego streicheln, bevor wir dann woanders weitermachen … Sie wissen schon, wo! – Jenna P.*

Ich weiß, wo, Jenna, obwohl bei mir in letzter Zeit nichts mit Streicheln war. Ich lese weiter. *Mamma Mia! Wir haben rausgefunden, dass wir beide richtig »scharf« werden, wenn wir Freitagabends im Bett Spaghetti essen! – Rita S.*

Bei diesem Zitat verziehe ich das Gesicht. Da denke ich nur an die Flecken auf den Laken. Tomatensoße ist am schwersten rauszubekommen, ganz egal, was die Waschmittelwerbung verspricht. Ich will die Zeitschrift gerade zuklappen, als mir eine andere Aussage ins Auge springt, die von Kristi M.: *Lass uns spielen!*, steht da. Ich lese weiter. *Baseballspiele im Fernsehen erregen meinen Liebsten total. Deshalb habe ich beschlossen, diese Erregung zu nutzen und mir die Spiele mit ihm anzusehen – wobei ich nichts als einen Stringtanga mit dem Namen seiner Mannschaft vorne drauf trage. Und sobald die Sendung vorbei ist, wird unter der Bettdecke weitergespielt. Nichts wie ran an die Bälle!*

»Ha!«, lache ich und ziehe die Bettdecke unters Kinn. Ich

weiß genau, wie Kristi M.s Typ drauf ist. Auch Teddy kriegt bei Baseballspielen jedes Mal fast einen Herzanfall. Aber sie mit ihm zusammen anzusehen, nur mit Unterwäsche bekleidet, daran habe ich nie gedacht.

Das bringt mich auf eine Idee.

Zu unserem ersten Hochzeitstag hat Teddy mir feuerwehrrote Dessous von Victoria's Secret gekauft, die ich still und leise ganz hinten in der Schublade habe verschwinden lassen, wo sie seit drei Jahren ungestört liegen. Ich weiß noch, *wie fett* ich mich fühlte, als ich sie aus dem eleganten rosa Seidenpapier zog und hochhielt. Der BH war okay – Teddy kannte meine Größe –, aber das Höschen hätte nicht mal einer neunjährigen Schülerin gepasst. Hatte Teddy mir damit etwas sagen wollen? Dass ich sogar schon damals hätte dünner sein sollen, so wie Inga?

Ich schlage die Decke zurück, springe aus dem Bett und fange an, in der obersten Schublade zu wühlen. Ich entdecke sie ganz hinten, immer noch in das Papier eingeschlagen, zerknittert, aber noch in Ordnung. Ich lasse meine Jogginghose auf die Knöchel heruntergleiten, reiße mir das T-Shirt mit der Aufschrift SIND WIR NICHT ALLE EIN BISSCHEN ANDERS? (die gab es bei unserem letzten Betriebsausflug umsonst) vom Leib und zwänge mich in das Höschen.

Wie sich rausstellt, ist es ein Stringtanga. Wer trägt so etwas? Versuchen die Leute solche Torturen nicht zu meiden? Ich mache weiter. Ich tue so, als würde der Tanga mir keine Schmerzen bereiten, und hake den BH zu. Meine Brüste wälzen sich wie Lava über gepolsterte Bügel aus Spitze. Ich trete vor den großen Spiegel, um mich zu betrachten.

Ich sehe aus wie ein Folteropfer. Amnesty International sollte dringend ein paar Anrufe tätigen und mir helfen. Mein Hintern sieht aus wie ein umwickelter Braten. Meine Brüste, die sowieso zu groß sind, könnten genauso gut Pfeile tragen, auf denen steht: »Sieh her! Sieh her!« Und trotzdem. Vermutlich sehe ich sexy aus, ein Vollweib eben. Und mein Liebster mag Baseballspiele im Fernsehen. Und mir fehlen die Überraschungen unter der Bettdecke.

Ich gehe ins Wohnzimmer und schalte den riesigen Fernseher an. Werbung. Ein Mann mit einem fiesen Grinsen steuert einen Truck von der Größe einer Ranch einen Berghang hinauf. Ich suche nach der Fernbedienung und zappe. Anwälte. Cops. Ärzte. Noch mehr Cops. Und dann *endlich,* o ja, Gott hat mich erhört, endlich höre ich das Brüllen einer Zuschauermenge und sehe ins Gesicht eines Baseballspielers, der auf dem Spielfeld steht, den Schläger schwingt und in den Dreck spuckt. Und auch noch ein spuckender Yankee!

Ja!, rufe ich in den leeren Raum und springe auf und ab, wobei mich der Tanga konstant an einer verborgenen Stelle kneift. Teddys Yankees auf seinem riesigen Fernseher! Ich ziehe den Tanga raus, doch er schnellt sofort wieder zurück. Egal. Ich sehe zu, wie die Sonne hinter meinem Fenster am Horizont versinkt, wodurch das bläuliche Licht des Fernsehers stärker wird und samtige Schatten sich im Zimmer ausbreiten. Ich stelle den Fernseher leiser und rolle mich auf dem Sofa zusammen.

Dann höre ich das Geräusch, auf das ich den ganzen Tag gewartet habe. Das Klimpern der Schlüssel. Der Türknauf. Das leise Schleifen der Tür. Ich sehe über die Sofalehne nach hinten, und da ist er. Sein wunderbares Gesicht mit dem dunklen Teint, die breiten Schultern und der aufgesperrte Mund. Teddy. Ich habe es geschafft, dass er nach Hause kommt, unterstützt von meinem Tanga, meinem Spitzen-BH und seinem geliebten Breitbildfernseher. Mein Mann ist hier, um seinen Fernseher und vielleicht, möglich wär's, auch mich zurückzufordern, sollte es ihm wirklich, wirklich leid tun. Ich erhebe mich vom Sofa, um ihn zu begrüßen. *Lass uns spielen!*

6
Querschläger

»Du meine Güte!«, entfährt es Teddy.

Was er als Nächstes sagt, ist mir sehr wichtig. Was denkt er wirklich, während er auf seine à la Miss Piggy dahingegossene Frau in ihren Dessous starrt? Als ich verstohlen an mir herunterblicke, nehme ich erfreut die üppige Rundung meiner Hüften und die geschwungenen Konturen meines Körpers zur Kenntnis, von den Schultern über die Waden bis zu den Zehen. Als ich wieder zu Teddy blicke, sehe ich, dass sein Mund aufsteht wie der Eingang zu einer kleinen Höhle und dass seine Augen so groß und befremdet blicken wie die von Eleanor. Er könnte Eleanor *sein,* die einen heruntergefallenen roten Lappen anstarrt.

Ich hoffe, das ist nicht der Fall.

»Die Yankees spielen gerade«, äußere ich verheißungsvoll, denn plötzlich fühle ich mich zuversichtlich und selbstsicher, obwohl der Tanga immer noch zwickt. Egal, ob ich nun wirklich scharf aussehe oder nicht, diese Dessous erfüllen ihren Zweck. Ich habe die Situation unter Kontrolle. Teddy hat noch nicht einmal zum Bildschirm gesehen.

»Erinnerst du dich, wie du sie mir gekauft hast? Zu unserem ersten Hochzeitstag?« Ich fahre mit der Hand über einen der spitzenbesetzten Bügel.

»Du meine Güte«, sagt Teddy erneut.

Ich erhebe mich und gehe genau wie Chelsea Hannigan in der Zahnarztpraxis auf ihn zu. Ich fühle mich noch erotischer als Chelsea Hannigan. Da kommen mehr Kurven auf Teddy zu als bei Chelsea und Inga zusammen. Chelsea ist eine kantige Gummipuppe, Inga ist dürr. Ich dagegen bin ganz Rundung und Üppigkeit. Und das ist gut. Ich sehe es daran, wie Teddys Schlüssel zu Boden fallen, daran, wie schlaff seine geöffneten Hände herabbaumeln.

»Die Yankees spielen«, sage ich noch einmal.

»Gegen wen denn?«, fragt er leicht verängstigt.

Verdammt. Ich habe ganz vergessen, dass diese Mannschaften nicht nur einfach auf dem Spielfeld herumstehen und nach den eigenen Mitspielern spucken. »Warum setzt du dich nicht und siehst selber?«, gurre ich, greife vorsichtig nach seiner Hand und ziehe ihn sanft Richtung Sofa.

Er folgt brav, und ich schiebe eines der malvenfarbenen Sofakissen zur Seite, um Platz zu schaffen. Ich spüre Teddys Blick auf meinem Allerwertesten, als ich mich vorbeuge, um alles zu ordnen. Ich weiß nicht, warum ich mir dabei wie eine Schlampe vorkomme. Dieser Mann ist schließlich mit mir verheiratet. Theoretisch kennt er jeden Zentimeter meines Körpers. Den ich allerdings zuvor nie in einen Stringtanga gezwängt habe. Was so ein Höschen doch ausmacht. Allmählich schwant mir, warum so viele Frauen das Leid auf sich nehmen und diese Dinger überall tragen – im Supermarkt genau wie beim Sport oder einem Augenarzttermin. Man weiß schließlich nie, wann sich die Gelegenheit bietet, alles andere auszuziehen, und es ist gut, vorbereitet zu sein.

Ich richte mich wieder auf und drücke Teddy sanft aufs Sofa. Sein Blick ist verschwommen, und inzwischen wette ich, dass das an mir liegt und nicht an den Yankees. »Gefällt dir mein Outfit?«, frage ich schüchtern.

»Herrje, Roseanna«, sagt er.

»Du kannst mich doch Rosie nennen«, erwidere ich und lasse mich neben ihn gleiten. »Schließlich bin ich deine *Frau.*«

Teddy springt auf und vergräbt die Hände in den Taschen seiner zweihundert Dollar teuren Jeans. Ich hätte nicht erwähnen sollen, dass wir verheiratet sind. Er schwitzt leicht. Er sieht aus, als hätte er ein schlechtes Gewissen. Weil er meine beste Freundin mit seiner Frau betrügt. Aus meiner zurückgelehnten Position strecke ich die Hand aus und streiche langsam über sein Hosenbein. »Schscht«, sage ich. »Ist ja gut, Teddy. Du bist wieder zu Hause. Entspann dich. Was sollte falsch daran sein, wieder zu Hause zu sein?«

Es kommt mir vor, als überzeuge mein Dekolleté ihn mehr als meine Worte. Sein Blick scheint daran festzukleben. Möglich, dass er mich gar nicht gehört hat. Doch er setzt sich wieder, den Blick fest auf meine Brüste gerichtet. Er seufzt wie ein Gefangener, dem Handschellen angelegt werden. *Seht her, ihr armseligen Körbchengröße-A-Trägerinnen,* geht es mir durch den Kopf, und ich bin stolz darauf, dass Teddy auf einhundert Prozent Fleisch starrt, kein Silikon, kein Implantat. Vielleicht sogar einhundertfünfzig Prozent Fleisch, wenn man danach geht, wie er die Augen aufreißt. *Seht her, ihr dürren Ingas dieser Welt.*

Männer sind ja so einfach gestrickt. Füttere sie. Pass auf sie auf. Kaum sehen sie einen tiefen Ausschnitt, schon dackeln sie einem hinterher wie Pfadfinder. Ich durchforste mein Gedächtnis auf der Suche nach demjenigen dieser Punkte, den ich vernachlässigt habe. Welcher Mangel hat Teddy zum Gehen veranlasst?

Aber das ist jetzt nicht wichtig. Er steht ja ganz unter meinem Bann. Dem Bann der roten Dessous. Ich gehe zum Angriff über, schwinge mich auf seinen Schoß, suche seinen Mund und küsse ihn entschlossen. Er weicht nicht zurück. Ich drücke meinen Busen an seine Brust, schiebe meine Zunge in seinen Mund und ziehe ihm gleichzeitig (und etwas grob) das Hemd aus.

»Rosie«, keucht er. »Rosie. Ich habe doch eine Beziehung.«

»Allerdings«, hauche ich ihm ins Ohr. »Und die nennt sich Ehe.«

»Nein, eine andere Beziehung«, sagt er und versteift sich.

»Man hat keine anderen Beziehungen, wenn man verheiratet ist«, widerspreche ich ihm und ziehe an seinem Gürtel.

»Und was soll falsch daran sein, mit seiner eigenen Frau zu schlafen?«

»Also gut«, sagt er und entspannt sich ein bisschen, »wenn es dir so viel bedeutet, Rosie.«

»Das tut es«, versichere ich ihm. »Und ob.«

Nie zuvor haben wir es mit einer johlenden Menge im Hintergrund gemacht. Doch es scheint, als würde parallel zu unseren Aktivitäten ein Double Play der Yankees stattfinden. Das Resultat ist surreal, aber großartig. Es ist wie in den alten Zeiten mit Teddy. Einmal mehr werde ich von seinen Berührungen und seinem Geruch eingehüllt, von seinem Atem und dem Kratzen seiner Bartstoppeln. Es ist wunderbar. Nur ein bisschen kurz. Zu kurz, um genau zu sein.

Viel zu kurz. Schon ist Teddy wieder auf den Beinen, zieht die Designerjeans hoch und knöpft sie auf dem Weg ins Badezimmer zu. Er bleibt lange dort drin. Lange genug, damit ich mir in meinem zwickenden String und dem aufgehakten BH blöd vorkomme. Schweren Herzens erhebe ich mich von dem malvenfarbenen Sofa. Im Schlafzimmer schlüpfe ich in einen Bademantel. Ich höre, wie im Bad der Wasserhahn aufgedreht wird. Ich stehe draußen vor der Tür und horche auf das Plätschern des Wassers, und ich merke, wie die Emotionen in mir ebenfalls wie Dampf aufsteigen. Er ist viel zu schnell aufgestanden. Und jetzt versteckt er sich im Bad, um alle Spuren von mir abzuwaschen.

Unfreiwillig kommen mir wieder diese dummen Tränen. Ich wische sie fort, atme tief durch und gehe zurück zum Sofa. Als Teddy endlich wieder aus dem Bad auftaucht, ist er makellos zurechtgemacht. Das Haar gekämmt. Die Hände wieder in den Taschen seiner Jeans. »Setz dich doch noch ein bisschen«, sage ich und versuche, nicht zu flehend zu klingen. Doch Teddy schüttelt nur entschlossen den Kopf.

»Ich denke, es ist besser, wenn ich ein andermal wegen des Fernsehers komme«, sagt er. »Und dann würde ich auch gern meinen lederbezogenen Schreibtischstuhl mitnehmen.«

»Können wir denn nicht noch einmal darüber reden, Teddy?«

Seine Züge werden ein bisschen weicher, dann sieht er weg. »Ich hab's dir doch schon gesagt, Roseanna. Ich kaufe mir mit Inga ein Haus.« Seine Stimme wird freundlicher, vielleicht, weil er sieht, was für eine Wirkung seine Worte auf mich haben. »Ich habe es dir gesagt«, wiederholt er. »Und es hat sich nichts geändert.«

»Es hat sich nichts *geändert?*« Ich ziehe den Bademantel fester um mich und spüre, wie er an dem roten Spitzen-BH hängen bleibt. »Hast du nicht gerade mit mir geschlafen?«

Schuldbewusst weicht er meinem Blick aus. »Du schienst es nicht anders zu wollen.«

Ein Schlag ins Gesicht könnte nicht schlimmer sein. »Also hast du mir einen Gefallen getan?«, frage ich.

Die Menge im Stadion dreht wieder durch. Ein gutes Timing, bei all diesem Breitbildlärm loszuflennen.

Teddy macht ein paar Schritte auf mich zu, zieht sich dann aber wieder zurück. »Sieh mal, Roseanna, es tut mir ja auch leid, aber ich kann es nun mal nicht ändern. Ich liebe sie.« Er seufzt, als mir das Herz bricht. »Es konnte doch nichts schaden, dir etwas zu geben, das du unbedingt wolltest …«

»… bevor du endgültig gehst.«

Teddy seufzt. »Vermutlich, ja.«

Mit gerötetem Gesicht und verquollenen Augen sehe ich zu ihm auf. »Na, dann tausend Dank. Hoffentlich hat es dir nicht zu viele Umstände gemacht.«

»Überhaupt nicht«, sagt er, ganz wie der letzte unsensible Potz.

Da haben wir es wieder, denke ich. Meine Mutter hat recht, wie üblich.

7
Manchmal ist das Leben zum Kotzen

Ich verbringe den Montagmorgen mit einem emotional gestörten Molkereiarbeiter und einem Klempnerlehrling mit Legasthenie. Das scheint eine angemessene Strafe für eine Frau, die ihren Mann so verzweifelt zurückzugewinnen versucht, dass sie dazu sogar einen Stringtanga und einen Fernsehapparat einsetzt. Nach dem Mittagessen bin ich dann im SaveWay, wo ich Milton beibringe, wie man den Parkplatz mit einem großen, breiten Holzbesen fegt. Er schiebt Papierbecher und Plastikfolien zum Bordstein und zu den Verkehrsinseln und wirft dann alles in die Mülltonnen. Ich zeige Milton, wie man die Deckel von den Tonnen nimmt, die schweren vollen Säcke herauszieht und einen neuen Plastiksack einlegt. Dicke schwarze Wolken ziehen über uns auf, während ich mit ihm übe. »Lass uns schnell machen und noch diese Tonne hier leeren«, sage ich zu Milton.

»Ja!«, ruft er und steht hinter mir wie ein Schatten. Er beugt sich über mich, als ich mich über den Mülleimer beuge. Ich kann seinen Atem auf meinem Haar spüren.

»Meine Mutter sagt, dass Sex etwas Heiliges ist«, flüstert Milton hinter meinem Kopf. Alles, was ich rieche, ist das Plastik.

Ich ziehe den Kopf aus dem Müllsack und richte mich auf, um in sein angespanntes Gesicht zu blicken. Ich habe nicht die geringste Ahnung, was eine passende Antwort sein könnte.

Milton trägt den Besen über der Schulter wie ein Gewehr, während wir weiter zur nächsten Mülltonne gehen. Ich wiege die Rolle Müllsäcke im Arm wie ein Baby. Dann fällt mir eine

Erwiderung ein. »Milton.« Ich suche seinen Blick. »Ich hoffe doch, dass du nicht mit anderen Kunden im SaveWay über Sex sprichst.«

Ich sehe zu, wie seine Augen rund und weich werden: wie süße Milchschokolade. »O nein, nein, nein«, sagt er. »Nur mit Ihnen.«

Es blitzt, dann folgt Donner. Milton scheint es nicht zu bemerken. Er denkt über Sex nach, während wir zum Geschäft eilen. Seine Mutter sagt, Sex sei etwas Heiliges. Sag das mal Teddy, denke ich. Wieder sehe ich verstohlen zu Milton, und er lächelt mich selig an. Auf seinen schön geschwungenen Wangen glänzen Regentropfen. Bis wir drinnen sind, schüttet es.

Ich stehe vor Mickey Hamiltons Tür neben dem Käseregal, und mein Haar ist tropfnass. Ich warte darauf, dass Milton seinen Besen wegbringt. Ich will nicht, dass Ham mich so zu Gesicht bekommt, in Jeans statt Rock, den Kopf frisch aus der Mülltonne. Was, wenn er wieder fragt, ob ich mit ihm ausgehe? Es ist einfacher, jemandem abzusagen, wenn man businessmäßig gekleidet ist. Allein deshalb sind Präsidenten und Priester so lange mit allem durchgekommen.

Die für Vernarrtheit zuständige Region in Miltons Hirn ist überaktiv. Das Gespräch mit seiner Mutter beim letzten Elternabend hat anscheinend alles nur noch schlimmer gemacht. Dabei habe ich genug Probleme mit meinem eigenen Liebesleben. Ich koche noch immer vor Wut bei dem Gedanken daran, dass mein Mann sich Vorwürfe macht, weil er mit seiner eigenen Frau geschlafen hat. Ist ein neues Gesetz zum Schutz von Geliebten im Kongress abgesegnet worden, ohne dass ich es mitbekommen habe? Gereizt fahre ich mir mit der feuchten Faust über die Haare und warte ungeduldig darauf, dass Mickey Hamilton aus seinem Büro kommt, damit wir Miltons Trainingseinheit beenden können. Die Tür geht auf, doch an seiner statt kommt Milton heraus. Er trägt seinen grünen SaveWay-Regenumhang und ist dabei, zu seinen

Pflichten als Einkaufswagen-Einsammler zurückzukehren. Seine Augen liegen im Schatten der großen Kapuze, doch ich erkenne trotzdem, dass er mich anstarrt – als hätte er bei den Milchprodukten Miss Amerika entdeckt.

»Oh, Miss Plow!«, ruft er plötzlich viel zu laut. Eine Frau lässt den Käse, den sie gerade in der Hand hält, fallen und starrt zu uns herüber.

»Milton«, flüstere ich, »denk an unsere Stimme für drinnen.«

»Aber Miss Plow! Ich muss mit Ihnen *reden!*«

»Ja, schon, aber das kann man auch mit der Stimme für drinnen ...«

»Aber Miss Plow, ich *liebe* Sie doch«, sagt Milton und unterbricht damit jegliche Aktivität in Reihe sechs: Wagenschieben, Sahnekaufen, sogar die Musik setzt zwischen zwei seichten Liedern kurz aus. »Was soll ich denn tun, wo ich Sie doch liebe?«, fragt Milton. Er breitet die Arme weit aus, als er auf mich zugesegelt kommt. Sein Regencape wölbt sich wie Adlerschwingen. Er will mich wirklich umarmen.

Ich könnte eine Umarmung brauchen, aber nicht von Milton, und nicht vor dem Käseregal. Die Frau mit dem Käse lächelt, aber es ist ein verängstigtes Lächeln, denn dieses Lächeln bedeutet, *Herrje, seht euch nur den behinderten Jungen an, wie er sich benimmt*. Am liebsten würde ich ihr dafür eine runterhauen. Ich werde nie verstehen, warum Menschen mit geistiger Behinderung die meisten Menschen so erschrecken. Man könnte alle Miltons dieser Welt der Polizei und dem Grenzschutz zuteilen und unsere Grenzen allein mit ihren Liebesbezeugungen und ihrem guten Willen schützen. Solche Angst haben die Leute. Vorsichtig befreie ich mich aus Miltons Umarmung und führe ihn dann am Ellbogen Richtung Ausgang.

»Es freut mich«, erkläre ich ihm im Gehen ganz ruhig, »dass du mich liebst, Milton ...«

»Wirklich?« Sein Gesicht fährt in der Kapuze zu mir herum, und er sieht mich mit großen Augen an.

»Natürlich, ja. Aber, Milton …«

Er drückt meine Hand. »Weil, wenn Sie mich auch lieben, Miss Plow, hab ich gedacht, dann könnten wir ja heiraten.«

Unglücklich blicke ich in sein schönes Gesicht.

»Wir könnten ein großes Fest machen«, sagt er. »Wir könnten tanzen, und Sie könnten ein weißes Kleid anziehen und ich …«

»Milton!« Jetzt erhebe ich die Stimme und sehe bewusst in sein hübsches Gesicht. »Wir sind hier an deinem Arbeitsplatz, erinnerst du dich?«

Milton senkt den Blick.

»Weißt du noch, wie ich dir das mit dem Arbeitsleben und dem Privatleben erklärt habe und dass wir dazwischen unterscheiden?« Jetzt wird meine Stimme weicher. »Wir beide haben eine *geschäftliche* Beziehung.«

Milton wendet sich ab. »Jaa«, seufzt er, ohne mich anzusehen.

»Gut«, sage ich. Dann füge ich hinzu: »Du machst deine Arbeit wunderbar, Milton.«

Er antwortet nicht. Ich sehe ihm nach, als er mit hängenden Schultern hinaus in den Regen tritt, als würde er eine schwere Last tragen. Supermarktkunden gehen vorbei. Er blickt nicht auf.

Mr Hamilton taucht aus dem Nichts auf und stellt sich neben mich. Er hat seine Sportjacke über die Schulter geworfen und sie an einem gekrümmten Finger eingehakt. Und er trägt noch immer diese Siebziger-Jahre-Koteletten und dieses nichtssagende, alte Gesicht.

»Harter Tag?«, fragt er, als wir zusammen zu seinem Büro gehen.

»Nein, nein«, lüge ich, weil ich keine Lust habe zu erklären, dass für meine Schützlinge jeder Tag ein harter Tag ist. Schweigend betreten wir Mickeys höhlenartiges Büro und lassen uns auf unseren üblichen Plätzen an dem verkratzten Holztisch nieder. Er lockert seine Krawatte, greift hinter sich und holt eine Schachtel mit Doughnuts aus dem Regal.

»Darf ich Ihnen einen anbieten?«, fragt er, und ich schüttele verneinend den Kopf, weil ich natürlich eine Anspielung vermute. Nach dem Motto: Bieten wir der Dicken mal einen Doughnut an. Andererseits könnte das Hams Art sein, zu sagen, dass er meine starken Knochen in Ordnung findet. Oder er hat einfach nur versucht, mir einen Doughnut anzubieten.

»Sie sehen mitgenommen aus«, sagt er.

»Mir geht es gut, Mr Hamilton«, entgegne ich. Ich schlage den Aktenordner mit Miltons Unterlagen auf und tue so, als würde ich darin lesen.

»Darf ich Sie etwas fragen?«, sagt er, und mein Blick wandert sofort zur Tür. »Warum wollen Sie mich eigentlich nicht Ham nennen?«

Ich antworte nicht gleich, weil die Antwort so offensichtlich scheint. Sich »Ham« – *Schinken!* – zu nennen, weil man früher mal als Metzger gearbeitet hat, kommt mir ein bisschen *arschgesichtig* vor, wie Marcie es vielleicht nennen würde. Das ist so, als wäre man das Kind in der Schule, dem die anderen ein Schild mit der Aufschrift SCHLAG MICH auf den Rücken gepappt haben. Aber wie soll man das einem Mann erklären, der stets so freundlich ist?

Ich sehe auf die Tischplatte hinunter, auf der Mickey seine großen, verschränkten Hände in Erwartung einer Antwort abgelegt hat. Ich räuspere mich, verärgert darüber, dass wir diese Diskussion führen müssen, die so gar nichts mit Miltons Fortschritten zu tun hat. Mickey erhebt sich von seinem Stuhl und stellt die Schachtel mit den Doughnuts zurück ins Regal, wobei sein sehr ansehnlicher Hintern sichtbar wird.

Er dreht sich um und sieht mich, immer noch wartend, an.

»Dieser Spitzname ist eine Anspielung auf die *Fleischtheke*«, sage ich schließlich.

Er lässt sich wieder mir gegenüber nieder. »Ich finde eher,

dieser Spitzname ist eine Anspielung auf das, was früher mein *Beruf* war.«

Bitte, denke ich.

Mickey blickt mich unverwandt aus seinen grauen Augen an. Langweiligen Augen. Augen, die so grau sind wie die Wände meiner Mutter beige. Ein netter Hintern ist nicht alles. Wieder mustere ich seine großen Hände auf der Tischplatte und versuche, mir vorzustellen, wie er damit ein Fleischerbeil schwingt. Das hilft.

»Es ist ja nichts Neues«, sagt er, »dass Leute nach ihrem Beruf benannt werden. Ich meine, denken Sie nur mal an all die Fishers und Goldsmiths auf dieser Erde.«

Und Plows, denke ich, sage es aber natürlich nicht laut. »Das ist etwas anderes«, sage ich stattdessen.

»Nicht wirklich«, beharrt er. »Es ist das Gleiche. Ich habe als Metzger gearbeitet, und ich habe meine Arbeit gut gemacht. Ergo: Ham.«

Ergo? Wer verwendet denn ein Wort wie »ergo«? Es ist an der Zeit, das Ganze zu beenden, denke ich.

»Also gut«, sage ich. »Mein Fehler, einverstanden? Ich bin sicher, dass Sie Ihre Arbeit hinter der Fleischtheke gut gemacht haben …«

»Aber Sie sind nicht sicher, ob mein Name so vornehm wie Ihrer ist. Sind Sie Vegetarierin?«

»Nein.«

»Essen Sie Fleisch?«

»Jetzt machen Sie mal langsam«, protestiere ich.

»Ich bin genauso stolz auf meine ordentlich zerteilten Rinderhälften«, seufzt er, »wie Sie auf Milton, der die Tüten in die Mülleimer hängt.«

»Das reicht!« Entrüstet springe ich auf.

»Trotz Ihrer Versnobtheit«, fährt er gelassen fort, »stehe ich immer noch zu meiner Essenseinladung.«

»Tja, tut mir leid«, sage ich. »Aber heute hat mir bereits jemand ein Angebot gemacht.«

»Das habe ich gehört.« – »Und eigentlich bin ich auch nicht zu haben. Ich bin ... halb verheiratet.«

»Auch davon habe ich gehört«, sagt er und steht nun selbst vom Tisch auf. »Aber eines sollten Sie über mich wissen«, sagt er und streift ganz, ganz vorsichtig meine Hand. »Ich bin ein sehr geduldiger Mensch.«

Ich renne wie von der Tarantel gestochen aus seinem Büro. Ich beschließe, ihm Miltons Trainingsprotokoll zu mailen, damit ich sofort nach Hause kann. Ich sehne mich nach meinem Bett. Ich will dorthin, obwohl es groß genug für eine ganze Tennismannschaft ist und ich nur eine Person mit einer Steppdecke bin. Ich möchte unter dieser Steppdecke liegen, wo mir niemand einen Antrag macht, mich zum Essen oder Fernsehen einlädt oder vielleicht die Scheidung einreicht.

Ich stürme über den dampfenden Parkplatz, und Miltons Schlange aus Einkaufswagen klappert laut hinter mir. Ich drehe mich nicht zu ihm um. Ich feuere meine Tasche auf den Beifahrersitz und springe ins Auto. Milton steht neben der Windschutzscheibe, als ich den Motor anlasse. Ich lasse das Fenster runter, und er steckt das nasse Gesicht herein. Der Regen tropft von seiner Kapuze ins Wageninnere.

»Alles okay mit dir?«, frage ich, doch er starrt mich nur an, und seine Mundwinkel zittern.

»Oh Miss Plow«, sagt er schließlich, »manchmal ist das Leben zum Kotzen.«

Ich sollte ihn daran erinnern, dass *Kotzen* eines der Wörter ist, die wir nicht am Arbeitsplatz verwenden. Doch stattdessen strecke ich die Hand aus und tätschele seine feuchte Wange.

»Da hast du recht, Milton«, sage ich zu ihm. »Da hast du wirklich recht.«

Langsam fahre ich davon und krieche an den für Long Island typischen Supermarktkunden vorbei – Hausfrauen mit toupiertem Haar, rundlichen alten Damen, »Gutsituierten«

mit gestylter Frisur, die mit großen Klunkern behangen sind – alle beladen sie ihre Autos mit Plastiktüten, braunen Papiertüten und bergeweise Klopapier in Cellophan. Vielleicht werde ich mit der Zeit auch eine von diesen rundlichen alten Damen, eine weitere dieser grobknochigen alten Frauen wie Teddys Mutter, Mrs Stracuzza, mit ihrem italienischen Queens-Akzent, ihren Pastarezepten, ihren geschwollenen Knöcheln und dem katholischen Aberglauben. Als Frau eines Malers hat sie nie verstanden, warum Teddy so anders als seine Eltern sein wollte. Sein Faible für edle Weine und teure Designeranzüge hat sie in gewisser Weise enttäuscht. Manchmal komme ich mir vor, als wäre ich der Trostpreis, den Teddy nach Hause geschleppt hat, um sie zu beruhigen – ein rundliches Long-Island-Girl mit Eltern aus der Arbeiterklasse und, wenn schon keinem italienischen Nachnamen, dann doch wenigstens einem, der nach Long Island klingt.

Bis ich zu Hause bin, scheint die Sonne wieder. Ich sehe meine Mutter auf dem Besucherparkplatz stehen, sie hat sich mit gekreuzten Armen und Beinen an ihr Auto gelehnt. In dem langen Jerseykleid und dem kurzen, geblümten Jäckchen sieht sie aus wie die Mutter aus den Dick-und-Jane-Kinderbüchern.

»Hello, Dolly«, sagt sie und mustert mich durch ihre Sonnenbrille mit dem gesprenkelten Gestell. »Ich bin hier, um mir meine Tortenplatte zu holen, falls du sie nicht mehr brauchst.«

»Den Kuchen hast du gestern vor meiner Tür abgestellt, Ma. Glaubst du wirklich, ich esse so eine Kalorienbombe in nur vierundzwanzig Stunden?«

Sie schiebt die Sonnenbrille in die Stirn. Ich sehe, wie ihr Blick zu meinen Hüften wandert.

»Lass gut sein, Ma. Der Tag war lang.«

»Warst du arbeiten?«

»Ja.«

»In diesem Aufzug?« – »Ja«, sage ich. »In diesem Aufzug. Was dagegen?«

Ich drehe ihr den Rücken zu und gehe in Richtung Fahrstuhl. Sie schweigt wie ein Geist und heftet sich an meine Fersen. Sie weiß, dass sie mich verletzt hat. Als der Fahrstuhl klingelt, schlüpft sie neben mir hinein. Ich blicke in den Wandspiegel, und da sind wir: eine kleine Frau in einem Kostüm und eine große Frau mit Jeans. Eine Erdnuss und ein Kürbis, Seite an Seite. Meine Augen sind ungeschminkt und gerötet. Der Lippenstift meiner Mutter leuchtet rot.

Ich schließe die Tür auf und sehe zu, wie meine Mutter vor mir eintritt. Prüfend wandert ihr Blick nach links und rechts, ob auch alles ordentlich, staub- und ehemännerfrei ist. Erleichtert fällt mir ein, dass ich daran gedacht habe, die roten Dessous wieder zurück in die Schublade zu stopfen. Meine Mutter lässt sich steif in Teetrinkerpose auf dem Sofa nieder. Es wäre nett, wenn sie ihre Kuchenplatte nehmen und verschwinden würde. Aber natürlich ist sie nicht wegen der Servierplatte hier.

Ich rausche an ihr vorbei in die Küche und reiße die unangeschnittene Torte von der Arbeitsplatte.

»Hier. Warum nimmst du das nicht wieder mit?« Ich halte sie ihr demonstrativ vor das erschrockene Gesicht.

»Aber da ist ja noch die ganze, unberührte Torte drauf!«

»Davon werde ich nur noch fetter.«

»Das ist dein Lieblingsrezept! Das aus dem Kirchenkochbuch! Glaubst du etwa, ich habe die Torte für *mich* gemacht?«

»Woher soll ich wissen, für wen du sie gemacht hast? Hast du nicht gerade meine Hüften angestarrt? Vollschlanke Mädels brauchen keinen Kuchen, Mom. Schon vergessen?«

Meine Mutter schlägt die Beine übereinander und fegt ein nicht vorhandenes Staubkörnchen vom oberen Knie. Ihr Mund bildet eine schmale Linie. Schwer, schwer eingeschnappt.

»Rosie, du bist …« – »… pummelig, Mom. Ich bin pummelig, okay?«

»Nein! Du bist gehässig.«

»Ich bin nicht gerade perfekt, Ma. Einigen wir uns einfach darauf. Mein Outfit ist zum Kotzen. Mein Mann hat mich verlassen. Meinst du, du kannst damit leben, Ma?«

Sie blickt auf ihre Hände. Anscheinend kann ich nicht aufhören.

»Was du da sagst, Ma, verletzt anderer Leute Gefühle, ob du es glaubst oder nicht …«

Ihr Kopf fährt hoch. »Du bist doch nicht *irgendjemand.* Du bist meine Tochter. Ich dachte, ich könnte ganz offen zu dir sein.«

Ich verwerfe ihre Aussage mit einem verächtlichen Schnauben. So etwas werde ich meiner Tochter gegenüber nie äußern, sollte ich jemals eine haben. Ich gehe an dem ungenutzten Raum, der einmal das Kinderzimmer hätte werden sollen, vorbei ins Schlafzimmer. Meine Hände ballen sich so fest, dass die Nägel sich in das weiche Fleisch der Handfläche graben. Inga. Dieser Betrug! Mein Herz schmerzt wie ein aufgeschürftes Knie. Ich bin ein bisschen kurzatmig und spüre die Wunde, als wäre sie ganz frisch. Ich weiß, dass meine Mutter nicht allein schuld daran sein kann. Ich weiß, dass sie nur eine kleine Frau in großer Aufmachung ist. Aber trotzdem.

»Ich bin ein bisschen müde, Ma«, rufe ich. »Ich lege mich jetzt hin.«

»Dein Vater hat Blut im Urin«, murmelt sie hinter mir. Ich drehe mich um und sehe sie an.

»Ich mache mir ein bisschen Sorgen, dass er sterben könnte«, sagt sie. Dann nimmt sie ihre Torte und geht.

Statt mich hinzulegen, fahre ich zu Ingas Haus. Ich treffe sie im Garten an, wo sie sorgfältig ihre üppigen Tomatenpflanzen an Metallgittern hochbindet. Sie steht mit dem gebeugten Rücken zu mir. Sie ist größer und vielleicht ein bisschen drahtiger als meine Mutter, aber trotzdem der gleiche Typ. Gewinnend. Gertenschlank. So verdammt dünn. Mir schießt die Frage durch den Kopf, ob mein Vater sich vor dreißig Jahren auch zu Inga hingezogen gefühlt hätte. Vielleicht fühlen sich alle Männer zu den gleichen Frauen hingezogen, und der Rest von uns läuft einfach nur mit dem falschen Aussehen herum und wartet auf den Ausschuss, auf die Männer, die uns trotzdem nehmen.

Teddys Auto ist nicht hier. So kam es, dass ich mich zur Rückseite von Ingas Cape-Haus vorgewagt habe, über den Pflasterweg, der sich am Rand des Grundstücks hinunterschlängelt, vorbei an sorgfältig arrangierten Sträuchern, die ihn flankieren.

Ich hatte so eine Ahnung, dass ich sie hier finden würde. Sie wohnt mehr oder weniger in ihrem Garten. Ich warte darauf, dass sie sich umdreht und mich ansieht, und frage mich, was sie wohl sagen wird, wie sie ihrer ältesten, besten Freundin diesen ganzen Männer-Kuddelmuddel erklären wird. Doch als sie sich dann umdreht und ein roter Gartenhandschuh langsam zu ihrem offenen Mund wandert, bin ich es, die spricht.

»Mein Vater hat Blut im Urin«, sage ich. »Vielleicht hat er Prostatakrebs.«

»O *nein*«, sagt Inga sanft. Sie hat meinen Vater hundert Mal getroffen. Sie hat ihm ordentlich die Hand geschüttelt und ihn Mr Pulkowski und nicht Mr Plow genannt. Sie hat es ihm gestattet, sie auf seine stille Art zu lieben. Ich hoffe, dass diese Neuigkeit sie schmerzt oder zumindest aus dem Konzept bringt. Aber vielleicht hoffe ich auch, immer noch mit einem Problem zu meiner besten Freundin gehen zu können, wie früher.

Jetzt sind wir beide verwirrt. Schweigend stehen wir in Ingas Garten. Kleine gelbe Haarbüschel rahmen ihre Stirn und ihren langen Hals. Ich streiche mein eigenes Haar zurück und spüre, wie spröde es ist. »Inga«, sage ich. »Wie konntest du mir das antun?«

Sie beißt sich auf die Unterlippe. Sie geht in die Knie und hebt ihre Pflanzkelle auf.

»Wie kannst du nur ernsthaft zusammen mit ihm ein Haus kaufen?«

Sorgfältig wischt sie die Kelle mit einer behandschuhten Hand ab. »Ich muss jetzt gehen«, sagt sie, dreht sich um und geht weg.

Die Fliegengittertür schlägt gegen den Türrahmen, und ich stehe zwischen den Tomaten und den Ringelblumen, allein. Ich folge ihr zur Tür und stehe da, drücke mir die Nase am Fliegengitter platt und schirme mit den Händen meine Augen ab. Ich luge in ihre Küche, auf die geschwungene Gardine über dem Spülbecken, auf eine angebrochene Weinflasche mit Korken auf der Arbeitsfläche. Sie selbst ist nicht dort. Sie ist in irgendeinem anderen Zimmer. Ich sehe jedes einzelne vor mir, die Farbe jeder Wand, jede Lampe, jedes Handtuch. Ich starre in den Raum, in dem Inga und ich vor dem offenen Gefrierschrank gestanden und Häagen-Dazs aus der Packung gelöffelt haben, wo wir Kekse gebacken und über unser Sexualleben gesprochen haben, wo wir zahllose andere Weinflaschen entkorkt haben. Jetzt ist das *Teddys* Küche geworden – zumindest, bis die beiden in ein Haus mit einer *anderen* Küche ziehen.

Nach all diesen Jahren scheine ich nicht einfach hineingehen zu können. »Inga?«, rufe ich leise durch die Maschen des Fliegengitters. »Wie konntest du das tun?« Es ist leichter, mit ihr zu reden, wenn sie nicht da ist. »Wie konntest du mir den Mann wegnehmen? Ich habe dir geholfen, diese Gardine da *aufzuhängen*. Ich habe dir geholfen, sie auszusuchen.«

Es ist, als wäre sie nicht da. »Warum hast du das getan?«, frage ich erneut, doch dieses Mal schreie ich anscheinend. »Inga! Warum? Inga! Antworte mir!«

Nichts.

»Ich bin's, Rosie«, erinnere ich sie. »Deine beste Freundin. Findest du nicht, dass du mir eine Antwort schuldig bist?«

Wieder nichts. Dann doch etwas. Die Eingangstür geht auf und zu. Eine Minute später höre ich, wie eine Autotür zuknallt, wie der Motor anspringt und wie sein Brummen leiser und leiser wird. Inga ist fort. Ich habe sie aus ihrem eigenen Haus verjagt. Immerhin etwas.

Ich löse mein Gesicht von dem Gitter. Eine Frau im Garten neben Ingas steht auf einer Leiter vor ihrem erhöhten Pool und tut so, als würde sie mit einem Netz die Käfer herausfischen, obwohl sie in Wahrheit einfach nur mich beobachtet. Sie lächelt mich mit ihren unvorteilhaften Shorts an, und die Cellulitis an ihren Beinen glänzt. »Ich glaube, sie ist weg«, sagt sie.

8
Take my breath away

Mein Vater hat nach dem Zweiten Weltkrieg aufgehört zu reden. Als Kind wusste ich das natürlich nicht, denn als Kind hatte ich keine Ahnung, wann der Zweite Weltkrieg zu Ende war. Ich dachte, mein Vater hätte nie geredet. Soweit ich es beurteilen konnte, war er schon in einem Fernsehsessel sitzend zur Welt gekommen, die Andeutung eines freundlichen Lächelns auf dem Gesicht und eine Dose Bier in der großen Hand. Es ist wie in »Endstation Sehnsucht«: Er ist eine Art Stanley Kowalski, nur ohne das Böse. Er brüllt meiner Mutter *Stella!* entgegen, aber lediglich durch seinen unbeweglichen Blick.

Das schien ihr zu reichen, wenn auch ich nicht zufrieden damit war. Erst nachdem ich Teddy geheiratet hatte, gestand meine Mutter mir eines Tages in Commack, während wir ihre Wäsche aufhängten, wann mein Vater aufgehört hatte zu sprechen.

»Tja, seit unserer ersten Verabredung hat er nie mehr ein vollständiges Gespräch mit mir geführt«, sagte sie und befestigte sein Hemd an den Schultern an der Leine.

Man konnte neben ihrer Wäscheleine im Hinterhof stehen und in jeder Richtung auf fünf oder sechs weitere Hinterhöfe blicken. So ist das in Commack. So ist das in ganz Long Island, wie ich es kenne. Flache Reihenhäuser mit Müttern in den Hinterhöfen. Über Meilen reihen sich Ladenzeilen, Einkaufszentren, Ersatzteilläden und Autohändler aneinander. In der Luft liegt ein leichter Salzgeruch.

»Ma«, habe ich sie gefragt, »wie hast du das ausgehalten? Wie konntest du ihn heiraten?«

Meine Mutter sah mich aus ihren scharfen Augen an, und in ihrem Blick konnte ich Wut auf mich erkennen, nicht auf meinen Vater. »Jetzt hör mir mal zu, Fräuleinchen, wenn du deinen frischgebackenen Ehemann in einem Jahr so gut kennst wie ich deinen Vater nach diesem ersten Treffen, wäre ich sehr überrascht.« Sie deutete mit einer hölzernen Wäscheklammer auf mich. »Man muss nicht die ganze Zeit reden, um jemandem zu sagen, wie sehr man ihn liebt.«

Das war vor vier Jahren, und ich weiß noch genau, dass ich unter anderem mit einem höhnischen Lächeln auf diese Aussage meiner Mutter reagierte. Ich ließ es sie durch die Reihen feuchter Wäsche sehen; ich dachte, ich wüsste, wo es langgeht! Jetzt, wo Teddy bereits seit drei Wochen fort ist, sehe ich natürlich die Wahrheit in ihren Worten. Während unserer reichlich kurzen Ehe redete Teddy ohne Unterlass, meistens jedoch über Teddy. An jenem Tag, als ich mit meiner Mutter Wäsche aufhängte, glaubte ich noch, dass diese Ehe im Hause Disney geschlossen worden sei. Ich war eben neunmalklug, frisch ausgestattet mit dem falschen Gefühl von Weisheit, das einem das Schreiten durch den Mittelgang einer Kirche verleiht.

»Ma«, hatte ich gesagt und dabei ein langes weißes Laken über die Leine geworfen, um mich von ihr zu distanzieren, »wir Sozialpädagogen reden von verbalem Missbrauch, wenn jemand Wörter wie Waffen einsetzt. Wenn jemand seit über vierzig Jahren nicht mit dir spricht, kann man das durchaus *nicht*verbalen Missbrauch nennen.«

Meine Mutter riss das Laken von der Leine und ließ es, feucht, wie es war, zu Boden fallen. Ihr Gesichtsausdruck war versteinert, und sie war alles andere als amüsiert. »Sprich mir gegenüber nie wieder so über deinen Vater«, sagte sie, »nie wieder.«

Ich war immerhin so klug, darauf nichts zu entgegnen. Mir war klar, wen meine Mutter zuerst ins Rettungsboot ziehen würde, sollte ihre Familie mit der *Titanic* untergehen.

An diesem Morgen ist das Wohnzimmer meiner Mutter lärmerfüllt, obwohl nur mein Vater und ich darin sitzen. Nicht wir sind es, die den Lärm verursachen, sondern der Fernseher. Ein sonntägliches Sportprogramm. Die Zusammenfassung eines Spiels der Yankees gegen die Red Sox. Meine Mutter ist noch in der Kirche, und der Sprecher berichtet über den Lärm der Menge hinweg aus dem Privatleben irgendeines Werfers. Ich habe noch nicht ein Wort mit meinem Vater gewechselt über seine diversen Besuche bei Urologen, Onkologen oder auch unserem Hausarzt, Dr. Nash, der das Blut im Urin überhaupt erst entdeckt hat. Nichts an seinem distanzierten Verhalten veranlasst mich zu glauben, er würde mit mir über seine Krankheit reden, selbst wenn ich heute nur deswegen gekommen bin.

Ich habe keine Ahnung von Baseball, und es ist mir unangenehm, so neben meinem Vater zu sitzen. Das Lärmen der Menge erinnert mich an den schlechten Sex mit Teddy. Der genoppte Bezug auf dem Sofa meiner Mutter scheuert gegen meine Kniekehlen. Wäre doch ihr Sofa nur nicht so steif, so kratzig, so – fünfzigerjahremäßig. Warum haben die Leute in den Fünfzigern nicht gern bequem gesessen? Fast hätte ich meinen Vater danach gefragt, dessen Blick kurz vom Bildschirm zu mir gewandert ist, doch dann hören wir das Quietschen der Hintertür und atmen beide erleichtert auf.

»Hal-*lö*-chen!«, trällert meine Mutter. »Bin von der nicht enden wollenden Messe zurück!«

»Hi, Ma!«, rufe ich und versuche einen Werbespot zu übertönen. Ich stehe auf, um sie zu begrüßen, doch sie umrundet bereits auf ihren klappernden, hohen Absätzen die Küchenecke und kommt in ihrem guten marineblauen Sonntagsmantel, den sie vermutlich bereits zu meiner Taufe getragen hat, ins Wohnzimmer.

»Schon wieder war dieser verdammte Jesuitenpater da«, murmelt sie und wirft ihr Handtäschchen neben mir aufs Sofa. Angesichts ihres Fluchs läuft mir ein Schauer den Rücken hinunter. »Die werden doch im Jesuitenkolleg total verzogen«, bemerkt sie bitter, »da wird ihnen jeder Tee und jeder Brandy gebracht und sogar noch der Hintern abgewischt.«

Mein Vater hebt eine Augenbraue, mehr aus Erheiterung denn aus Missbilligung. *Stella!,* sagt dieser Blick.

»Heute hast du nichts verpasst, Pulkowski«, erklärt meine Mutter ihm, während sie den Mantel aufknöpft, und wieder hebt mein Vater die Augenbraue. Er ist seit zweiunddreißig Jahren nicht mehr in die Messe gegangen, seit meiner bereits erwähnten Taufe nicht mehr. Und trotzdem lässt meine Mutter diesen Kommentar jeden Sonntag vom Stapel.

»Die Predigt hättest du hören sollen!« Sie schlägt sich gegen die Stirn. »Darüber, wie schwer doch das Leben eines Mannes ist. Immer hat er vom Leben der Männer geredet, was die *Männer* doch für ein Kreuz zu tragen hätten! Als ob wir Frauen die ganze Woche nur auf der faulen Haut liegen und darauf warten würden, dass ...«

»Helen«, sagt mein Vater und lächelt sie an. Vielleicht ist es auch ein Zusammenzucken. Erschrocken hält meine Mutter inne, fast, als wache sie gerade auf. Sie zieht den Mantel aus, streicht den Rock glatt und schenkt mir ein würdevolles Lächeln ihrer roten Lippen.

»Hallo Rosie«, sagt sie. »Dann mache ich dir und Pulkowski mal was zu essen.«

Mit wehendem Rock und klappernden Absätzen verschwindet meine Mutter in der Küche. Ein bisschen verblüfft sehen wir ihr nach. Unsere Blicke kehren zum Fernseher zurück. Die Geräuschkulisse der Baseballfans erinnert an einen im Hintergrund laufenden Staubsauger. Ich lausche und fühle mich an Eleanor erinnert, die ihren Staubsauger auf dem Teppich des Zahnarztes vor und zurück schiebt, vor und zurück.

»Dad«, sage ich, »wie geht es dir?«

Ich starre weiter in den Fernseher. Ein Spieler auf der dritten Base fängt den Ball und stürzt sich auf den Läufer, der auf ihn zukommt. Er plumpst samt Ball auf ihn und drückt ihn platt wie eine Zeichentrickmaus. Ich höre, wie mein Vater in seinem Sessel raschelt. Ich höre, wie die Kissen seufzen. Ich werfe ihm einen Blick zu. »Gut«, sagt er zu dem plattgedrückten Baseballspieler. Und dann: »Ich schau besser mal nach dem Essen deiner Mutter.«

Er erhebt sich, als hätte eine stumme Klingel ihn gerufen. Auf seinem Weg an mir vorbei beugt er sich von seiner stattlichen Höhe zu mir herab und drückt meine Schulter. Sehr zart, sehr flüchtig. Seine Hand ist schwer und warm, von den Fingern stehen einzelne, drahtige Härchen ab. Ich sehe an seiner khakibraunen Hose hoch, an dem kurzärmeligen Hemd, der Fernsehbrille. Er ist ein Riese, aber er hat mir nie die Hand auf die Schulter gelegt. Doch ich brauche mehr als dieses Schulterdrücken. Ich brauche das Gespräch mit ihm.

Meine Mutter hat den Tisch mit ihrem schrecklichen Fünfzigerjahregeschirr gedeckt, das keine andere Mutter je besitzen würde.

»Du bleibst doch zum Mittagessen, Rosie.«

»Heute kann ich nicht«, sage ich ihr, schwebe an dem gedeckten Tisch vorbei und bewege mich Richtung Hintertür.

»Was *meinst* du damit?«, fragt meine Mutter mit ihrer besorgtesten Stimme. Sie steht vor dem Herd, die eine Hand in die Hüfte gestemmt, während die andere drohend eine Suppenkelle umklammert. Auf ihrer Wange ist ein Spritzer Tomatensoße.

»Ich fahre heim und mache mir mein eigenes Mittagessen«, antworte ich ihr. »Ich will ja nicht wie diese Jesuiten enden.«

»Ich verpasse dir eine Beule«, warnt sie mich und fuchtelt mit der Kelle. Doch ich bin bereits fort, durch die Fliegengittertür und auf dem Weg zu meinem Wagen. Er hätte mit mir reden sollen. Ich bin extra den weiten Weg gefahren.

Langsam fahre ich durch die Stadt meiner Kindheit. Ich

stehe vor einer roten Ampel beim Commack-Park und starre auf die Schaukeln, auf denen meine Mutter mich anzuschubsen pflegte. Inzwischen sind die Metallstangen in leuchtendem Rot und Gelb gestrichen und erinnern mich an Inga und ihre Kartons voller Vitamin- und Mineralpräparate, die in den gleichen Farben gehalten sind und die sie im Kofferraum ihres Autos umherkutschiert. Sie hat mit dem Verkauf von Almost-Keksen Karriere gemacht, einer widerlichen Mischung aus Algen, Körnern und Melasse, erfunden von einem vitaminbesessenen Hersteller aus Kalifornien. Inga steht für das komplette Sortiment »biologisch-dynamischer Alternativen«, wie sie die krümeligen Snacks nennt, mit denen sie in Fitness-Clubs, Naturkostläden und sogar in 7-Eleven-Märkten im gesamten Nordosten des Landes hausieren geht. Sie verkauft Almost-Bonbons und Almost-Chips, verpackt in glänzendes Rot und Gelb. Insgeheim schreibe ich Ingas Erfolg beim Verscherbeln dieses Zeugs der Tatsache zu, dass sie blond, dünn und weiblich ist. Ich selbst war nie versucht, mir einen Vorrat an Almost-Produkten zuzulegen, und wenn mir Inga in der Vergangenheit einen Riegel von diesem und eine Tüte von jenem angeboten hat, habe ich immer höflich abgelehnt. Ich habe reichlich Erfahrung damit, annähernd das zu bekommen, was ich will. Und wenn es ums Essen geht, mache ich keine Kompromisse. Trotzdem muss es Leute geben, die sich das reinpfeifen, was Inga verkauft. Vielleicht führt Teddy gerade einen bläulichen Almost-Chips zu seinem rosa Zahnfleisch und kaut zärtlich darauf herum, während er Inga beim Unkrautrupfen zuschaut.

Zuhause blinkt die rote Anzeige des Anrufbeantworters verführerisch in Teddys verlassenem Arbeitszimmer. Ich rede mir ein, darauf eine Nachricht von meinem Vater vorzufinden, in der er mir mitteilt, ich solle mir keine Sorgen machen, es gehe ihm gut, das Blut im Urin habe nichts zu bedeuten. *Denk dran, Rosie,* wird er am Ende noch hinzufügen, *man muss nicht die ganze Zeit reden, um jemandem zu sagen, wie sehr man ihn liebt.* Als ich zum Anrufbeantworter komme, versetzt eine leuchtende 3 meinen Magen in Aufruhr. Drei Anrufe, während ich weg war! Mein Finger drückt die PLAY-Taste.

Hi, Roseanna. Wie geht's Ihnen? Hier ist Ham. Oder Mickey, wie Sie wollen. Ähm ... mit Milton ist alles in Ordnung. Ich ... äh ... rufe wegen dieser anderen Sache an, über die wir diese Woche schon in meinem Büro geredet haben. Bitte rufen Sie mich doch zurück, wenn Sie Zeit haben.

PIIIEP!

Ja, Roseanna. [Es ist Teddy!] Hör zu, äh ... Inga hat mir gegenüber erwähnt, dass du diese Woche vorbeigekommen bist. Bei ihr. Wolltest wohl mich sehen. Bitte komm in Zukunft nicht mehr, äh ... unangemeldet zu ihr. Das regt sie zu sehr auf, und es ist auch nicht fair ihr gegenüber. Wenn du was von mir willst, ruf bitte vorher an, dann können wir etwas ausmachen.

Klick! PIIIEP!

Miss Plow? Miss Plow? Hier ist Milton! Milton Beyer, ja? Ihr bester Arbeiter im SaveWay, ja? Ich bin ein sehr guter Arbeiter, Miss Plow. Aber jetzt bin ich nicht bei der Arbeit. Ich bin zu Hause ... Aber meine Mutter ist im SaveWay und kauft etwas zu essen ein! Ist das nicht lustig? Ich rufe an, weil ich Ihnen etwas sagen muss. Warten Sie mal kurz.

Ich warte. Aus dem Hörer dringt ein Poltern, gefolgt von schwerem, ängstlichem Atmen.

Take my breath AWAAAAY! AAY! AAY! AAY!

Der Gesang bricht gnädigerweise ab. Mehr Poltern. Mehr Schnaufen.

Jetzt ist es doch in Ordnung, Ihnen zu sagen, dass ich Sie liebe, oder? Weil ich nicht an der Arbeit bin? Wissen Sie, dass ich Ihre Nummer im Telefonbuch nachgeschaut habe? Genau wie Sie es mir gezeigt haben! Und wissen Sie was? Das ist echt lustig! In den Gelben Seiten gibt's eine Menge Plows. Für Schnee! Snow plows – Schneepflüge! Ist das nicht lustig? Ich liebe Sie, Miss Plow … Ich …

PIIEP!

Ich drücke die STOP-Taste und sinke dann in Teddys Ledersessel. Es ist einer von diesen überdimensionierten Chefsesseln, die ich immer verabscheut habe, ein Möbelstück für das mickrige Ego seelisch Verkümmerter, und abgezahlt haben wir ihn auch noch nicht ganz. Ich lege meine Wange auf das braune Polster, das schwach nach ihm riecht: Deo und Moschus. Ich versuche immer noch, die schauerliche Imitation von Jessica Simpson aus dem Kopf zu bekommen, als jemand die Klingel betätigt.

Meine Klingel.

Ich mache die Tür auf, und Inga steht vor mir.

Mir bleibt die Luft weg.

9

Wie ein Blutgerinnsel

Inga betritt meine Wohnung, ohne um Erlaubnis zu fragen. Sie hat knappe Shorts und ein winziges aquamarinblaues Tank-Top mit integriertem BH an. Sie ist gramgebeugt, und das lässt ihr Gesicht zehn Jahre älter aussehen. Trotz ihres Kummers hat ihr Gehabe etwas Oberflächliches, wie auf den Fotos von Paris Hilton, wenn ihr die Sonne ins Auge scheint. Ich frage mich, warum mir das früher nie aufgefallen ist.

»Darf ich reinkommen, Rosie?«, flüstert sie mit gequälter Stimme.

»Ich glaube, du bist schon hereingekommen«, sage ich nur und fühle mich weniger großspurig, als ich mich anhöre – um der Wahrheit die Ehre zu geben, bin ich verängstigt. Mit ihren langen, schmalen Fingern umklammert sie ein kleines Büchlein. Sie bemerkt meinen Blick auf das Buch in ihren Händen und atmet tief ein.

»Rosie, Rosie«, sagt sie und atmet dramatisch aus.

»Inga, Inga«, kontere ich unfreundlich. Ihre Anwesenheit in meinem Wohnzimmer bringt meine schlechteste Seite ans Licht. Ich will nicht gemein sein, aber sie hat das falsche Publikum für ihr Melodram gewählt. Als ich zu ihr nach Hause kam, um mit ihr zu reden, ist sie aus der anderen Tür geflohen. Jetzt bin ich beinahe versucht, mich aus dem dritten Stock zu stürzen, um ihr zu entkommen. Ich stelle mir vor, wie ich auf dem harten Zementboden unseres Swimmingpools liege, wie schockierte Anwohner meinen verrenkten Leichnam umrunden wie einen umgestürzten Planwagen und wie Inga schreit: »Nein!«

Aber was sollte Inga daraus lernen? Ich weiß ja nicht wirklich, *wie* jemand sich unter diesen Umständen wirklich verhält.

»Ich würde dich gern umarmen«, sagt Inga.

Ich mache unwillkürlich einen Schritt zurück. Die Vorstellung, von Inga berührt zu werden, macht mich krank.

»Ich würde dich wirklich gern umarmen«, sagt sie erneut, und ihre Augen füllen sich mit Tränen. Mir wird bewusst, dass es mir gefällt, wenn ihre Augen sich mit Tränen füllen. Ich hoffe, sie leidet schrecklich. Ich hoffe, sie kapiert, was sie mir allein dadurch zumutet, dass sie in meinem Wohnzimmer rumsteht. Angesichts ihres verheulten Gesichts und ihres lächerlichen Wunsches nach Versöhnung fühle ich mich nervös und hilflos. In Gedanken bin ich bei der Torte, die meine Mutter für mich gebacken und dann wieder mit nach Hause genommen hat. Hätte ich das bloß nicht zugelassen! Der Boden mit der Zartbitterschokolade war sicher saftig und die Glasur lecker, und ich könnte sie genau jetzt vertilgen, um mich zu trösten. Oder ich könnte damit nach Inga werfen, könnte Stücke dieses Teufelszeugs in ihr blasses Gesicht schleudern. Nie in meinem Leben war ich so verwirrt.

Ich biete Inga keinen Stuhl an. Wir stehen einfach da wie zwei Revolverhelden vor Miss Kittys Saloon, Inga ist mit ihrem Büchlein bewaffnet und ich bin mit, na ja, mit nichts bewaffnet.

»Ich habe diesen Gedichtband mitgebracht, in dem meine Mutter immer gelesen hat«, erklärt sie mir. »Ich weiß, dass es sich seltsam anhört, aber mir ist nichts Besseres eingefallen, um dir zu erklären, was … zwischen Teddy und mir … passiert ist.«

Als ich den Namen meines Mannes aus ihrem Mund höre, zucke ich zusammen. Sie hält mir das Buch hin; ich lese den Titel: *Liebesgedichte*. Anne Sexton. Ihre Mutter pflegte Liebesgedichte zu lesen, während meine am Pillsbury-Kochwettbewerb teilnahm. Wie hatte diese Frau je meine Freundin sein können?

»Darin geht es um Ehebruch«, fährt Inga fort. »Aber bei Anne Sexton ist der Ehebruch eine« – sie blickt zu Boden – »*spirituelle Bereicherung.*« Sie lacht. »So ähnlich steht es zumindest im Vorwort.« Ihr Ausdruck ist verträumt. Ich habe Lust, sie zu schlagen. Sie plappert weiter.

»O Rosie! Ich wünsche mir so sehr, dass du verstehst, wie das passiert ist! Es war nichts, was wir geplant haben. Es war ... hier.« Ich sehe zu, wie sie in den Seiten blättert. Sie schlägt eine auf und fängt an vorzulesen:

Deine Hand fand meine.
Leben schoss mir in die Finger wie ein Blutgerinnsel.

Ich bin sprachlos. Weiter und weiter liest sie mit ihrer Singsangstimme, jetzt geht es um tanzende Finger, und flammend deklamiert sie die bedeutungsschwangeren Zeilen:

Oh, mein Zimmermann ...
Sie tanzen auf dem Dachboden und in Wien.

Hier bricht sie ab und blickt zu mir.

Ich bin fassungslos. »Er ist kein Zimmermann«, ist alles, was ich hervorbringe. Ich lasse mich aufs Sofa plumpsen. Inga eilt herbei und setzt sich neben mich. Hastig rücke ich weg von ihr. Bei der Vorstellung, sie könne mich berühren, möchte ich Amok laufen.

»Als Sylvia Plaths Mann Ehebruch beging, hat sie ihren Kopf in den Ofen gesteckt«, informiere ich sie, diese Schlampe, die neben mir auf dem Sofa sitzt. Dieser falsche Fuffziger, diese Verräterin, diese hohlköpfige Intellektuelle. Dabei hat sie immer mit Teddy und mir *Survivor* geglotzt. Sie weiß mehr darüber, wie man auf einer einsamen Insel frisches Wasser findet als über Anne Sexton.

»Und was bedeutet hier Wien?«, frage ich meine Knie. »Hast du es da auch mit meinem Mann getrieben?«

Wieder bin ich überrascht von mir selbst, darüber, wie gut es sich anfühlt, grausam zu sein. Verstohlen betrachte ich unsere nebeneinander aufgereihten Knie. Ingas sind entblößt und so glatt wie Klaviertasten, meine sehen aus wie dunkelblaue Schweinshaxen, über die Mickey Hamilton wahrscheinlich voller Stolz gesagt hätte, er habe sie säuberlich ausgelöst. Plötzlich höre ich Inga neben mir weinen, als wäre sie diejenige mit dem Kummer, als wäre sie die Grobknochige, Sitzengelassene, diejenige, der der Mann weggelaufen ist. Einmal war sie mit einem verheirateten Mann liiert, der bereit war, seine Frau für sie zu verlassen, doch Inga hatte ihm gesagt, er solle zu seiner Frau zurückkehren, weil es nicht richtig war, dass sie eine Affäre hatten. Was ist aus Ingas moralischen Ansprüchen geworden? Wie soll ich das je erfahren, wenn ich sie nicht frage?

Ich blicke in ihr hübsches Gesicht, das jetzt ein bisschen verquollen und verheult ist, und stelle ihr meine Frage. »Inga«, sage ich. »Wie konntest du mir das antun?«

»Ich habe dir nichts angetan!«, schluchzt sie. »Sondern Teddy *mir.*«

Das Zimmer beginnt, sich zu drehen, und ich bin froh, dass ich sitze. »Was?«, hauche ich.

»Teddy war's. Es fing damit an, dass er nachts bei mir zu Hause vorbeikam. Was hätte ich denn tun sollen? Den Mann meiner besten Freundin rauswerfen?«

Ich kann es nicht glauben. Meine Hände ballen sich zu Fäusten. »Ist dir jemals der Gedanke gekommen, dass du es deiner besten Freundin hättest *sagen* können, dass er bei dir war?«

Ingas Augen blitzen. »Warum wusstest du nicht, dass er weg war?«

Das lässt mich fürs Erste verstummen. Ich *wusste,* dass er weg war. Ich hatte Abend für Abend zugesehen, wie er seine Bomberjacke überwarf. Ich hatte mir seine lahme Ankündigung angehört, er müsse »Luft schnappen gehen«. Ich habe ihn nie gefragt, warum es ihn an den eisigsten Winterabenden nach minus zwanzig Grad kalter Luft gelüstete, habe nie einen Finger gerührt, um ihn aufzuhalten. Ich war immer sehr fürs Geben. Inga stößt einen weiteren Schluchzer aus, und ich drehe mich zu ihr um. Wie es aussieht, habe ich meinen Mann weggegeben.

Ich kralle meine Hände ineinander. Ich weiß, warum ich ihn in die Kälte habe gehen lassen. Es war wegen der Kälte, die er jeden Abend beim Nachhausekommen mit sich hierherbrachte. Wie lange war es mir schon aufgefallen, ohne dass ich etwas gesagt habe, in der Hoffnung, es ginge von selbst vorüber?

»Bitte, Rosie. Du musst mir verzeihen.«

»Nein, muss ich nicht«, sage ich zu Inga und erhebe mich. »Ich muss dir überhaupt nicht verzeihen.« Ich schlendere zur Eingangstür und öffne sie.

»Du warst doch angeblich meine Freundin«, sage ich.

»Aber Rosie, ich *will* deine Freundin sein ...«

Ich mache die Tür weit auf. »Ich hoffe, es macht dir nichts aus, aber ich habe letzte Woche mit deinem Freund geschlafen. Schließlich ist er mein Mann.«

Schockiert klappt Inga die Kinnlade herunter.

»Ich konnte nicht anders. Er war wie ... Wien! Wie eine Wiener Leckerei! Ich musste ihn einfach vernaschen. Es war so eine *spirituelle Bereicherung*.«

»Rosie! Wie konntest du nur?«

»Es war ganz einfach«, sage ich, während ich sie mit der Hand zur Tür winke. »Und das ist der Typ, mit dem du anscheinend gerade ein Haus kaufst«, ergänze ich.

Inga schnellt vom Sofa hoch wie ein aufgescheuchtes Fohlen. Ich betrachte sie von der Tür aus, und alles, was ich sehe, sind dünne Glieder und Knochen. »Sieh dich nur an«, sage ich. »Du bist eine wandelnde Libelle. Eine vertikale Gottesanbeterin. Eine Krawattennadel.«

Das ist das Gemeinste, das ich jemals zu einem anderen

Menschen gesagt habe. Es fühlt sich an, als käme es von meiner Mutter, nur aus meinem Mund. Aber es fühlt sich gut an. Besser als Poesie.

»Und du siehst aus wie Kirstie Alley vor ihrer Diät«, zischt Inga und stürmt zur offenen Tür. Jetzt steigen mir Tränen in die Augen. Das liegt nicht so sehr an der Beleidigung. Sondern an der Erkenntnis, dass meine und Ingas Freundschaft zu Ende ist. Vorbei. Schluss mit Gelächter, Drinks, Vertraulichkeiten, Einkaufsbummeln, Abendessen. Alles vorbei. Und ich arbeite mit daran, dass es vorbei ist. Ich *will,* dass es vorbei ist. Ich will keine beste Freundin, dir mir so etwas antut, die mit meinem Mann schläft, um dann mit dem Gedichtband ihrer Mutter vorbeizukommen und alles wieder einzurenken.

»Ich bereue, dass ich jemals mit dir befreundet war«, sage ich zu ihr. »Ich bereue, dass ich jemals *irgendetwas* mit dir geteilt habe.« Doch Inga antwortet nicht. Sie rauscht nur an mir vorbei wie eine kühle Brise. Mit der Hand umklammert sie ihr Buch, und ihre Lippen sind zu einer schmalen Linie zusammengepresst. Ich bin sicher, dass in ihrem Buch mit Liebesgedichten nichts zu finden ist, das ihre Gefühle mir gegenüber in just diesem Moment beschreiben könnte. Außerdem muss man nicht die ganze Zeit reden, um jemandem zu sagen, wie sehr man ihn hasst.

10

Gute Nacht, SpongeBob

»Ich habe am Wochenende mit deiner Mutter gesprochen«, erzählt Marcie mir am Montagmorgen.

»Wieso? Habe ich mich im Büro danebenbenommen?« Ich lasse meine vollgestopfte Aktentasche auf den Schreibtisch sinken.

»Sie macht sich Sorgen um deinen Vater, und sie macht sich Sorgen um dich.« Marcie sitzt auf der Ecke meines Schreibtischs, wobei der Saum ihrer Bluse hochrutscht und die aztekische Sonne entblößt, die genau über ihrer Pofalte eintätowiert ist. Man fragt sich, was Sean Zambuto von diesen kleinen Kunstwerken hält – der aztekischen Sonne, dem Tattoo auf dem Fußknöchel, dem chinesischen Schriftzeichen für Frieden, das aus ihrem Dekolleté aufragt. Ich könnte nie Marcies Weg der Körperkunst einschlagen – nicht, wenn ich je wieder von meiner Mutter nach Hause eingeladen werden will. Und das ist vielleicht auch gut so, denn ich sehe mich schon mit fünfzig: einsam und pummelig, und die aztekische Sonne über meiner Pofalte ist zu einem zerlaufenen blauen Halbmond erschlafft.

»Hast du nie ein schlechtes Gewissen, weil du dich ständig in mein Leben einmischst?«, frage ich Marcie.

»Nein. Außerdem hat deine Mutter mich angerufen.« Ungerührt sieht sie mich an. »Deine Mutter findet, du solltest es mit diesem Kerl vom SaveWay probieren.«

Das ärgert mich, genau wie Marcies Freundschaft mit meiner Mutter und die Tatsache, dass ich nicht an meinem eigenen Schreibtisch Platz nehmen kann, solange Marcie darauf herumhockt.

»Warum ziehst du nicht einfach bei Helen ein?«, frage ich bissig.

»Ich glaube nicht, dass Pulkowski das gefallen würde«, lacht sie. Doch sie geht nicht. Sie sitzt einfach da und starrt mich an, als wüsste sie etwas, das ich nicht weiß.

Ich erwarte Eleanors Ankunft in dem Kleinbus, der sie ins Büro zu unseren Treffen bringt, dem *Idiotentransporter,* wie Marcie ihn ohne jeden schlechten Hintergedanken nennt. Sie meint das ein bisschen so wie diese Rapper, die sich gegenseitig als Nigger bezeichnen. In Wahrheit bewundert sie meine Schützlinge nämlich zutiefst. In Marcies Augen ist man der Star, wenn man anders ist, wenn man in einer eigenen Sphäre lebt. Und auf niemanden trifft das so sehr zu wie auf Eleanor.

»Darf ich mich setzen?«, frage ich Marcie schließlich. Sie rutscht von meinem Schreibtisch und führt mir dabei wie jede Woche ihre Garderobe vor, dieses Mal gibt sie die durchgeknallte Klosterschülerin. Ihre weiße Bluse mit dem steifen Peter-Pan-Kragen hört mehrere Zentimeter über der tief sitzenden Taille ihres Faltenrocks auf. Man sieht ihren flachen, nackten Bauch und ein weiteres Tattoo, das keltische Kreuz, das seine Arme dramatisch unter ihrem Nabel ausbreitet. »Am Mittwoch hast du in der Mittagspause eine Verabredung«, sagt sie. »Mit mir.«

»Ach wirklich? Wo soll's den hingehen?«

Sie lächelt betörend. »Sagen wir einfach mal, es ist Tag der offenen Tür.«

Ich will genauer nachfragen, aber sie wendet sich ab und geht zum Ausgang.

»Dein Schützling ist da«, sagt sie. »Sieht sonnig aus, so in Gelb.«

Eleanor marschiert herein, ohne mich anzusehen. Sie lässt sich auf den Bürostuhl aus Plastik plumpsen und fährt mit der Hand am Knie auf und ab, als würde sie Staubsaugen.

Die ganze letzte Woche ist Eleanor mit einer geheimnisvollen kleinen Sporttasche zur Arbeit erschienen. Gegen neun Uhr verschwindet sie in der Toilette der Praxis, die sie eben geschrubbt und gewienert hat, und zieht sich dort ein Nachthemd von SpongeBob und Garfield-Pantoffeln an.

»Eleanor«, sage ich und sehe sie über den Rand ihrer Akte hinweg an, »sag mir noch einmal, was du machst, wenn du mit deiner Arbeit in der Zahnarztpraxis fertig bist.«

Eleanor zwirbelt den Saum ihrer bunt geblümten Bluse zu kleinen Knäueln zusammen. »Ich mag Sie nicht«, sagt sie.

»Was sollst du machen, Eleanor, nachdem du den Staubsauger und den Eimer weggestellt hast?«

»Ich würde nie eine Torte für Sie backen.«

Das schmerzt ein wenig. In ihrer Wohngruppe bei Cooperative Living ist Eleanor für ihre Torten berühmt. Sie scheut sich nicht, alles mögliche – Selleriestangen, Kühlschrankmagnete oder Kinderspielzeug – in den Zuckerguss zu stecken, um sie aufzupeppen.

»Eleanor«, sage ich. »Du rufst zu Hause an. Du lässt es klingeln, bis die Betreuerin drangeht, und dann sagst du ihr, dass du abgeholt werden willst.«

»Nicht mal, wenn Sie mich drum bitten würden.« Sie verschränkt die Arme.

»Ich wiederhole: Du wählst die Telefonnummer, und zwar direkt auf Dr. Sharpes Telefon ...«

»Nein, tu ich nicht! Nein, tu ich nicht!« Eleanor zieht den Saum ihrer Bluse übers Gesicht und entblößt weiche Brüste in einem rosa BH und einen in blaues Polyester gehüllten Bauch.

»Eleanor«, sage ich, »bitte zieh die Bluse wieder runter.«

»Nein!«

»Nun mach schon, Eleanor. Bitte.«

Langsam zieht sie ihr Oberteil mit wurstigen Downsyndrom-Händchen nach unten. Zuerst tauchen die überraschend hübschen braunen Mandelaugen auf. Dann die teigige Nase, die flachen Wangen, der große, offen stehende Mund. Mir kommt das alles nicht gerecht vor.

»Kannst du mir sagen, warum du so wütend bist?«, frage ich.

Eleanor zuckt die Achseln. Sie zieht die Schultern hoch, bis sie aussieht wie eine halslose Handpuppe. Ich weiß, warum sie wütend ist. Sie ist wütend, weil die Betreuerin der Nachtschicht wegen meines Anrufs und meines Berichts vielleicht ausgetauscht wird. Eleanor hasst Veränderungen. Lieber wird sie morgens von einer miesen Betreuerin begrüßt, statt von einer neuen. Es ist nicht leicht, immer wieder neu Zutrauen zu fassen. Ich kann das verstehen.

Ich wiederhole die Regeln für die Kleidung. »Warum kein Nachthemd bei der Arbeit?«, frage ich.

Eleanor wiegt sich auf ihrem Stuhl hin und her.

»Weil du dort nicht schläfst, sondern *arbeitest*«, erkläre ich.

Sie hört auf, sich zu wiegen, und setzt sich auf. »Ich hab da geschlafen!«

»Aber das war ein Fehler.«

»Ich hab da geschlafen! Hab ich wohl!«, beharrt Eleanor. »Die ganze Nacht.«

»Das kommt nicht wieder vor«, versichere ich ihr. Aber weiß ich das wirklich so genau?

Als unser Treffen vorbei ist, bringe ich Eleanor nach unten auf die Straße, wo sie abgeholt wird. Sie klettert in den Kleinbus, und ich folge ihr durch den Gang, vorbei an dem gleichgültigen Fahrer, der in einer Motorradzeitschrift liest, und an einem Mann im Rollstuhl, der nach Gemüsesuppe riecht. Ich kämpfe mit der blöden Metallschnalle an Eleanors Sicherheitsgurt und überlege mir, wie es wohl sein muss, neun Monate lang schwanger zu sein, um dann dieses exotische, liebenswürdige Mädchen mit dem breiten Gesicht zur Welt zu bringen – eine Tochter, die nie ein Auto fahren, nie aufs College gehen und mir nie eine Torte backen wird.

Ich schleppe mich wieder nach oben und mache an Marcies großem Schreibtisch halt, der Kommandobrücke mitten im Empfangsbereich von EPT.

»Also, wohin gehen wir am Mittwoch?«, frage ich.

»Das erfährst du am Mittwoch«, sagt sie und mustert mich argwöhnisch. »Was ist los mit dir?«

»Nichts.«

Ich schlurfe zurück in mein Büro. Kaum bin ich dort, schließe ich die Tür, lasse mich auf meinen Stuhl plumpsen und lege den Kopf auf den Schreibtisch. Ich bleibe in dieser Stellung, bis das Telefon klingelt und ich abnehme.

»Mickey Hamilton«, sagt eine tiefe Stimme.

Ich setze mich auf. Bevor er weiterredet, beschließe ich, es kurz zu machen.

»Mr Hamilton«, sage ich mit möglichst professioneller Stimme. »Anscheinend habe ich mich nicht deutlich genug ausgedrückt. Aber im Moment ist mir nicht nach Verabredungen zumute.«

»In Ordnung«, sagt er. »Aber ich rufe wegen Milton an.«

Hier spricht der distanzierte Mr Hamilton. Er lässt mich einige Sekunden lang in meiner Scham schwelgen.

»Milton ist krank«, sagt er. »Er hat 39,4 Grad Fieber.«

»Woher wissen Sie das?«

»Ich habe immer ein Thermometer bei mir.«

»Ein Thermometer? Warum?«

»Für Fälle wie diesen. Ich habe auch immer eine Decke dabei.«

Ich setze mich noch gerader auf. Wie fürsorglich kann ein Mann sein?

»Miss Plow«, sagt er.

Ich hätte ahnen müssen, wie fürsorglich er ist, so, wie er im Supermarkt immer den Arm um Milton legt.

»Miss Plow.«

»Ja?«

»Milton«, sagt er. »Was machen wir jetzt mit Milton?«

11
Haare in der Suppe

Ich finde Mickey Hamilton in seinem kleinen, vollgestopften Kabuff über Milton gebeugt, inmitten von durchlöcherten Pinnwänden voller Zettel und von Plakaten, auf denen die Angestellten angewiesen werden, die Hände von beiden Seiten zu waschen und Lebensmittel richtig einzufrieren. Er hält einen Kaffeebecher mit irgendeiner Flüssigkeit in der großen Hand und bietet ihn Milton leise an, in einem Ton, als würde er ihm ein Schlaflied singen.

»Guten Morgen«, sage ich, doch sie sehen beide nicht auf. Nicht einmal Milton, der mich so sehr liebt, dass er meinen Namen in den Gelben Seiten nachschlägt. Ich trete näher zu ihnen hin, bis ich hinter Mr Hamilton oder Ham oder Mickey stehe und auf seine breiten Schultern in dem weißen Hemd hinunterstarre. Mir war noch gar nicht aufgefallen, wie breit seine Schultern sind, vermutlich vom Fleischhacken. In Sekundenschnelle richtet er sich auf.

»Miss Plow«, sagt er. »Ich habe Sie gar nicht gesehen.«

Ich lächle geschmeichelt. Es hat mir schon immer gefallen, wenn ein Mann mich nicht gesehen hat. »Wie geht es Milton?«, frage ich.

Mickey Hamilton neigt sein Gesicht zu meinem Ohr. Sein Atem wärmt mir die Wange, als er spricht. Er riecht nach Pfefferminzbonbons. »Nicht gut«, verrät er mir.

Wir beschließen, dass ich Milton nach Hause bringe. Vielleicht ist seine Mutter inzwischen auch da. Mickey Hamilton legt sich Miltons Arm um die Schulter und seinen eigenen um Miltons Taille. Wir führen ihn zu meinem Auto und legen ihn vorsichtig auf den Rücksitz. Er ist so krank, dass er mich nicht einmal anlächelt. Sein hübsches Gesicht ist verschlossen, das Erwachsene daraus verschwunden. Das Fieber macht ihm Angst. Ich ertappe mich dabei, dass ich ihm über die Haare streicheln will.

»Bald wird es dir wieder besser gehen«, sage ich besänftigend.

»Warten Sie«, sagt Mickey, und ich sehe zu, wie er zu einem leuchtend blauen Pick-up am Rand des Parkplatzes läuft. Er macht die Tür auf, holt eine rosa Decke hervor und bringt sie zu uns. Er wickelt sie um Milton und macht dann vorsichtig die Tür zu.

»Ich hätte ihn ja selber heimgefahren«, sagt er, »aber mein Assistent ist ebenfalls krank«.

Ich nicke.

»Die Grippe«, sagt er. »Wahrscheinlich hat Milton sich angesteckt.«

»Ja«, sage ich.

»Bringen Sie ihn jetzt besser nach Hause.«

Wir fahren schweigend los. Ich versuche, nicht zu viel zu atmen. Ich folge der Karte in meinem Kopf zu Miltons Haus. Ich versuche, nicht daran zu denken, was für tolle Schultern Mickey Hamilton hat. Dann fällt mir wieder ein, wie er mich über die Fishers dieser Welt belehrt hat. Wenn er nicht so ein scheinheiliger Arsch wäre, könnte Ham ganz in Ordnung sein.

Aber eigentlich ist ja nur seine Persönlichkeit ein Problem. Und seine Koteletten. Aber bei welchem Mann findet sich nicht ein Haar in der Suppe, sobald man ihn mal näher kennt? Bei Teddy gab es jede Menge davon. Bei Teddy ist die Suppe geradezu von Haaren verseucht.

Ich war schon früher zweimal in dem Haus, in dem Milton wohnt, um seine schöne Mutter zu treffen, deren Sorgenfalten sich eher zu Hause als bei unseren Elternabenden zeigen. Linda Beyer ist eine einflussreiche Immobilienmaklerin, der man nachsagt, dass sie für Billy Joel ein oder zwei Anwesen am entfernten, teuren Ende der Insel gefunden hat. Doch zu Hause ist sie einfach nur eine besorgte Mutter wie jede andere. Ich habe in ihrem Wohnzimmer gesessen, das durchdacht und erlesen eingerichtet ist, mit einem persönlichen, ausdrucksstarken Detail hier und da – einem Babyschuh aus Bronze auf dem Tisch und einem Rotkehlchennest auf dem Fenstersims. Milton ist ihr einziges Kind. Ich habe sein Zimmer gesehen. Auf dem Bett sitzt ein Teddybär, und an der Wand hängt ein Poster von Britney Spears. Wir haben uns inmitten von Linda Beyers eleganten Wohnräumen über für Milton realistische »berufliche Aussichten« unterhalten. Ihr Ausdruck ist schmerzerfüllt, wenn ich es als Erfolg definiere, dass er einen grellgrünen Kittel tragen darf, auf dessen Brust das Wort SAVEWAY prangt.

»Milton«, rufe ich sanft zum Rücksitz, »wir haben deine Mutter angerufen, aber sie war nicht zu Hause. Wir fahren jetzt einfach mal dort vorbei, um zu sehen, ob jemand da ist.«

Milton antwortet nicht. Ich sehe in den Rückspiegel und bemerke, dass er eingeschlafen ist. Ich weiß, dass es vergebliche Liebesmüh ist, ihn nach Hause zu fahren, aber was sonst soll ich mit ihm tun?

»Warte hier«, sage ich zu Milton, obwohl er noch immer schläft, dann steige ich aus, gehe über den sorgfältig angelegten Gartenweg und versuche es an der Eingangstür. Keine Reaktion. Ich hinterlasse Mrs Beyer eine Nachricht mit meiner Telefonnummer, die ich halb in den eleganten Briefschlitz aus Messing schiebe. Dann fahren wir rückwärts aus der langen Auffahrt und weiter Richtung Ronkonkoma.

Auf dem Heimweg denke ich an Teddy und an unser erstes Mal, nach einer Weihnachtsfeier in Ingas Wohnung. Daran, wie Inga mir an jenem Abend bei der Party Teddy vorgestellt hatte, einen alten Kumpel aus Unitagen. Wie niedlich Teddy ausgesehen hatte, so groß und breit und muskulös, genau wie die besten Rassehunde, und wie ich mich sofort in dieses kantige, männliche Kinn verliebt hatte, und diese Verletzlichkeit, die zwischen den obersten, offenen Knöpfen seines roten Flanellhemds saß. Wie ich später gezittert hatte, als ich eben dieses Hemd aufknöpfte, nachdem er mich in seinem winzigen Apartment in Northport auf seinen Schoß gesetzt hatte. Und dann hatte ich mit ihm geschlafen. Einfach so. Ich war kein Party-Girl, doch ich wusste, dass es in Ordnung war, dass er derjenige war, den zu heiraten mir vorherbestimmt war. Zumindest glaubte ich das damals. Und jetzt fahre ich ehemannlos durch die Gegend, und auf dem Rücksitz schläft ein zurückgebliebener junger Mann unter einer rosa Decke. Was war nur geschehen?

Es ist schwierig, Milton wach zu bekommen, als wir in Ronkonkoma sind. Ich versuche, ihn an der Schulter zu rütteln, doch er bewegt sich nicht. Ich beuge mich über ihn, lege die Arme um ihn und ziehe. Milton atmet plötzlich aus und spuckt mir Grippeviren in Nase und Mund. Er blinzelt aus glasigen Augen, dann reißt er sie auf.

»Miss Plow!«, flüstert er. »Ach! Miss Plow!« Seine Arme tauchen auf und schlingen sich um mich, bevor ich reagieren kann.

»Ach, Miss Plow!«, sagt Milton erneut, und dann wird mein Gesicht gegen seinen heißen Körper gedrückt, irgendwo zwischen Hals und Achselhöhle.

»Milton!«, entfährt es mir, doch meine Stimme klingt nur gedämpft an seiner Brust. Meine Füße stehen noch immer draußen auf dem Boden, doch sie laufen Gefahr abzuheben. Milton legt eine Hand unter mein Kinn und führt mein Gesicht zu seinem. Sein anderer Arm drückt mich weiter an seinen Körper, als er seine Lippen auf meine presst und mich küsst.

Ein warmer, fiebriger Kuss. Ich höre seinen heftigen Atem, als er den Mund auf meinen drückt. Ich rieche die Krankheit, aber auch sein Babyshampoo. Ich kann nicht klar denken, und dann kann ich es doch. Ich denke an die Grippe, die ich nächste Woche kriegen werde. Ich denke daran, dass Milton mein Schützling ist. Ich denke daran, wie gut dieser geistig zurückgebliebene Mann küsst. Ich frage mich, ob das hier sexuelle Belästigung ist, merke dann, dass ich diejenige bin, die festsitzt, und frage mich daraufhin, wer hier wen belästigt. Es gelingt mir, mich mit den Händen an seiner Brust abzustützen und ihn wegzuschieben.

»Milton!«, sage ich. »Ich habe nicht versucht, dich zu küssen. Ich habe versucht, dich wach zu bekommen.«

Milton schenkt mir ein erhitztes, überglückliches Lächeln und richtet sich auf dem Sitz auf. »Oh Miss Plow«, sagt er und zieht die Decke um sich, »aber ich habe versucht, *Sie* zu küssen.«

Er strahlt mich voller Liebe für jedes einzelne Haar auf meinem Kopf an, für jeden einzelnen Makel meines Körpers, für jedes einzelne Kilo an mir. Auf seltsame Art wärmt es mir das Herz. Er ist der Richtige für mich, aber mit dem falschen Gehirn.

»Nun komm schon, Milton«, sage ich. »Lass uns reingehen und auf deine Mutter warten.«

Er klettert vom Rücksitz, und mit hinterherschleifender Decke gehen wir langsam durch die Reihen geparkter Wagen zu meiner Wohnung. Er geht ein bisschen nach vorn gebeugt und schlurft zum Fahrstuhl, als würde er jede Sekunde umkippen.

»Wir sind fast da«, sage ich ihm, als wir den Aufzug betreten. Er kauert sich an der verspiegelten Wand zusammen.

»Wo?«

»In meiner Wohnung.«

Der Fahrstuhl jault beim Hochfahren.

»In Ihrer Wohnung?«

»Ja.«

»Ihrem Zuhause?«

»Ja.«

»Oh Miss Plow! Ich war noch nie bei Ihnen zu Hause!«

»Ja, weißt du, Milton, deine Mutter ist gerade nicht da ...«

»Sie macht mir immer Toast. Machen Sie mir auch Toast?« Er reibt sich die Arme unter der Decke, entweder, weil er friert, oder weil er so aufgeregt ist.

»Ich mache dir auch Toast«, verspreche ich ihm, »und dann kannst du dich hinlegen.«

Die Fahrstuhltür geht in meinem Stockwerk auf. Bevor wir heraustreten können, dringt eine Männerstimme über den Gang zu uns. »Können Sie die kurz aufhalten, bitte?« Miltons Finger drückt automatisch auf den Halteknopf, doch ich erstarre.

Ich kenne diese Stimme.

Ich luge zur Fahrstuhltür hinaus, und da kommt er. Vor sich her rollt er seinen braunen Ledersessel.

Überrascht trifft Teddys Gesichtsausdruck nicht ganz, als er Milton und mich erblickt. Der schwer beladene Sessel poltert auf uns zu in den Fahrstuhl.

»Tun Sie uns nicht weh!«, ruft Milton, als er ihn erblickt. Milton schlägt die Hände vors Gesicht, und die rosa Decke fällt zu Boden.

Ich hebe die Decke auf. »Was machst du hier?«, frage ich Teddy. Dabei ist es offensichtlich, was er hier macht. Er holt Sachen aus unserer Wohnung und entfernt alles, was er als sein Eigentum betrachtet. Er macht es auf die heimliche Tour: kein Anruf vorab, keine Absprachen mit seiner Frau. Er hat den überraschten Ausdruck niedergerungen und gegen einen unterwürfigen eingetauscht, und jetzt übernimmt der kühle Anwaltsblick. Er trägt ein Flanellhemd, nicht unähnlich dem, das er bei Ingas Weihnachtsparty anhatte. Das Hemd hat er in zu enge Levis gesteckt, als wäre er ein Teenager, als wäre er auf dem Weg zur örtlichen Highschool, um den Mädels seinen Hintern zu präsentieren. Das hat die außereheliche Liebe aus ihm gemacht. Im Gesicht hat er ein bisschen zugelegt, vielleicht zu viele Almost-Kekse, aber sein Hintern sieht immer noch gut aus in der Jeans. Den hat er uns jetzt zugewandt, während er versucht, den Chefsessel in den Fahrstuhl zu manövrieren. Er hat nicht mal gewartet, bis Milton und ich ausgestiegen sind. Als wären wir die Fahrstuhldiener, eine Frau in einem Faltenrock und ein Mann in einer rosa Decke. Es macht mich fertig, wie gut sein Hintern aussieht. Gäbe es einen Gott, würde sein Hinterteil für Inga zerstört werden. *Etwas* würde zerstört werden, irgendetwas anderes als ich.

Ich wedele mit der flachen Hand in Richtung Stuhl und schlage die Luft, wie ich ihn gern schlagen würde. »Wirst du ihn auch abbezahlen, jetzt, wo du ihn mitnimmst?«

Milton hat sich hinter mich zurückgezogen und pustet Viren auf meinen Kopf, die mich sanft im Haar kitzeln.

»Wer ist denn der?«, fragt Teddy, und ich spüre, wie Miltons Gewicht sich ein winziges bisschen verlagert.

»Das ist Milton Beyer, und er hat die Grippe.«

Teddy verzieht das Gesicht.

»Also bringst du jetzt kranke Männer mit in deine Wohnung?«

Er grinst hinter dem Sessel, der nach ihm riecht. Er glaubt tatsächlich, er habe einen guten Witz gemacht. Deshalb schnellt meine Hand vor und versetzt ihm einen Schlag. Handfläche trifft auf Flanell. Doch es liegt an seiner eigenen Schwäche, dass er taumelt und dann gegen die geschlossene Tür poltert, bis er sich plötzlich auf dem Boden des Fahrstuhls wiederfindet, den Schritt eingeklemmt unter dem riesigen, umgekippten Chefsessel.

»Herrgott noch mal!«, heult Teddy.

»Miss Plow!«, stöhnt Milton. »Oh Miss Plow, das mag ich gar nicht.«

Teddys Blick wandert von mir zu Milton. »Ach, der ist *behindert*«, sagt er, fast schon entschuldigend. »Das hast du gar nicht gesagt, dass er *behindert* ist.«

»Ich hab dir auch nie gesagt, dass du ein Trottel bist«, sage ich, und dann geht der blöde Wasserhahn wieder auf und flutet meine Augen, unaufhaltsam wie Regen. Ich schniefe wie ein Baby, als ich das Gewicht von Miltons schwerem Arm spüre, der sich um meine Schultern und meinen Nacken legt wie eine Schlinge.

»Werden Sie bloß nicht frech zu Miss Plow«, höre ich Milton zu meinem Mann sagen. Das ist eine ganz neue Stimme, die da aus ihm kommt. Grollend, tief, umwerfend. Teddy steht hastig auf und klopft erst sich und dann den Sessel sauber. »Ganz ruhig, Kumpel«, sagt er mit grässlich gönnerhafter Stimme, »ist ja alles in Ordnung. Du musst dir wegen deiner Miss Plow keine Sorgen machen ...«

»Trottel!«, wütet Milton. »Trottel! Schwuler Trottel! Zurückgebliebener Trottel!«

Ich fahre in dem engen Raum herum und sehe in Miltons gerötetes Gesicht. Er steht mit geballten Fäusten da, ein großer Mann, größer als Teddy, und die Härchen in seinem Nacken haben sich aufgerichtet. Teddy grinst dämlich hinter seinem Ledersessel. Genau, bedeck deine Eier, denke ich. Das solltest du wirklich zun.

Meine Finger tasten nach dem Knopf, der die Türen öffnet. »Lass uns gehen, Milton«, sage ich.

»Gut, Miss Plow. Wir machen uns Toast.« Wieder spüre ich seinen schweren Arm auf meinen Schultern. Mit beschützerischem Habitus zieht er mich durch den Flur.

»Milton«, sage ich zu ihm, als wir vor meiner offenen Wohnungstür stehen. »Es ist Zeit, dass du dich wieder an deine Arbeitsmanieren erinnerst.«

»Gut«, sagt Milton und lässt los.

»Milton.«

»Ja, Miss Plow.«

»Gute Arbeit.«

»Danke.«

Ich schließe die Tür hinter uns, als wir im Wohnzimmer sind. Ich lege sogar den Riegel vor. Teddys Werbepost liegt ausgebreitet auf den Sofakissen. Außerdem hat er seine lederne Bomberjacke vergessen, die ich ihm zum Geburtstag gekauft habe. Der Fernseher ist noch da, doch an der Küchenwand klafft eine Lücke, wo vorher der Servierwagen mit Schneidbrett und Mikrowelle stand. Der Ofen steht jetzt auf dem Boden, ein Stapel meiner Kochbücher liegt darauf. Ich bringe Milton mit einer sauberen Decke auf dem Sofa unter und mache ihm Tee sowie Zimttoast. Er seufzt zufrieden, als er den Toast isst, den Teller vor sich auf dem Bauch. Die Krümel fallen auf die Decke und legen sich in einem zarten, curryfarbenen Hauch um seinen Mund.

»Das macht mich so glücklich«, sagt er.

Von der Tür kommt ein zaghaftes Klopfen, aber wir reagieren nicht.

12
Überraschungslunch

»Willst du nicht wissen, was heute auf dem Speiseplan steht?«, fragt Marcie, als sie mich in ihrem alten Isuzu Rodeo vom EPT-Parkplatz entführt. Big Red nennt sie ihn, und er ist tatsächlich groß, und er ist rot, aber er ist auch so ziemlich das ungemütlichste Vehikel, in dem ich je gesessen habe. Marcie heizt mit über vierzig Meilen über eine Bodenschwelle und stellt damit sicher, dass wir beide nie Kinder oder zumindest nie mehr volle Bewegungsfreiheit im Nacken haben werden. Sie schneidet einem anderen Wagen, der den Parkplatz verlässt, den Weg ab, und der Fahrer drückt lautstark auf seine riesige Hupe.

»Arschgesicht«, sagt Marcie.

Es ist Mittwoch, und unsere geheimnisvolle Verabredung zum Essen steht an.

»Hat dieses Ding keine Stoßdämpfer?«, frage ich Marcie und füge hinzu: »Wie kann ich erraten, was auf dem Speiseplan steht, wenn ich nicht mal weiß, wo du mich hinbringst?«

Marcie beugt sich an mir vorbei zum Handschuhfach und zieht am Griff. Es springt quietschend auf, und eine braune Tüte fällt auf meinen Schoß. »Da ist noch eine drin«, sagt sie. »Unser Mittagessen. Wir können unterwegs essen.«

»Unterwegs wohin?«

»Unterwegs zu Teddys und Ingas neuem Haus.«

Mein Kopf ruckt vor, entweder wegen eines Schlaglochs oder wegen Marcies Ankündigung.

»*Bist du total verrückt?*«, frage ich sie. »Halt sofort diese Karre an!«

»Wir sind doch schon so gut wie da«, sagt Marcie völlig ungerührt.

»Halt an! Halt den Big Red an! Sofort!«

Ich bedaure es fast, dass sie mir gehorcht. Marcie reißt das Lenkrad nach rechts und bugsiert uns in irgendeine Einfahrt. Mir fällt zum ersten Mal auf, dass wir durch ein Villenviertel fahren, ein nahe gelegenes Villenviertel – nicht einmal zwei Meilen vom EPT-Sitz.

»Wir sind nur noch drei Blocks davon entfernt«, erklärt Marcie.

Ich starre auf die Lücken in ihrem borstigen Haar. Sie lässt das Blond nachwachsen, indem sie rücksichtslos das Schwarze wegschnippelt. Jetzt sieht jeder einzelne Stachel aus wie schwarz-weiß gestreiftes Konfekt.

»Willst du es nicht sehen?«, fragt Marcie mit freundlicher, einschmeichelnder Stimme. »Willst du es nicht wissen?«

»Woher weißt *du* es denn?«, frage ich sie.

»Es ist ganz leicht, herauszufinden, wer ein Haus gekauft hat, wenn man in der Verwaltung arbeitet.«

»Bist du etwa zum Grundbuchamt gegangen?«

»Nein, hätte ich aber machen können. Ich habe einfach im Internet nachgesehen und nach allen gesucht, die in Nassau und Suffolk County einen Kreditantrag gestellt haben. Zwei Sekunden später tauchte Ingas Name auf!«

Sie erzählt mir das mit der fröhlichen Stimme einer Kinderbibliothekarin. Mein Magen fühlt sich an, als würde er durch den Fleischwolf gedreht.

»Das ist nicht möglich«, stammele ich. »Teddy hat mir doch erst vor ein paar Wochen erzählt, dass sie ein Haus kaufen wollen …«

Marcie scheint gar nicht zuzuhören.

»Aas-Inga, so nenne ich sie«, sagt sie. »*Aasinga.* Findest du nicht, dass sich das gut anhört? *Hola, Aasinga!* Hat so einen Latino-Flair, oder? Könnte eine Liedzeile von Buena Vista Social Club sein …«

»Marcie! Hör auf!« Ich halte mir die Ohren zu, dabei würde ich lieber die Augen zuhalten. Ich will nicht, dass es dieses Haus gibt. Es *kann nicht sein*. Noch nicht.

»Die beiden haben das anscheinend seit Monaten geplant, während er noch zu Hause war«, sage ich, denn plötzlich wird mir die hässliche Wahrheit bewusst. »Während er noch in meinem Bett lag und sich in meine Steppdecke gekuschelt hat. Während er noch das Essen gegessen hat, das ich ihm gekocht habe, während ich noch seine Wäsche gewaschen und seine Socken sortiert habe ...«

»Ge-nau.« Marcie nickt. »Und wahrscheinlich hat er sich dort auch flachlegen lassen. Von Aasinga. Der Kerl braucht einen Zwölf-Punkte-Plan. Einen Aufkleber aufs Auto, auf dem steht: EINE NACH DER ANDEREN – SCHÖN DER REIHE NACH, einen ...«

»Marcie, hör auf!« Jetzt sind meine Hände vor die Augen gewandert, und meine Handflächen sind tränennass.

»He, he, kleine Schwester«, gurrt Marcie und fährt mir mit kreisenden Bewegungen über den Rücken. »Er hat von Anfang an nichts getaugt. Das weißt du doch.«

Natürlich weiß ich das, doch was hat das mit diesem schrecklichen Moment auf dem Beifahrersitz des Big Red zu tun? Die Schluchzer brechen jetzt lautstark aus mir heraus. Ich reibe mir die Augen und bemerke, dass ich meine braune Lunch-Tüte plattgedrückt habe. Nicht, dass ich je davon essen könnte. Nicht, dass ich jemals wieder etwas essen könnte. Na ja, zumindest nicht in den nächsten paar Stunden.

Teddy. Sein Name schmeckt wie Gift auf meiner Zunge. Stracuzza. Ein Versager. Ein totaler Versager.

Marcie wartet eine Minute, damit ich meine Fassung halbwegs wiedergewinnen kann. Dann tätschelt sie mir die Hand und legt den Rückwärtsgang ein.

»Bist du bereit?«, fragt sie.

»Warum müssen wir das machen?«

»Weil ich deine Freundin bin und sehen kann, was dieser Kerl aus dir gemacht hast, Rosie. Du musst der Wahrheit ins Gesicht sehen, meine Freundin! Und ich werde dir dabei helfen.«

Ich glaube, Marcie hat sich irgendwo auf dem Körper auch noch das japanische Zeichen für Wahrheit eintätowieren lassen. Bei ihr ist das ein großes Thema. Ich sollte es mir auf den Po tätowieren lassen, damit ich weiter auf der Wahrheit sitzen kann, wie ich es bereits seit Monaten tue. Ich sehe Marcie mit neu gewonnener Entschlossenheit an.

»Ich bin bereit«, sage ich zu ihr.

»Gut. Wir sind fast da.«

Wir setzen zurück auf die Wohnstraße und fahren die drei Blocks weiter, vorbei an grässlichen Einfamilienhäusern mit Säulen, die an billige Latten erinnern, obwohl die Häuser sicher für eine halbe Million weggehen. Wir biegen nach rechts in eine Straße namens Bluebell Lane ein, und Marcie erklärt mir, dass es hier sei.

Ich benenne sie in Blödbell-Lane um, weil Teddy hier wohnen wird. Aasinga-Allee klingt auch nett. Ich durchforste mein Hirn nach anderen schwachen Witzeleien, als der Big Red abrupt vor einer rosa Geschmacklosigkeit hält, deren Front von besagten Pseudosäulen gesäumt wird. Es ist eine regelrechte Festung, und das weit überstehende erste Stockwerk quillt über den Rand des Gebäudes wie der Bauch einer Schwangeren. Die dürren, pseudohistorischen Säulen sehen aus, als könnten sie jeden Moment unter dem Gewicht nachgeben. Ein rosaroter Albtraum, ein Haus, wie es nur Long Island hervorbringen kann.

»Das ist es?«, frage ich überflüssigerweise.

»Ge-nau. Bluebell Lane Nummer einundzwanzig.«

»Sieht aus, als müsste jeder, der über einundzwanzig ist, so klug sein, einen großen Bogen darum zu machen.«

»Genau so ist es«, sagt Marcie und belohnt mich mit ihrem wundervollen Lächeln.

Sie hat in der Tat ein wundervolles Lächeln. Warum also, frage ich mich zum x-ten Mal, schläft sie mit Sean Zambuto? Meine Grübelei wird unterbrochen, als ein schnittiger BMW hinter dem Big Red hält. Ich erschrecke, als ich sehe, dass Linda Beyer aus dem Auto steigt.

»Was macht denn Miltons Mutter hier?«, frage ich.

Marcie grinst durchtrieben. »Keine Sorge. Sie hat Teddy das Haus nicht verkauft, aber sie hat mal für den Makler gearbeitet. Sie kennt jeden. Ich hab sie einfach angerufen und gefragt, ob sie dir einen Gefallen tun kann.«

»*Mir?*«

»Ja. Sie hat dich wirklich gern. Du bist so gut zu Milton, und du hast ihn letzte Woche sogar mit zu dir nach Hause genommen, als er krank war.«

»Was? *Mir* einen Gefallen tun?«

»Willst du reingehen?«, fragt Marcie. Sie macht die Tür auf, um auszusteigen und Linda Beyer zu begrüßen. Ich schlage den Kragen meiner Jacke so weit hoch, wie es nur geht, doch mein tiefrotes, verlegenes Gesicht ist unübersehbar.

Linda Beyer winkt mir durchs Fenster zu. Was bleibt mir übrig, als auszusteigen?

»Hallo, Miss Plow«, sagt sie.

Sie trägt von Kopf bis Fuß Burberry und sieht perfekt aus. Ihre tollen Beine schießen aus dem Boden wie anmutige Blumenstängel. Sie schreitet elegant auf Marc-Jacobs-Schuhen einher, Schuhen, deren Spitzen spitzer als Steakmesser sind, Schuhen, die mich gewiss zum Krüppel machen würden, sollte ich je versuchen, meine großen, breiten Füße hineinzuzwängen.

»Das war nicht meine Idee«, sage ich hastig zu Linda und bedenke Marcie mit mörderischen Blicken.

Miltons Mutter drückt mir die Hand. »Das habe ich mir fast gedacht. Aber ist es nicht schön zu wissen, dass Mr Stracuzza und Miss Stockholm so einen grauenvollen Kasten gekauft haben?« Sie wirft einen Blick auf die rosa Geschmacklosigkeit. »Und nicht nur das: Der Keller ist feucht. Dieses Haus wird in null Komma nichts müffeln wie eine alte Kleiderkiste.«

Marcie schnaubt vor Lachen. »Das ist einfach großartig«, sagt sie.

Ich lache nicht mit. Ich stehe erstarrt auf dem Bordstein und versuche, einen Sinn in diesem Ortstermin zu sehen, den Marcie und Linda Beyer für mich eingefädelt haben. Wie viel weiß Linda Beyer? Und warum zum Teufel weiht Marcie sie in meine Angelegenheiten ein? Gehört nicht nur das Büro zu ihrem Einflussbereich, sondern auch alles, was damit in Verbindung steht?

Linda Beyer scheint meine Gedanken zu lesen. Sie klopft mir auf die Schulter und sieht mich an. »Roseanna«, sagt sie mit einer neuen Offenheit in der Stimme, »ich kann nur ahnen, wie schwer das für Sie sein muss. Und es ist nicht gerecht. Sie sind ein guter Mensch.« Sie lächelt, bevor sie ihre Aussage beschließt. »Das Mindeste, das wir tun können, ist, uns dieses Haus anzusehen. Ich glaube, danach fühlen Sie sich besser.«

»Also gehen wir jetzt rein?«, fragt Marcie.

Linda Beyer nickt.

»Oh, prima!« Marcie schlägt die Hände zusammen wie ein Kind in Disneyland. Sie hüpft vor uns über den Gartenweg. Linda geleitet mich über den Plattenbelag. Ich sehe auf den mickrigen Rasen und wünsche meinem Mann und meiner besten Freundin welkes Gras, Ameisen und Fäulnis. Linda steckt den Schlüssel in das Schloss der Eingangstür, dann gehen wir durch Zimmer mit niedrigen Decken und schlechten Tapeten. Fensterflügel aus Aluminium. Fleckige Teppiche in geschmacklosen Farben wie Avocado und Gold. Ich denke an meine Mutter und daran, wie sie all diesen Farbtrends der Sechziger, Siebziger und Achtziger widerstanden hat und stattdessen ihrem Beige treu geblieben ist. Während ich den Kopf in ein gelblich-grünes Bad stecke, kommt mir meine Mutter wie ein Genie vor.

Natürlich werden sie es streichen. Ich sehe Inga in ihren kurzen Shorts und dem knappen Top förmlich vor mir, wie sie sich mit einem Farbroller in der Hand anbetungswürdig reckt.

»Mir reicht's«, verkünde ich Marcie und Linda. Marcie sieht enttäuscht aus, doch Linda nickt ernst, und wir kehren zur Eingangstür zurück.

»Ist das nicht eklig?«, fragt Marcie voller Schadenfreude, als wir zu unseren Fahrzeugen gehen. »Ich konnte den Schimmel förmlich riechen.«

»Was haben sie nur mit all dem Platz vor?«, frage ich abwesend, doch dann bereue ich, dass ich das gesagt habe. Allen von uns ist vollkommen klar, was sie mit diesem Platz vorhaben. Sie werden ihn mit kleinen blonden Kindern füllen.

Meine Augen füllen sich mit Tränen. Marcie greift nach meiner Hand.

»Er ist ein Schmock«, sagt sie.

»Das ist er«, stimmt Linda Beyer zu.

Wortlos nehme ich wieder im Wagen Platz. Linda Beyer sagt noch etwas, vielleicht über Milton, doch mein Gehör scheint nicht zu funktionieren. Ich nicke blöde und winke, und dann verschwindet sie.

Wir sitzen da und starren auf die mickrigen Bäumchen, die am Bordstein gepflanzt worden sind. »Warum hat sie mitgespielt?«, frage ich Marcie, und sehe starr geradeaus durch die Windschutzscheibe.

»Hast du jemals Miltons Vater kennen gelernt?«, fragt Marcie im Gegenzug. »Weißt du, ob er überhaupt einen *hat?*«

Mir wird bewusst, dass ich Miltons Vater nie getroffen habe. Es ist immer seine Mutter, die weltgewandte Linda Beyer, die zu unseren monatlichen Elterntreffen kommt und bei deren Luxuskörper und teuren Outfits den anderen Eltern der Mund offen stehen bleibt.

»Weißt du, was er getan hat, als er herausfand, dass sein Sohn geistig behindert ist? Er ist abgehauen. Jetzt ist er mit einer Tussi verheiratet, die in Manhattan zur guten Gesellschaft gehört. Ihre perfekten Töchter schicken sie auf die elitäre Dalton School.«

Es ist fast unmöglich, sich vorzustellen, dass ein Mann Linda Beyer verlässt, und absolut undenkbar, dass *irgend*jemand Milton verlässt. Milton, der auf diese Welt gekommen ist, um Liebe zu geben, um einen daran zu erinnern, dass man schön ist, um einen aus warmen schokobraunen Augen anzulächeln.

»Woher weißt du das alles?«, frage ich Marcie.

Marcie lässt den Motor des Big Red aufheulen. »Ich weiß alles«, sagt sie.

Plötzlich fahren wir wieder, biegen von der Bluebell Lane in eine andere, völlig identisch aussehende Straße ab, dann auf den Highway zurück zum Büro. Mein Herz schmerzt. Wir kommen von Teddys und Ingas Haus zurück. Marcie parkt auf dem Parkplatz und stellt den Motor ab. Wir bleiben noch ein Weilchen im Auto. Schließlich dreht sie sich zu mir um und sagt: »Du hast nichts gegessen.«

»Du auch nicht.«

»Ich hab ein paar Snickers in meinem Schreibtisch.«

Schweigend sitzen wir eine Weile da.

»Also schläfst du tatsächlich mit dem Chef«, sage ich.

»Was?«

»Schläfst du mit Sean Zambuto?«

Marcie blickt hinunter auf ihren Schoß. Ich will meine Nase so tief in ihr Leben hineinstecken, wie ich nur kann, weil sie mir dasselbe angetan hat. Außerdem bin ich neugierig. Ich will wissen, *warum* Marcie mit Sean schläft. Er ist kein Prinz, und er ist einundvierzig. Auf einer Insel, die Seinfeld und die Baldwin-Brüder hervorgebracht hat, ist Sean kaum mehr als das übliche Long-Island-Rezept, eine Mischung aus Irisch und Italienisch, so wie Lasagne, die in einem Corned-Beef-Topf gekocht wird. Glamour-Faktor null. Er hat kleine Hände. Seine olivfarbene Haut passt nicht zu seiner irischen Boxernase.

Und dennoch: Dieser nicht mehr ganz junge Sozialarbeiter schläft mit der absolut hübschesten jungen Frau, die ich kenne. Wenn ein Mann wie Sean Zambuto eine Frau wie Marcie abkriegen kann, welche Aussichten bestehen dann für mich, jemand anderen als beispielsweise einen Metzger an Land zu ziehen?

»Ich habe ihn nie einen Witz machen hören«, sage ich zu Marcie. »Er hat noch nicht mal bei deinen Scherzen an den richtigen Stellen gelacht.«

Sie zwirbelt am Rand ihrer braunen Papiertüte herum. »Schon möglich, dass er mich manchmal langweilt, für den Bruchteil einer Sekunde vielleicht«, sagt sie. »Aber wenn er mich aus diesen kleinen, flinken Augen ansieht, dann weiß ich, dass er mich liebt.«

»Dich würde *jeder* Mann lieben«, erinnere ich sie, »sogar mit deiner lächerlichen Frisur.«

»Nicht *lieben*«, sagt sie. »Nur begehren.«

»Was ist daran so schlecht?«

Marcie atmet nachdenklich aus, dann dreht sie sich um und tätschelt meine Hand.

»Du willst wissen, warum ich Seanie liebe?«, fragt sie. »Ich verrat's dir: Er lässt mich bestimmen.«

»Das ist alles?«, frage ich. Ich bin platt, als ich sehe, wie Marcies Augen vor Zuneigung feucht werden.

»Bei Seanie weiß ich immer, woran ich bin«, sagt sie.

»Ah«, sage ich. »Nicht wie bei Teddy.«

Sie schüttelt den Kopf mit Nachdruck. »So etwas würde Seanie nie tun.«

Wir scheinen beide zu wissen, dass es an der Zeit ist, auszusteigen. Wir knallen die Türen des Big Red zu und gehen zum Gebäude zurück. Marcie stemmt sich gegen die schwere Glastür und hält sie für mich auf. Sean wartet an ihrem Schreibtisch, das dicke schwarze Haar sitzt auf seinem länglichen Kopf wie bei einem Staubwedel. Er ist so geduldig und liebevoll wie ein irischer Setter, und Marcie sieht bei seinem Anblick dankbar aus. Ich freue mich für sie, obwohl ich natürlich nicht will, dass vor meiner Tür ein irischer Setter auf mich wartet.

Ganz abgesehen davon, dass das im Moment für mich gar nicht erst zur Auswahl steht.

13
Und noch eine Überraschung

»Und, was macht die Liebe?«, erkundigt meine Mutter sich am Telefon.

»Warum fragst du mich nie, was meine *Arbeit* macht?«

»Weil es bei dir die Liebe ist, die zu kurz kommt. Warum sollte ich mich für deine Arbeit interessieren?«

Ich liege in meinem halb leeren, extra großen Bett, es ist Samstagmorgen, und ich fühle mich nicht besonders gut. Ich habe den Verdacht, dass ich vielleicht Miltons Bazillen ausbrüte. Die Sonne scheint fröhlich durchs Schlafzimmerfenster.

»Ich wollte mit dir über deinen Vater reden«, sagt meine Mutter.

Ich setze mich auf, plötzlich ganz Ohr. »Ich habe x-mal versucht, ihn anzurufen.«

»Und?«

»Und dann bist *du* dran und fängst an, mich über mein Liebesleben auszuquetschen.«

»Hm«, macht meine Mutter. Dann: »Pass auf, wenn du wissen willst, was mit Dad los ist, warum holst du mich dann nicht zum Essen ab? Wir können in den Acropolis Diner am Veteran's Highway gehen. Dort gibt es einen guten griechischen Salat.«

Das Letzte, wonach mir ist, ist eine weitere Verabredung zum Mittagessen. Nicht nach der Aktion mit Marcie.

»Könnte sein, dass ich krank bin«, erkläre ich meiner Mutter.

»Könnte sein, dass ich alt bin«, entgegnet sie. »Na und? Essen muss man trotzdem.«

Dieses Mittagessen scheint ihr schrecklich viel zu bedeuten. Vielleicht braucht sie meine moralische Unterstützung, braucht jemand bestimmten, um über meinen Vater zu reden.

»Natürlich will ich wissen, was mit Dad ist«, gestehe ich.

»Dann zieh dich an und hol mich ab. Mach dich ein bisschen hübsch. Und wasch deine Haare und föhn dich.«

Sie legt auf und lässt mich mit einem unangenehmen Gefühl zurück. Entweder findet sie, dass ich üblicherweise schmuddlig rumlaufe, oder sie hält mit etwas hinterm Berg. Dumm wie ich bin, hieve ich mich aus meinem schönen, sicheren Bett. Ich werfe mich unter die Dusche und anschließend ins Auto.

Ich hole meine Mutter ab, indem ich vor dem Haus auf die Hupe drücke, vielleicht aus Rache dafür, dass sie mir befohlen hat, mich zu waschen. Sie stürmt in einem gepunkteten gelben Hemdblusenkleid aus dem Haus, in dem sie wie aus *I Love Lucy* aussieht, nur ist sie ein halbes Jahrhundert zu spät dran.

»Kannst du nicht reinkommen und deinem Vater guten Tag sagen?«, fragt sie, sobald sie auf dem Beifahrersitz Platz genommen hat.

»Wir sehen uns doch am Sonntag«, sage ich. »Ich möchte erst mit dir sprechen. Wie geht es ihm?«

»Du hattest ein ganzes Leben lang Zeit, dir diese Frage zu überlegen. Willst du die Kurzfassung hier im Auto hören?«

»Ich meine seine Krankheit.«

»Welche Krankheit?«

»Er wird doch auf Prostatakrebs untersucht ...«

»Genau, Fräuleinchen. Er wird *untersucht.*«

»Soll das heißen, er ist gar nicht krank?«

»Nein, das soll heißen, dass er untersucht wird. Verstanden? *Untersucht.*«

Der Rücken meiner Mutter ist so durchgedrückt, dass sie einer großen Barbiepuppe ähnelt, die auf dem Autositz deponiert worden ist. Ihre Brüste stehen ab wie zwei Raketen. Sie wendet mir ihr Gesicht zu, und die rot angemalten Lippen sind fest aufeinandergepresst. Mir wird klar, dass ich ihren einzigen wunden Punkt getroffen habe, meinen Vater. Aber wollen wir nicht deshalb heute zusammen zu Mittag essen, um über meinen Vater zu reden? Inzwischen bin ich mir nicht mehr so sicher. Meine Mutter zieht eine Salem Light aus der Schachtel und steckt sie an. Ich lasse das Fenster runter, und den Rest des Weges legen wir zurück, ohne zu reden.

Als wir im Acropolis ankommen, fängt meine Mutter wieder an, mir Styling-Tipps zu geben. »Dein Oberteil wirft Falten im Rücken«, sagt sie. »Zieh es runter.«

Ich zerre hinten an meinem rosa Tank-Top, bis es den Bund meiner Jeans berührt. Als Nächstes bewegen sich ihre Finger auf meinen Kopf zu. »So«, sagt sie und wuschelt mir durch den Pony. »Jetzt ist es besser.«

»Ma! Was soll das?« Ich rücke ab von ihr und stürme vor ihr die Stufen zum Eingang hinauf. Sie schießt an mir vorbei durch die Glastür, als ich sie aufhalte.

Und dann sehe ich ihn. Jetzt weiß ich, was sie vorhat.

Mickey Hamilton winkt von einem Tisch in der Fensterreihe, wo meine Mutter immer gerne sitzt. So schlecht gespielte Überraschung wie die ihre habe ich noch nie gesehen. Sie fährt mit der Hand zum Herz und ruft atemlos: »Ach! Ist das nicht der Bursche, mit dem du arbeitest? Im SaveWay? Na, so was! Sieh nur!«

Ich stehe wie vom Donner gerührt im Eingang des Restaurants. Meine Mutter hat schon bei früheren Gelegenheiten versucht, mein Leben zu manipulieren, indem sie zum Beispiel einen marineblauen Hosenanzug zu meiner Hochzeit trug, aber das hier übertrifft alles. Es ist demütigend, beleidigend – vielleicht sogar auch von Mickey Hamiltons Seite, weil er dabei mitspielt. Und dennoch stelle ich einmal mehr überrascht fest, dass Mickey Hamilton nicht so langweilig aussieht, wie ich einst fand.

Meine Mutter schwebt, vor Aufregung errötet, zu Hams Tisch, und die Punkte auf ihrem weiten Rock tanzen auf und ab. Ham erhebt sich in gespielter Überraschung und voller Freude. Ich höre, wie er seine vorgeblich spontane Einladung ausspricht, uns zum Essen zu ihm zu gesellen. Wann hat sie das eingefädelt?

Plötzlich fällt mir wieder ein, wie sie mir – wiederholt – erzählte, dass es die Mühe absolut Wert sei, die paar zusätzlichen Meilen zum SaveWay zu fahren, um Fleisch und frisches Obst und Gemüse zu bekommen. Und um einen neuen Freund für ihre Rosie heranzuschaffen.

Ich würde am liebsten die Hand um ihren kleinen, gepunkteten Kragen legen und sie erwürgen.

Aber essen müssen wir ja trotzdem.

Zugegeben, Mickey sieht scharf aus in dem schwarzen T-Shirt mit V-Ausschnitt, das sich angenehm um seinen Bizeps schmiegt und goldene Reflexe in seinem Haar aufblitzen lässt. Heute hat er nichts Beiges an sich. Ich ziehe den Ausschnitt meines Tops nach unten, dieses Mal vermutlich mit Absicht. Ein prächtiges Dekolleté grinst mir entgegen. *Hallo!* Manchmal gefällt es mir, Rundungen zu haben. Manchmal hasse ich meine Mutter.

So würdevoll wie möglich bahne ich mir einen Weg zum Tisch der beiden Verschwörer. Mickey erhebt sich ein zweites Mal. Sein Polohemd steckt in einer Leinenhose, und sein flacher Bauch ist ein toller Anblick. Seine Siebzigerjahre-Koteletten sehen immer noch schrecklich aus. Sein Vater muss die gleichen gehabt haben, als Ham geboren wurde. Ich stelle mir Ham senior vor, wie er von seiner Arbeit im Schlachthof zurückkommt und dem kleinen Mickey erklärt: *Eines Tages wird all das dir gehören, mein Sohn.*

»Miss Plow«, sagt Mickey und schüttelt mir lächelnd die Hand. »Ich freue mich, Sie hier zu treffen« – er dreht sich um und bedenkt meine strahlende Mutter, die sich bereits bei ihm niedergelassen hat, mit einem Blick –, »und natürlich meine liebste Kundin hier. Ich wollte Sie sowieso wegen Milton anrufen.«

Von wegen, denke ich und schenke ihm mein schönstes Lächeln, das charmante, bei dem man jede Menge Zähne sieht. »Milton geht es gut«, versichere ich ihm. »Seine Mutter meint, dass er nächste Woche wieder arbeiten kann.«

»Großartig«, sagt Mickey. »Ich kann Ihnen gar nicht sagen, wie sehr er mir fehlt. Drei Kunden hatten auf dem Parkplatz einen Zusammenstoß mit leeren Einkaufswagen, und zwei sind gestohlen worden.«

»Kunden?«

»Nein. Wagen.« Er lächelt.

»Ihr beide habt so viel gemeinsam«, trällert meine Mutter.

Meine Augen schießen Pfeile auf sie ab. Kugeln. Raketen.

»Setzen Sie sich doch«, sagt Mickey und deutet auf den Sitz ihm gegenüber. Meine Mutter hat sich bereits vors Fenster gequetscht und die Hände sittsam im Schoß ihres Rocks gefaltet. Wenn wir von hier aufbrechen, werde ich sie umbringen.

Eine Serviererin taucht zwischen all meinen mörderischen Gedanken auf, und Mickey bestellt uns drei Bier. Anmaßend, wenn Sie mich fragen, aber meine Mutter ist hin und weg.

»Wie aufmerksam von Ihnen«, sagt sie. Als das Bier kommt, dankt sie ihm erneut, hebt die Flasche und hält sie neben ihr Gesicht. Es erinnert mich an die gute alte Zeit, als die Liebmann-Brauerei ihren alljährlichen Schönheitswettbewerb veranstaltete. Sie ist die Miss Rheingold des neuen Jahrtausends. Sie setzt ihr Fünfzigerjahre-Lächeln auf: heiter und gelassen.

Mickey reicht jeder von uns eine umfangreiche Speisekarte, und meine Mutter beginnt, Konversation zu machen.

»So was, Mr Hamilton«, sagt sie, schlägt die Karte auf und tut, als würde sie darin lesen. »Da treffe ich Sie ständig im SaveWay, ich weiß aber nicht einmal, was genau Sie da machen.«

Was für eine dreiste Lüge. Ich trete sie unter dem Tisch, doch sie lächelt weiter.

»Tja, ich war früher Metzger«, sagt Mickey. Er zwinkert mir zu, unser kleiner Scherz. »Jetzt leite ich den Supermarkt.«

»Das *dachte* ich mir fast, dass Sie einmal Metzger waren«, erläutert meine Mutter.

Mickey grinst.

»Wissen Sie, Roseannas Onkel war auch Metzger.«

»Wer?«, frage ich.

»Na ja, er war nicht wirklich ihr Onkel«, sagt sie und sieht mich nicht an, »sondern ein enger Freund der Familie. Barney Kroener. Er war *wie* ein Onkel.«

»Mom«, sage ich. »Er war unser *Nachbar*.«

Sie ignoriert mich. »Inzwischen ist er tot, der arme Mann«, sagt sie zu Mickey Hamilton. »Er hatte Bluthochdruck. Hat jahrelang Medikamente genommen. Seine Frau hat mir immer erzählt, wie dadurch seine, ähm« – sie nippt vorsichtig an ihrer Bierflasche – »seine Manneskraft gelitten hat, um es mal so zu sagen.«

»Ah«, sagt Mickey.

»Das war lange vor Viagra«, fügt sie hinzu.

»Ma«, flehe ich.

»Nicht, dass sie nicht versucht hätten, die Situation in den Griff zu kriegen. Damals war das eine größere Herausforderung. Marge Kroener schickte ihn immer ins Krankenhaus, ins Veterans Hospital, wo er eine Spritze bekam, die ... Sie wissen schon ... die ihm seine ... ähm zurückgab.« Wieder nippt sie an ihrem Bier.

»*Ma!*«, stöhne ich erneut.

»Sie kennen das Krankenhaus sicher, Mickey. Es ist auf halber Strecke nach Montauk! Die ganzen Ampeln, dann die große Kreuzung bei der North Shore Mall. Bis er wieder zu Hause war, hatte die Wirkung der Spritze nachgelassen, und sie saßen wieder im gleichen Boot, wo sie angefangen hatten!«

Meine Mutter lacht fröhlich, wirft Redewendungen durcheinander und gönnt sich noch einen Schluck von ihrem Bier. Mickey lacht mit ihr. Unsere Blicke kreuzen sich, und er zwinkert wieder. Ich weiß nicht, was dieses Zwinkern bedeutet. Vielleicht denkt er, meine Mutter sei durchgeknallt.

»Mrs Plow«, sagt er, »Sie sind wirklich eine gute Erzählerin.«

»Danke, mein Lieber«, säuselt sie überschwänglich. »Aber bitte Pulkowski, nicht Plow.« Sie bedenkt mich mit einem bösen Blick. »Das ist auch *ihr* richtiger Name, falls Sie es wissen wollen.«

»Ich *will* es wissen.«

»Aber Sie können mich Helen nennen.«

Er tätschelt ihr zweimal die Hand. »Und Sie mich Ham.«

Als Helen später aufsteht, um sich die Nase zu pudern, lege ich die Gabel weg und sehe ihn wütend an. »Das ist der mieseste Trick, den meine Mutter je angewandt hat.«

»Was für ein Trick?«

»Der Trick mit dem überraschenden Blind Date.«

Mickey ist mit seinen Pommes frites beschäftigt, doch ich weiß, dass er zuhört. »Ist es so schlimm, mit mir zu essen?«, fragt er die Kartoffeln.

»Darum geht es nicht!« Ich haue mit der Faust auf den Tisch, ein bisschen zu heftig vielleicht. Ein marmeladenverschmierter Dreikäsehoch am Nachbartisch starrt mich an; aus seinem offenen Mund quillt Toast. »Mama!«, sagt er so laut, dass es im ganzen Restaurant zu hören ist. Dann gafft es nur noch, das verdammte Gör.

»Ich finde, Ihre Mutter ist ausgesprochen witzig«, sagt Mickey. »Ich hätte gedacht, dass Sie ihre Idee mit dem Date lustig finden. Ich dachte wirklich, ich kenne Ihren Humor.«

»Was veranlasst Sie zu glauben, auch nur *irgendetwas* über mich zu wissen?«, fauche ich.

»Nun, ich weiß, dass Ihre Mutter eine echte Herausforderung ist.«

Jetzt fühle ich mich schlecht. Ich habe das Essen mit Ham nicht genossen, aber das war nicht seine Schuld. Er war wirklich süß. Es hätte so nett sein können – ohne meine Mutter. Und auf die Geschichte von Barney Kroeners Sexleben hätten wir auch verzichten können.

»Es ist nicht leicht mit ihr, hm?«, fügt Mickey hinzu, als könne er meine Gedanken lesen.

Ich antworte ihm noch immer nicht. Ich bin zu verwirrt, um Fragen zu beantworten. Arrangieren die Mütter anderer Leute auch Blind Dates, um ihnen dann selbst beizuwohnen?

»Es tut mir leid, dass das hier so unerfreulich für Sie war«, sagt er schließlich. Dann erhebt er sich, zieht zwei Zwanziger aus seiner Brieftasche und wirft sie auf den Tisch. »Wissen Sie«, sagt er zu mir, »wir haben einfach nur versucht, uns ein bisschen zu amüsieren. *Mir* hat es jedenfalls gefallen.«

Ich schnappe die Zwanziger, um sie ihm wiederzugeben. »Bitte nicht«, sage ich zu ihm. »Warten Sie! Sie müssen nicht gehen. Ich bin nur ...«

Er hält die Hände hoch wie ein Wachmann, unterbindet damit meine Erklärung und verweigert das Geld. »Ich sehe Sie bei der Arbeit, wenn Milton wieder da ist.«

»Aber ...«

»Ein andermal, Miss Pulkowski.«

Der Dreikäsehoch und ich starren ihm hinterher, als er sich seinen Weg vorbei an anderen Gästen, Serviererinnen und sich drehenden Tabletts mit Pie bahnt. »Tschü-üss!«, ruft der kleine Junge und winkt mit einer klebrigen Hand. Dann ist Mickey Hamilton in der Menge der Gäste verschwunden, so wie Barney Kroener im Verkehr.

14
Wer ist dein Vater?

»Wo ist Ham?«, fragt meine Mutter, als sie mit frisch aufgelegtem rotem Lippenstift aus der Damentoilette zurückkehrt.

Um zu vermeiden, dass ich sie auf der Stelle erwürge, stehe ich auf und strebe dem Ausgang zu, die Rechnung in der Hand. Ich höre das *Klack! Klack! Klack!* ihrer Stöckelschuhe hinter mir, doch ich drehe mich nicht um, und ich warte auch nicht. Ich werfe der Kassiererin meine Kreditkarte hin und stopfe Hams zwei Zwanziger in meine Geldbörse. Jetzt muss ich sie ihm zurückgeben, wenn ich ihn das nächste Mal im SaveWay treffe.

»Und?«, hakt meine Mutter nach. »Was ist passiert? Habt ihr euch gestritten?«

Die Frau an der Kasse hält meine Quittung zurück, um auf meine Antwort zu warten. Ich reiße sie ihr aus den Fingern, und ihre Lippen verziehen sich missbilligend. »Danke schön«, zische ich und stürme zur Tür. Meine Mutter folgt mir zum Parkplatz. Vermutlich war ich noch nie so wütend auf sie. Die Vorstellung, im Auto eine weitere Viertelstunde neben ihr zu sitzen, ist unerträglich. Bevor ich die Türen aufsperre, wirbele ich herum, um sie anzusehen.

»Ich will nicht, dass du im Auto qualmst«, fauche ich.

»*Du* bist diejenige, die qualmt«, sagt sie. Herausfordernd verschränkt sie die Arme vor ihrem gepunkteten Mieder. »Ich hatte ja keine Ahnung, dass du so vehement gegen männliche Gesellschaft bist.«

»Was hast du dir nur dabei gedacht, ihn einzuladen? Und was für ein Kraut hast du geraucht, als du beschlossen hast, ihm diese Sexgeschichte über Barney Kroener aufzutischen?«

Meine Mutter zuckt leicht zusammen. »Du bist diejenige, die eine Marihuana-Zigarette in ihrer Wäscheschublade versteckt hat.«

»Das habe ich dir doch schon erklärt, Ma! Das war *nicht* mein Joint, sondern der von meinem Cousin Arthur! Und er hat ihn in meinem Zimmer geraucht, weil er es nicht länger ausgehalten hat, dir bei Tisch *zuzuhören!*«

»Pft«, macht meine Mutter, ohne wirklich überzeugt zu sein.

»Und außerdem, was geht dich meine Wäscheschublade an? Ich war sechzehn! Auch damals schon musstest du dich immer einmischen! Du mischst dich *immer* ein, Ma! Warum nur?«

Als Antwort lässt meine Mutter geziert ihre Tasche aufschnappen und kramt eine Salem Light hervor.

»Ich will nicht, dass du rauchst. Punkt«, sage ich ihr. »Wie kann eine Vierundsiebzigjährige noch rauchen? Kannst du mir das verraten? Liest du keine Zeitung? Das ist schlecht für dich, Ma. Es kann dich umbringen.«

Meine Mutter lässt mich warten, während sie die Zigarette anzündet und ein paar Züge nimmt. Sie bläst den Rauch in einem Bogen gen Himmel. Sie verschwendet keine Worte an mich. Ich kann nicht aufhören mit meiner Raserei. »Dad hat Krebs, oder? Er hat Krebs, und du stehst hier auf dem Parkplatz und rauchst eine.«

Meine Mutter sagt nichts, doch auf ihrem Gesicht zeigt sich flüchtig ein trotziger Ausdruck. Sie redet nicht. Was in meinen Augen etwas Schlechtes bedeutet. Wir verlassen den Parkplatz, als sie endlich fertig ist mit ihrer Zigarette. Dann sagt sie in einem Tonfall, der freundlich klingen soll: »Das Problem mit dir ist, Rosie, dass du dir nicht helfen lassen willst.«

Ich quetsche mich in den dichten Verkehr, obwohl wirklich keine Lücke da ist. Ich nehme einem hübschen, kleinen Sportwagen die Vorfahrt, weshalb er mich anhupt.

»Du kannst mich mal«, murmele ich. »Wie nett«, sagt meine Mutter.

»Du bist unmöglich«, sage ich zu ihr. »Du bist krank! Jemandem zu helfen und sich in anderer Leute persönliche Angelegenheiten einzumischen sind zwei Paar Schuhe, weißt du. Aber nein, ich erwarte nicht wirklich, dass du das verstehst.«

»Oh, jetzt legt sie wieder los. Unsere Sozialarbeiterin spuckt große Töne.« Meine Mutter rutscht auf dem Sitz herum und streicht ihren weiten Rock glatt. »Was gibt es denn Persönlicheres als eine Mutter und eine Tochter? Man *mischt* sich nicht *ein*, wenn man sich um seine Tochter sorgt.«

»Rufst du deshalb jede Woche Marcie bei der Arbeit an?«

»Sie ist meine Freundin, Fräuleinchen. Verstanden? Wenn es nach deinen verdrehten Ansichten über das Universum ginge, dann darf ich wohl nicht mehr mit Freunden telefonieren?«

Ich reiße das Lenkrad herum, sodass wir beide fast ein Schleudertrauma kriegen, und steuere den Wagen von der Straße auf einen Parkplatz. Meine Mutter schnappt nach Luft, und ihre Hand fliegt an ihre Kehle. Ich schalte auf Parken und ziehe die Handbremse an, und dann sitzen wir da. »Ich will nicht, dass du dich einmischst«, sage ich, nachdem meine Hände aufgehört haben zu zittern. »Und ich will deine Hilfe nicht. Ich bin nicht mehr auf deine mütterliche Weisheit angewiesen.«

»Kinder brauchen immer die Unterstützung ihrer Eltern.«

»Ich bin erwachsen!«, schreie ich. »Wann *kapierst* du das endlich? Ich bin zweiunddreißig Jahre alt, und ich weiß selbst, wie man einen Mann findet!«

»Du weißt gar nichts«, murmelt meine Mutter, und beim Klang ihrer Stimme drehe ich mich um und sehe sie an.

»Du weißt nicht mal über den Beginn deines Lebens Bescheid.« Sie sieht mich unumwunden an. »Du weißt nicht mal, wer zum Teufel du bist.« In ihren Augen stehen Tränen, und eine läuft über eine Furche in ihrer Wange, die mir vorher nie aufgefallen ist.

»Warum sagst du so etwas, Ma?«

»Weil ich nicht deine Mutter bin«, sagt sie.

»Ach, verstößt du mich jetzt? Verdiene ich nicht mehr, deine Tochter zu sein oder was? Weil ich über meinen eigenen Vater Bescheid wissen will? Weil ich will, dass du dich aus meinen Angelegenheiten raushältst?«

»Ich bin deine Großmutter«, sagt sie nur. »Deine eigene Mutter ist Gott weiß wo, und zwar, seit du ein Säugling warst.«

Ich suche in ihrem Gesicht nach dem verräterischen Aufblitzen, das manchmal zu sehen ist, wenn sie mich aufzieht. Nichts zu sehen.

Ich spüre, wie meine Hand vorschießt, um sie zu schlagen oder an mich zu ziehen – ich weiß es nicht. Es gibt eine Menge Dinge, die ich nicht weiß, was das zum Beispiel für Geräusche sind, die aus meinem Mund kommen. Oder warum in meinem Schädel kleine Lichter wie Nadelstiche zu spüren sind.

»Ma«, krächze ich und greife nach ihrer Hand, die sich plötzlich in meinen Fingern so zerbrechlich wie ein Bündel zarter Zweige anfühlt. »Was redest du denn da?«

Sie fährt sich mit der freien Hand über die Augen, bevor sie mich ansieht. Ihre Wimperntusche ist verschmiert. Ihre Augen sehen alt aus, müde, und liegen tief in den Höhlen. Sie sieht aus, als hätte sie eine Million Jahre gelebt. Wer ist diese Frau? Ich starre in ein Gesicht, das sich mir seit meiner Geburt ins Gedächtnis gebrannt hat, doch wessen Gesicht ist das?

Es ist das Gesicht der Mutter meiner Mutter. Das erzählt sie mir jetzt.

Jemand klopft an mein Fenster und lässt uns beide zusammenzucken. Als ich mich umdrehe, sehe ich einen grinsenden Mann dicht davor. Widerwillig öffne ich das Fenster, und der

Mann sagt: »Wollen die Ladys ein Auto kaufen?« Ich blicke an ihm vorbei und entdecke das riesige Schild mit der Aufschrift BUICK, das inmitten glänzender Fahrzeuge an einem Mast baumelt.

Mein Vater ist mein Großvater, denke ich.

Der Mann im Fenster lächelt geduldig in seinem verknitterten weißen Hemd. Die rote Krawatte flattert im Wind, und der Fleck in ihrer Mitte schwingt vor meinen verschwommenen Augen hypnotisierend hin und her, hin und her. Ich versuche, in die Wirklichkeit zurückzukehren. Ich finde gerade heraus, wer meine Mutter ist und wer mein Vater nicht ist, und zwar auf dem Parkplatz eines Buick-Händlers.

»Wir haben alles, was wir brauchen, mein Lieber«, höre ich meine Mutter zu dem Mann sagen. »Lassen Sie sich nicht stören«, fügt sie hinzu.

Ihre Stimme hat wieder die gewohnte Autorität und Stärke, doch als ich ihr ins Gesicht sehe, bemerke ich, dass ihre Augen noch immer gerötet sind. Die Muskeln um ihr Kinn scheinen erschlafft zu sein, als hätte sie aufgegeben. Sie sieht aus wie eine Großmutter. *Meine* Großmutter. Aber wer ist dann meine Mutter?

Als der Verkäufer weg ist, widmet sich meine Großmutter wieder mir, und das Nächste, was sie sagt, gibt mir einen ersten Hinweis auf die Antwort. »Ich habe die vergangenen drei Jahrzehnte meines Lebens damit zugebracht, dafür zu sorgen, dass du nicht wie deine Mutter wirst«, erzählt sie mir ohne Umschweife. Sie fährt sich mit der Hand durch die krausen Löckchen. »Wo auch immer *die* stecken mag.«

Nachdem die Sonne Stunden später gnädigerweise untergegangen ist, liege ich wieder im Bett und blättere gelangweilt in ein paar Heften herum. Frauenzeitschriften, Nachrichtenmagazinen, Buchrezensionen, Klatschgeschichten – das ist für mich Prozac, Valium, Lithium und Ritalin in einem.

Meine Haut fühlt sich feucht an. Ich wische mir mit einem in Aloe getränkten Kleenex über die Augen, während ich automatisch Seite für Seite für Seite umblättere, als würde ich, wenn ich nur lange genug suche, den Artikel mit dem Titel ROSIES ELTERN ENTDECKT finden.

Der Himmel weiß es, Helen hat mir nicht erzählt, wer sie sind. Oder waren. Sie schien nach ihrer letzten Bemerkung über meine Mutter bei dem Buick-Händler in eine Art innere Emigration gegangen zu sein. Es war sinnlos, zu versuchen, mehr herauszufinden, obwohl ich trotzdem nachgefragt habe.

Ich versuche, mich zu konzentrieren, normal zu atmen. Ich greife nach dem Büchlein auf meinem Nachttisch, *Buddhismus für Langsame,* und lese:

Es ist besser, einen Tag damit zu verbringen, die Geburt und den Tod aller Dinge zu betrachten, als hundert Jahre ohne Beginn und Ende zu betrachten.

– BUDDHA –

Ich kneife die Augen zu und denke darüber nach. Ich schließe das Buddha-Buch. Ich greife mir die erstbeste *Cosmopolitan* vom Stapel. Die Hochglanzseiten quellen nur so über vor guten Ratschlägen.

WIE SIE ALS FRAU FLIRTEN UND SPASS HABEN! verkündet gleich der erste Artikel. Beim Überfliegen stelle ich fest, dass damit anscheinend einfach nur gemeint ist, ich solle meine großen Brüste zur Schau stellen. Das könnte ich ja tatsächlich tun, aber …

Ich weiß nicht, wer meine Eltern sind.

Das Telefon klingelt. Es klingelt wieder, und ich gehe immer noch nicht dran, obwohl es Ham sein könnte. Ich bin sicher, dass es nicht meine Mutter ist, da es ihr anscheinend total die Sprache verschlagen hatte, als ich sie vor ein paar

Stunden zu Hause absetzte. Egal. Sie ist sowieso nicht meine Mutter.

Muss. Zeitschriften. Lesen. Ich blättere einige Seiten weiter. OBEN OHNE steht über dem *Cosmo*-Mann des Monats. Ich starre auf die entblößte, eingeölte Brust, den Waschbrettbauch, an dem jeder Muskelstrang an eine Orgelpfeife erinnert, auf die blendend weißen Zähne. Sein Lächeln wirkt unglaublich aufgesetzt. Ich widme mich der Rubrik »Ratschläge für Männer«, Sachen, die dein Typ nie zu dir sagen sollte, hier schwarz auf weiß. Die Liste scheint nur Selbstverständliches zu enthalten, die offensichtlichen Fettnäpfchen, die ein Mann vermeiden sollte, wenn er mit einem *Cosmo*-Girl ausgeht. *Hast du zugenommen? Die Serviererin ist echt süß! Wollen wir uns die Rechnung teilen?*

Deine Mutter nervt.

Ich schlage die Zeitschrift zu. Wie oft hat Teddy mich in den vier Jahren unserer Ehe daran erinnert? Aber was war es doch gleich, was Ham heute im Restaurant über Helen gesagt hat? Ihre Mutter ist eine echte Herausforderung. Es ist nicht leicht mit ihr, hm? So nett hat noch nie jemand gesagt, dass meine Mutter nervt. Obwohl sie gar nicht meine Mutter ist.

Ich stelle die kalte Tasse Tee zur Seite und ziehe die Decke hoch bis zum Kinn. Ich mache das Licht aus, aber der Schlaf will sich nicht einstellen. Wie kann man schlafen, wenn man nicht weiß, wer die eigenen Eltern sind? Wenn man nicht weiß, warum die eigene Mutter verschwunden ist und warum Helen froh ist, dass ich nicht bin wie sie? *Sie hat sich verkehrt herum durch den Kanal geackert,* hat meine Mutter immer den Postboten, Lehrern, Nachbarn und jedem, der bereit war, zuzuhören, erzählt. Aber durch wessen Kanal? Nicht Helens. Und wer ist dann mein Vater? Etwa auch irgend so ein Versager? Ich zucke zusammen, als mir gegen meinen Willen die Lücken in der Küche einfallen, die auf Teddys Konto gehen: der fehlende Untersatz für die Mikrowelle.

Der Stapel Kochbücher auf dem Boden. Der Servierwagen, der von der Wand verschwunden ist wie ein unartiger Junge aus der Reihe der Mitschüler. Ich habe ganz sicher einen Versager *geheiratet*. Da ist es nur logisch, dass ich auch von einem gezeugt wurde.

Wieder kneife ich die Augen zu, und jetzt driften meine Gedanken zu meinem gutmütigen Riesen von Vater – Querstrich – Großvater. Plötzlich wird mir bewusst, was für ein Glück ich hatte, ihn in all den Jahren meiner Kindheit zu haben. Diese große Hand, die meine zu halten pflegte, wenn wir Straßen überquerten. Sie war so warm! Es kam mir immer vor, als schöbe ich meine Hand in einen Pelzmuff, einen von der Art, wie Jo ihn bei ihren winterlichen Kutschfahrten in *Betty und ihre Schwestern* trug. Mein Daddy Pulkowski. Und ich als seine kleine Winona Ryder. Und Helen, die nicht darüber sprechen will, was nicht mit ihm stimmt. Plötzlich ergibt es einen Sinn, dass sie diesen lächerlichen Ausflug heute zum Acropolis Diner geplant hat. Sie muss sich immer ablenken, wenn etwas sie beschäftigt.

»O, Mist«, stöhne ich ins Leere. Dann setze ich mich im Bett auf und angele nach dem Telefon. Natürlich geht Helen dran.

»Ma«, sage ich, obwohl ich nicht weiß, ob ich diese Anrede noch benutzen soll. »Ich will mit Dad reden.«

»Ich habe gerade *The Swan* geschaut. Da war eine Frau, die sah aus wie ein Pferd, und der haben sie ein neues Aussehen verpasst.«

»Gib mir bitte Dad. Ich will mit ihm sprechen.«

»Sie hatte *wirklich* ein Pferdegebiss. Am liebsten hätte ich ihr einen Apfel gegeben.«

»Gib mir Dad, Mom.«

»Ich versteh das nicht. Wenn wir beschließen, jeden Menschen auf der Erde in eine Schönheit zu verwandeln, wer sollen dann die Hässlichen sein? Wo ist denn da der Sinn?«

»Gibst du ihn mir jetzt?«

»Nur zu deiner Information, Miss Plow, Pulkowski schläft tief und fest.«

Ich atme tief ein, dann wieder aus. »Dann komme ich rüber und wecke ihn.«

Der Hörer wird so laut hingeknallt, dass ich fast taub werde. Ich stelle mir vor, dass er mit der Sprechmuschel nach oben auf ihrer Küchenplatte aus Resopal gelandet ist und an die Decke starrt wie ein kleines, verletztes Tier. Ich höre meinen Vater atmen, bevor ich seine Stimme höre.

»Rosie«, sagt er.

»Dad. Wie geht es dir?«

»Gut. Alles in Ordnung?«

»Deshalb rufe ich dich an. Ist alles in Ordnung mit dir?«

Wieder sein Atem, wie das Rauschen im Radio. Langsam atmet er ein, gleichmäßig aus.

»Ich habe ein bisschen Krebs, Kleines.«

Die Härchen in meinem Nacken kitzeln, als sie sich aufstellen.

»Was hast du?«

»An der Prostata. Da haben sie was gefunden. Nur ein bisschen.«

»Weiß Mom davon?«

»Reg deine Mutter nicht auf, Kleines.«

»Weiß sie es?«

»Sie weiß es.«

»Ach. Daddy.«

»Kleines.«

Er pfeift wie eine Lokomotive, einsam und weit weg.

15
Leben auf der Überholspur

Als ich einmal krank war – das muss im ersten Jahr nach unserer Hochzeit gewesen sein –, besorgte mir Teddy in einem Imbiss namens »Der koschere Take-away« einen Liter Hühnersuppe mit Matzeklößchen. Es war das Netteste, was ein Mann für eine Frau mit roter Nase, verquollenen Augen und schrecklichem, ungewaschenem Haar tun konnte. Was machte es ihm an jenem Tag Spaß, den Doktor zu spielen! Es war, als hätte er diese Rolle in einem Stück zugeteilt bekommen, und er spielte sie mit großer Begeisterung.

»Mund auf, Kleines«, hatte er gesagt, die Hand unter mein Kinn gelegt und mir mit dem Löffel das dampfende jüdische Penicillin eingeflößt, als wäre ich ein Kind. Er hatte mich voller Liebe und Mitgefühl angelächelt. Ich hätte nicht sagen können, ob das Schwindelgefühl von ihm oder dem Fieber verursacht wurde. An jenem herrlich verschnupften Tag war Teddy mein Fieber. Wenn ich mir jemals einer Sache im Leben sicher war, dann der, dass er mich in diesem Moment, in diesem Zimmer, auf diesem bazillenverseuchten Bett liebte.

Seit er die Möbel gestohlen hat, hat er nicht mehr angerufen. Er weiß noch nicht mal, dass seine Schwiegermutter in Wahrheit seine Schwieger-Großmutter ist.

Ich seufze laut, greife dann nach dem Telefon und wähle die SaveWay-Nummer, entschlossen, zu tun, was in meiner Macht steht.

»Wie geht es Milton?«

»Rufen Sie deshalb an?«

An diesem schrecklichen Montagmorgen gießt es wie aus

Kübeln, und Mickey Hamilton wird es mir schwermachen, mich zu entschuldigen. Seit zwei Tagen habe ich das Haus nicht verlassen, seit unserem kleinen Mittagessen. Ich habe noch nicht mal meinen kleinen Protein-Milchshake zu mir genommen. Ich versuche, eine Sache in Ordnung zu bringen, bevor ich ins Büro gehe, und Mickey Hamilton erschien mir die leichteste.

»Ist das eine nette Art, mich zu begrüßen?«

»Wie kann ich Ihnen helfen, Miss Plow?«, entgegnet er.

Ham hat schlechte Laune.

Ich schlüpfe in einen Schuh. »Ich wollte Ihnen Ihre vierzig Dollar wiedergeben.«

»Ich will meine vierzig Dollar nicht zurück. Das hab ich doch gesagt.«

Ich setze mich auf die Kante meines ungemachten Betts. »Außerdem wollte ich mich entschuldigen«, sage ich. Am anderen Ende herrscht kurz Schweigen.

»Das akzeptiere ich, Miss Plow.«

»Schön. Es ging auch wirklich nicht um Sie. Aber ... es läuft gerade nicht so gut zwischen mir und meiner Mutter.«

»Anscheinend läuft es zwischen Ihnen und egal wem gerade nicht so gut.«

Ich starre auf meinen Schoß hinunter. Meine Knie lugen hoffnungsfroh unter dem Saum meines Rockes hervor. »Hören Sie, in meinem Leben geht im Moment alles drunter und drüber. Warum können Sie das nicht einfach hinnehmen, und wir machen weiter.«

»Mit was machen wir weiter?«

Ich halte kurz inne und schlüpfe mit dem zweiten Fuß in die Pumps von Amanda Smith. »Mit unserer normalen, aufrichtigen Geschäftsbeziehung.«

»Das werden wir nicht können, Miss Plow.«

Seufzend stehe ich auf. Hinter meiner Stirn machen sich hämmernde Kopfschmerzen breit. »Und warum nicht, bitte schön?«

»Weil wir beide keine normale, aufrichtige Geschäftsbeziehung haben. Sie empfinden etwas für mich, Miss Plow. Das habe ich im Restaurant bemerkt, über Ihrem Teller mit Hühnchen.«

»Herrgott, Ham«, setze ich an, breche dann aber ab. Ich breche ab, weil ich befürchte, er könne richtig liegen. Oder er täuscht sich. Ich bin so verwirrt, dass ich mich wieder hinsetze.

»Sehen Sie? Jetzt nennen Sie mich sogar schon Ham.«

Als ich darauf nicht antworte, fährt er fort. »Warum kommen Sie heute Morgen nicht mal vorbei? Ich habe Milton zum Einpacken an der Kasse eingeteilt, weil es so schüttet. Es ist großartig, was Sie ihm alles beigebracht haben. Er denkt daran, die schweren Sachen unten in die Tüten zu tun. Aber trotzdem ist es sein erster Tag. Wollen Sie nicht sehen, wie er zurechtkommt?«

Das hört sich unendlich verlockender an, als nach meinem neuesten Trauma, das mir an der Nase ablesbar ist, ins Büro zu marschieren, wo Marcie mir auflauert und Sean mich mit diesem seelenruhigen Blick bedenkt, der alles nur noch schlimmer macht.

»Ich bin unterwegs.«

»Wunderbar. Ach, und Miss Plow. Ich habe das Treffen mit Ihrer Mutter Samstag sehr genossen.«

»Nein, haben Sie nicht.«

»Doch, habe ich«, beharrt er.

Nein, hat er nicht, denke ich beim Auflegen. Er kennt meine Mutter nicht einmal. Genauso wenig wie ich. Ich schnappe mir meinen Protein-Shake und schlüpfe in meinen Regenmantel.

Ich kann Milton durch die regennasse Glasscheibe am Ende der Schlange vor der Expresskasse sehen. Er gestikuliert mit den Händen, als wolle er der letzen Kundin in der Reihe unsichtbare Armreifen vorführen. Die Frau drückt ihre Geldbörse an sich wie einen Schutzschild. Eine halb volle Tasche mit Lebensmitteln steht zwischen ihnen. Eine junge Kassiererin sitzt mit verschränkten Armen vor ihrer Kasse. Ich haste nach drinnen.

»Sind Sie diejenige, die ihn betreut?«, fragt die Kassiererin, als ich bei ihr bin.

»Ja«, sage ich. Ich lasse meine Aktentasche auf ihr Rollband plumpsen, um dem Nachdruck zu verleihen.

»Tja, er fängt schon wieder damit an. Zählt die Artikel.«

Nur wenige Zentimeter über ihrem kurz geschnittenen gelben Haar hängt das Schild BITTE NICHT MEHR ALS 8 ARTIKEL!

Milton ist ein bisschen außer Atem, sein Blick geht zwischen der Kundin und dem Schild hin und her. »Elf!«, keucht er. »Nicht acht!«

Die betrügerische Kundin senkt ihren Geldbeutel, als sie mich erblickt. Sie sieht ein bisschen erleichtert aus, doch vor allem verärgert. »Ich habe versucht, ihm zu erklären, dass man von dem Katzenfutter *vier* für einen Dollar neunundneunzig bekommt.«

Sie spricht zu laut und betont dabei jedes Wort überdeutlich, so wie manche Menschen es tun, wenn sie ihren Anrufbeantworter besprechen, so wie die meisten Menschen es tun, wenn sie mit geistig Behinderten sprechen. Deshalb mag ich sie nicht, sie und ihre Katze.

»Ich habe sie extra aufeinandergestellt, *vier* auf einen Stapel, weil es sich ganz klar nur um *einen* Artikel handelt. Den achten Artikel.«

»Ja, das sehe ich.« Ich verabscheue ihre blaue, funkelnde Lesebrille, die auf ihrer Nasenspitze zittert wie eine Achterbahn, die bereit ist, sich jeden Moment in die Tiefe zu stürzen.

»Ich sehe, dass Sie drei Artikel zu viel haben.«

Die gezupften Brauen der Frau fahren hoch. »Man *könnte* es so sehen. Sind Sie die Geschäftsführerin?«

Ich bin versucht zu lügen, schüttele aber verneinend den Kopf. Stattdessen drehe ich ihr den Rücken zu und wende mich an die Kassiererin. »Packen Sie bitte den Rest ein«, sage ich, bevor ich Milton am Arm nehme und ihn in Richtung Büro dirigiere.

»Miss Plow«, sagt er. »Sie hat die Vorschriften gebrochen, Miss Plow!«

»Ich weiß, Milton.« Ich versuche, entschlossen und gleichzeitig verständnisvoll zu klingen. »Es muss schwer für dich sein, so viele Vorschriften zu befolgen und dann mit anzusehen, wie andere Leute sie brechen.«

»Sie sollte gefeuert werden. Sie wird *gefeuert!*«

»Sie ist eine Kundin, Milton. Sie kann nicht gefeuert werden.«

Milton vergräbt die Faust in der anderen Hand. »Die Vorschriften! Sie darf keine elf kaufen!«

Gerade läuft »Strawberry Fields«, und sanfte Geigenklänge erklingen in der Fleischabteilung, die wir nun durchqueren. Frauenrücken beugen sich über das Angebot an Steak und Lamm. Über den Köpfen der Frauen befinden sich Reihen mit Teriyaki-Soße und Angebotsschildern. Ein zusätzlicher Aushang kündet eine landesweite Woche gegen Depressionen an. LASSEN SIE SICH UMSONST UNTERSUCHEN, verkündet das Schild in rosa Buchstaben. Wir öffnen die Tür zu Mickey Hamiltons Büro, und Milton tritt vor mir ein.

Ham dreht uns von seinem Platz am Schreibtisch den Kopf zu. Er erhebt sich und hinkt durch das kleine Zimmer zum Tisch in der Mitte.

»Milton. Miss Plow. Bitte, nehmen Sie Platz.«

Ich setze mich, doch Milton bleibt stehen.

»Was ist mit Ihrem Bein?«, fragt Milton.

»Nichts. Ein Hundebiss, aber es geht schon wieder.«

»Ein *Hunde*biss?« Nervös reibt er sich die Arme vor seinem grünen Kittel.

»Es ist schon wieder in Ordnung. Lass uns über deine Arbeit sprechen.«

Ich beobachte, wie er Milton ruhig aus grauen Augen ansieht.

»Ein Hunde*biss?*«

»Milton. Was ist passiert?«

»Eine Dame will schummeln. An der Expresskasse.«

»Ah. Du hast mitgezählt, was?«

»Elf!«

»Und weißt du was, Milton? Das ist in Ordnung, wenn sie das tun. Du musst ihnen nicht sagen, dass sie zu viel haben.«

»Sie dürfen die Vorschriften brechen?«

»Das ist nicht wirklich eine Vorschrift. Mehr ein Vorschlag.«

Milton blickt schockiert drein. »Das ist eine Vorschrift! Miss Plow sagt, dass es Vorschriften gibt!«

»Ja, die Vorschriften für Kunden sind ein bisschen anders als die Vorschriften für Angestellte.«

»Sie dürfen sie brechen?«

»Manche davon. Diese.«

Milton sieht mich wütend an. »Sie können elf kriegen, obwohl da acht steht?« Er dreht sich wieder zu Ham um. »Ich mag Sie nicht.«

»Oh, vermutlich doch«, antwortet Ham freundlich. »Du magst es nur nicht, wenn ich sage, dass die Kunden an der Expresskasse schummeln dürfen. Daraus mache ich dir keinen Vorwurf, Kumpel. Aber weißt du was? Wenn die Kunden an dieser Kasse *wirklich* zu viele Artikel haben, sagt ihnen die Kassiererin schon, dass sie sich woanders anstellen sollen.«

»*Ich* sage es ihnen.«

»Nein.«

»Warum nicht?«

Ham atmet ein und denkt beim Ausatmen offensichtlich sorgfältig nach. »Weil wir dich brauchen, um das Verpacken zu überwachen. Wir brauchen dich, um darüber nachzudenken.«

»Ist das eine Vorschrift?«

»Du machst das am besten.«

»Ich mache das am besten«, sagt Milton.

Ham lächelt ihn an. Es ist das liebenswürdigste Lächeln, das ich seit Monaten gesehen habe.

»Genau. Und jetzt gehen wir wieder an die Arbeit. Deine Schicht läuft ja weiter.«

»Meine Schicht läuft weiter«, sagt Milton. »Und keine Küsse.«

Er schiebt einen Stuhl aus dem Weg und geht.

In dem Schweigen, das folgt, gehe ich um den Tisch herum zu Hams Platz. Ich nehme sein Gesicht in beide Hände, sodass die Koteletten verdeckt sind. Und dann küsse ich ihn. Ich küsse ihn lange genug für zwei Küsse, fest genug, um danke zu sagen. Und genau das tue ich dann auch, als ich mich von seinen warmen, überraschten Lippen löse.

»Danke«, sage ich.

Er stößt den Atem aus, den er angehalten hat. »Gern geschehen.«

»Es ist wunderbar, wie du mit Milton umgehst, und es ist wunderbar, wie du mit meiner Mutter umgehst.«

»Und es könnte wunderbar mit dir sein«, sagt er.

»Da bin ich mir sicher. Mein Mann hat gerade ein neues Haus gekauft, um darin mit meiner besten Freundin zusammenzuleben.«

»Autsch.«

»Warum erzähle ich dir das?«

»Keine Ahnung«, sagt Mickey Hamilton, steht auf und schlingt die Arme um mich.

»Mein Vater hat Krebs.«

»Das tut mir sehr leid, Rosie.«

»Und gerade haben wir die ›Keine Küsse‹-Vorschrift gebrochen.«

Ich rieche sein Aftershave, als er sich zu mir beugt, um mich erneut zu küssen. Er hat starke Arme, und er ist warm. Nicht eines meiner vielen Kilos in diesem überdimensionalen Regenmantel scheint ihn zu stören.

»Das tut mir nicht im Geringsten leid«, flüstert er liebevoll in mein Haar.

»Wann bist du denn von einem Hund gebissen worden?«, frage ich.

»Das ist eine andere Geschichte«, sagt er. »Diese hier mag ich lieber.«

16

Darf ich vorstellen? Meine Familie!

»*Die zehn Gebote* war der erste Horrorfilm, den ich je gesehen habe«, erzählt Mickey Hamilton mir, während er auf seiner Seite der großen Matratze liegt, die ich einst mit Teddy geteilt habe. Wir unterhalten uns über unsere Kindheitstraumata. Meines bestand darin, von einem Hund gebissen zu werden. Von einem Boxer, um genau zu sein, im Alter von sieben Jahren.

Ham hatte als Kind einen Boxer namens Duke. Das sei ein lieber Boxer gewesen, erzählt er mir. Sie nannten ihn Dukey. Dukey hatte Zähne wie die Wachsmasken, die wir immer an Halloween trugen, und den muskelbepackten Körper eines Diskuswerfers. Doch er hat nie jemanden gebissen. Nicht wie der Hund im SaveWay, der Mickey ins Bein gebissen hat. Dukey hat einfach nur aufs Haus aufgepasst, wie ein Teddybär mit einer Gruselmaske.

»Ich würde *Die zehn Gebote* nicht gerade einen Horrorfilm nennen«, sage ich zu meinem neuen Liebhaber und rolle mich auf die Seite, um ihn anzusehen. »Moses ist ja nicht gerade Chucky, die Mörderpuppe.«

Er küsst mich, genau wie er es in den vergangenen zwei Wochen immer wieder getan hat: fest und lang, und gleichzeitig weich und verträumt. Diese Art Ehebruch gefällt mir sehr.

»Meine Mutter hat diesen Film geliebt«, seufzt Mickey. Von Nahem betrachtet ist sein Gesicht nett. In diesen ersten Tagen unserer Beziehung habe ich dem andauernden Drang widerstanden, seinen Koteletten mit dem Rasierapparat zu Leibe zu rücken, während er schlief.

»Sie hat ihn im Laden eines fanatischen Wiedergeborenen gefunden. Damit hat sie meine Kindheit ruiniert.«

»Hast du etwas gegen Religion?« Ich lasse eine Hand über seine Brust gleiten. »Und was, wenn Helen dich mit in die Messe nehmen will?«

Mickey grinst und streichelt mein Gesicht. »Ich sehe deine Mutter nur noch selten im Geschäft. Wie es scheint, siehst du sie auch nicht öfter.«

»Doch, ich sehe sie«, sage ich. »Wir haben meinen Vater eben zu seiner ersten Bestrahlung gebracht.«

»Ja, aber du gehst nicht ans Telefon, wenn sie mit deinem Anrufbeantworter plaudert.«

Ich rücke von ihm ab. »Das Ganze ist komplizierter, als du denkst.«

Mickey lässt das Thema auf sich beruhen. Ich bin froh darüber. »Es ist auch nicht der religiöse Aspekt des Films, der mich stört«, sagt er und kommt damit wieder auf *Die zehn Gebote* zu sprechen. »Sondern die Szene, wo sie die Arme und Beine eines Mannes an vier Pferden festbinden, die in entgegengesetzte Richtungen gehen sollen. Dann lässt jemand eine Peitsche knallen, und obwohl man nicht sieht, wie der Mann gevierteilt wird, hört man doch diesen ohrenbetäubenden Schrei. *Aaaaaagh!*« Mickeys Arme rudern über den Betttüchern hin und her, als er es für mich nachspielt.

Ich bin überrascht, wie empfindlich er auf diese Szene reagiert. Wenn ich an die zerlegten und abgepackten Hühnchen denke, an denen ich jeden Tag im SaveWay vorbeikomme, frage ich mich, wie er jemals als Metzger arbeiten konnte.

Ich habe ihm noch nicht gesagt, dass Helen meine Großmutter ist. Mein Gefühl sagt mir, dass das ein schlechter Anfang für eine Beziehung wäre. Es gibt noch viel, das ich nicht über Mickey Hamilton weiß, aber noch mehr, was er nicht über mich weiß. Aber er ist nett und geduldig, und es scheint ihm nichts auszumachen, dass ich wenig mit ihm teile außer Sex. Manchmal, wenn ich in seinen Armen liege, stelle ich mir vor, ich wäre Inga, die eine aufregende außereheliche Affäre mit jemandem hat, jemandem wie … Teddy.

Mickey legt einen starken Arm um mich und zieht mich an sich. Er betrachtet mich aus seinen grauen Augen, die ich früher einmal langweilig fand. Nette Augenbrauen, buschig wie Zeigefinger, ziehen sich vor Konzentration oder vielleicht auch vor Begierde zusammen. Ich komme mir nicht das kleinste bisschen fett vor. Ich beuge mich vor und küsse ihn fest auf den Mund. Seine Hand gleitet unter die Decke und findet dort etwas Nettes.

Dann hören wir ein Klopfen an der Tür.

Ich werfe einen Blick auf den Wecker, der 8 Uhr 59 anzeigt.

Sie konnte nicht mal bis neun Uhr warten.

»Wer ist das?«, fragt Mickey, zieht die Hände zurück und starrt auf die Schlafzimmertür.

»Ich weiß nicht«, lüge ich.

Er setzt sich auf, und seine glatten, muskulösen Schultern ragen aus der Decke. Sein Anblick in der Morgensonne, so groß und stark, macht mich immer noch leicht nervös. Ich bin daran gewöhnt, es körperlich mit dem Mann aufnehmen zu können, der neben mir im Bett sitzt.

Das Klopfen geht weiter. Ich hasse den blöden Rhythmus, in dem sie an die Tür trommelt. *Dadadamdam-damdam!* So klopft eine Großmutter, keine Mutter. Allein an ihrem Klopfen in all den Jahren hätte ich erkennen müssen, dass sie nicht meine Mutter sein konnte. Mickey springt aus dem Bett und geht in Richtung Badezimmer.

»Willst du nicht antworten?«, fragt er.

Unsere Beziehung ist noch zu frisch, um ihm zu erzählen, wie ich am liebsten darauf reagieren würde. Ich würde am liebsten nackt wie ein Pin-up-Girl die Tür aufreißen und der Person auf der anderen Seite befehlen, zu verschwinden. Raus aus dieser Wohnanlage! Runter von diesem Grundstück! Ich würde dieser Person, die sich schamlos als meine Mutter bezeichnet hat und sich nun weigert, mir alles über meine wahren Eltern zu erzählen, am liebsten sagen, dass sie sich ein anderes Projekt suchen soll. Lass mich allein. Such dir einen eigenen Freund.

Stattdessen hülle ich mich in den Bademantel und gehe zur Tür. Ich starre sie wütend durch den Türspion an, in dem ihr Kopf größer und ihr Körper winzig aussieht. Ihre Augen treten verzerrt hervor, wie bei einem Insekt unter dem Mikroskop.

»Was willst du?«, schreie ich durch die Tür. Vielleicht ist es gar kein Schreien. Vielleicht schreie ich nur innerlich. Doch die Frage ist feindselig genug, und ich sehe, wie sie ein Stück zurückweicht und an etwas nestelt, das unter ihrem Arm klemmt – unter dem, der nicht die große Tasche hält. Es sieht aus wie ein Fotoalbum.

Ich bin nur froh, dass es kein Gedichtband ist. Nie wieder werde ich eine Frau mit einem Gedichtband in meine Wohnung lassen. Das große Insektengesicht sieht zu mir auf, traurig und ein bisschen verzweifelt. Bevor ich nachdenken kann, entriegele ich die Tür und mache auf.

»Komm rein, Ma ... *Helen,* meine ich«, sage ich.

Helen tritt in ihrem beigefarbenen Mantel ein. In perfekter Symmetrie kommt Mickey ins Wohnzimmer, ein malvenfarbenes Handtuch um die Hüften geschlungen. Er schenkt Helen ein Lächeln, als wäre sie eine zornige Kundin, die Ersatz für eine Tomatenkonserve will, nur weil sie ein klein wenig verbeult ist.

Helens Blick wandert von Mickeys Handtuch zu mir und zurück zu Mickey.

»Hi, Ham«, sagt sie. »Es wurde auch Zeit, dass Sie hier auftauchen.«

»Hallo, Mrs Pulkowski«, sagt Mickey. »Ich wollte gerade aufbrechen, aber es freut mich, Sie zu sehen.«

»Das denke ich mir«, sinniert Helen und starrt dreist auf Mickeys Körper. Er gibt mir einen Klaps auf den Po, als er aus dem Zimmer geht, dann lacht er kurz auf, ein leises Kichern, und das klingt so entspannt und enthemmt, dass ich für eine Sekunde glaube, mich in eine Episode von *Twilight Zone* verirrt zu haben.

»Dann ist mein Timing ja perfekt«, ruft Helen ihm hinterher. »Rosie und ich haben einiges zu bereden.«

»Na, dann besser gleich als nie«, erwidert Mickey, bleibt dann in der Schlafzimmertür stehen und dreht sich um. Er scheint es zu genießen, sein malvenfarbenes Handtuch vorzuführen. »Rosie glaubt, dass es ihr größtes Trauma war, von einem Hund gebissen zu werden.« Er schenkt mir einen durchdringenden Blick, der direkt einer Seifenoper zu entstammen scheint. »Aber ich glaube, dass da noch etwas sein könnte.«

»Stimmt«, sagt meine Quasi-Mutter. »Bei Rosie ist immer noch etwas.«

Ich plumpse auf das Sofa, das zufällig zu Mickeys Handtuch passt. »Vielleicht solltest du nach Hause gehen und dir *Die zehn Gebote* ansehen«, fauche ich Mickey an. »Dann hast du eine ungefähre Vorstellung davon, was ich später mit dir tun möchte.«

»Rosie!«, sagt Helen.

»Keine Sorge«, sage ich ihr. »Es ist jugendfrei.«

»Mach mir einen Tee, Rosie, und dann zieh dich an«, sagt Helen. »Ich muss dir etwas zeigen.«

Im Schlafzimmer sitzt Mickey auf dem Bett und schlüpft unschuldig in eine Socke. Er umarmt mich, als ich auf dem Weg unter die Dusche bin, dann kleidet er sich in aller Ruhe fertig an.

»Reservieren Sie mir den besten Schweinebraten!«, höre ich Helen rufen, als er aufbricht. »Ich komme später vorbei, um ihn abzuholen.«

»Wollen Sie einen mit Knochen, Mrs P.?«

Die Antwort höre ich nicht.

Ich ziehe mich an und treffe am Esstisch auf Helen. Sie hat den Tee für uns selbst gemacht und dazu ein Porzellanservice benutzt, das ein Hochzeitsgeschenk war. Teddy hat es immer gehasst. Er verabscheute das zarte, ländliche Motiv und den Goldrand. Während der Flitterwochen hatte er sich stattdessen eine männlich aussehende italienische Espressomaschine gekauft, etwas Geometrisches in kräftigem Rot.

»Ich habe deinen missratenen Ehemann diese Woche auf der Post getroffen«, sagt Helen, schenkt Tee ein und liest meine Gedanken. »Die ist genau neben der Praxis für Daddys Strahlenbehandlung, weißt du. Auf dem Jericho Turnpike.«

»Wie geht es Dad?«

»Gut.«

»War Teddy zusammen mit Inga da?«, kann ich nicht umhin zu fragen.

»Nein.« Sie tätschelt mir freundlich die Wange. »Warum interessiert dich das? Du hast doch jetzt einen netten Mann. Trink deinen Tee.«

»Ma, ich finde, du solltest Mickey nicht bitten, dir einen Schweinebraten zurückzulegen. Er ist doch nicht mehr Metzger. Er ist jetzt Geschäftsführer.«

»Oh, Ham macht das nichts aus.«

Sie schiebt mir eine Tasse mit Unterteller hin, dann schlägt sie das schwarze Album auf, das neben ihrem Tee auf dem Tisch liegt. Vor Aufregung läuft mir ein Schauer über den Rücken. Das also ist es.

»Ich kann es dir nicht verübeln, dass du mir in letzter Zeit aus dem Weg gegangen bist«, sagt sie und blickt versonnen auf die Sammlung von Schwarz-Weiß-Fotos, die von kleinen schwarzen Fotoecken gehalten werden. Das ist ein Album, das ich nie zuvor gesehen habe. Helen seufzt und blättert eine Seite um, dann blättert sie zurück an den Anfang. »Mir ist klar geworden, dass das keine ganz unwichtige Neuigkeit war, die ich dir da mitgeteilt habe«, fährt sie fort. »Über deine Mutter. Und mich. Und deinen Vater.«

Etwas regt sich zwischen meinen Rippen, ein kleines pelziges Tierchen. »Du hast mir noch gar nichts über meinen Vater erzählt.«

»Ich meinte Pulkowski. Also eher deinen Großvater. Wenn man es genau nimmt.«

Sie knetet ihre Hände, roter Nagellack blitzt auf und verschwindet wieder. Einen kurzen Moment lang kann ich nachfühlen, was in der zierlichen Frau vorgeht, die mir gegenübersitzt.

»Er sah schrecklich aus«, sagt Helen.

»Wer?«

»Teddy.«

Natürlich. Sie würde nie behaupten, Pulkowski sähe schrecklich aus.

»Sein Haar stand in alle Himmelsrichtungen ab, und ein Hemdzipfel hing ihm aus der Jeans …«

»Also, Ma«, versuche ich es wieder, zum hundertsten Mal seit zwei Wochen. »Wer ist mein Vater?«

»Mein Pulkowski war deinem Ham sehr ähnlich, als er jung war«, sagt sie und überhört meine Frage.

»Er ist nicht mein Ham.«

»Wessen Ham ist er denn dann?«

»Wir haben nur das ein oder andere Date.«

»Im Bett.«

Ich kann es nicht fassen, dass ich dieses Gespräch mit meiner Großmutter führe.

»Wer ist mein Vater?«, frage ich wieder, und wieder gibt sie keine Antwort.

Sie blättert stattdessen ein paar Seiten in dem Album weiter, bis sie den Schnappschuss gefunden hat, nach dem sie sucht, dann reicht sie mir das Buch. »Da«, sagt sie und deutet auf das Foto des jungen Pulkowski in seiner Air-Force-Uniform: groß, breitschultrig und wirklich gut aussehend. »Kannst du die Ähnlichkeit mit Ham erkennen?«

Es ärgert mich, dass es mir gelingt.

»Es heißt doch immer, die meisten Mädchen heiraten ihre

Väter«, fährt Helen fort. »Und ich fürchte, das hast du auch getan. Jetzt allerdings bist du mit deinem Großvater zusammen.«

»Ma!«, sage ich und schlage das Album zu, da es mir Angst macht. »Es hat mir besser gefallen, als du noch mit mir über mein Gewicht gesprochen hast.«

»Dein Gewicht ist in Ordnung«, sagt sie und schlägt das Album wieder auf der ersten Seite auf. Ein leichter Modergeruch steigt von den Seiten auf. »Da«, sagt sie und ein Lächeln spielt um ihre Lippen. Sie schiebt mir das Buch hin.

Ich sehe ein Foto von Helen als junger Frau am Strand, mit der Art von Filmstarbeinen, die es heute nicht mehr gibt. Das Röckchen ihres Badeanzugs wird vom Wind gegen ihre schmalen Hüften gedrückt. Hinter ihr ist die Brandung. Ich sehe eine hübsche Brünette, ganz entschieden eine Miss Rheingold, die mit einem Bündel auf dem Arm in die Sonne blinzelt. Ich sehe ein Babybäckchen halbmondförmig aus dem Wickeltuch in ihrer Armbeuge lugen. Ich sehe das große Glück auf Helens hoffnungsvollem Gesicht.

»Mein Gott, wie schön du warst«, sage ich.

»Du hättest deine Mutter sehen sollen.«

Jetzt wiegt sich meine kleine Großmutter, die Kraftquelle meiner Kindheit, sachte hin und her, als wäre der steiflehnige skandinavische Stuhl, auf dem sie sitzt, in Wahrheit ein Schaukelstuhl, und als hätte sie das Baby vom Foto wieder im Arm. Sie starrt das Bild aus verschwommenen Augen an und reibt mit dem Zeigefinger über die zerfledderten Ecken des Schnappschusses.

»Ma«, sage ich. »Wer war sie?«

»Das war in Montauk«, erklärt sie mir. »Pulkowski und ich pflegten eines von diesen kleinen Puppenhäuschen entlang der alten Route 27 zu mieten.«

Ich kenne die alte Route 27 nicht. Ich war nie mit Helen und Pulkowski in Montauk. Ich wurde all die Sommer meiner Kindheit nach Sag Harbor verschickt, in ein Sommercamp, wo Disney-Filme auf weißen Laken abgespielt wurden und wo immer Sand in den Sandwiches war.

»Ist das meine Mutter, in deinen Armen?«

»Das war ihr erster Besuch am Strand«, sagt Helen. »Sie war erst sechs Wochen alt. Ich hatte Angst, dass eine Welle sie fortspülen würde.«

Eifersucht flammt irgendwo in meinem Magen auf. »Wie heißt sie?« Wieder betrachte ich den Schnappschuss, den tadellos flachen Bauch meiner Großmutter nur sechs Wochen, nachdem sie das pausbäckige Baby in ihren Armen zur Welt gebracht hatte. Wessen Kind bin ich?

Helen wiegt sich weiter. »Was für einen wunden Po sie hatte von all der Sonne und dem Sand! Pulkowski musste mit dem Studebaker den ganzen Weg bis nach Hauppauge fahren, um eine Salbe zu besorgen.« *Hin und her, hin und her, hin und her*. Sie ist in ein Loch gefallen, das ein halbes Jahrhundert tief ist.

»Ma«, sage ich. »Wie heißt sie? Wo ist sie? Was ist passiert?«

Helen sieht auf, als wäre sie überrascht, dass ich immer noch neben ihr am Tisch sitze. »Ach, meine kleine Dickmadam«, seufzt sie, dann füllen ihre Augen sich mit Tränen. Sie tätschelt mit ihrer eigenen, kleinen, kalten Hand die meine. »Fuhr mal mit der Eisenbahn.«

»Ihr Name, Ma.«

Ich bin freundlich zu ihr, doch jetzt spüre auch ich, wie sich meine Augen mit Tränen füllen. Ich blicke von Helens trauriger Miene zurück zu dem Schnappschuss, betrachte das kleine Gesichtchen, suche nach einem Hinweis, etwas Vertrautem, Tröstlichem. Oder zumindest nach etwas Aussagekräftigerem, als meine Großmutter es mir im Moment bieten kann. Doch was kann einem ein fünfzig Jahre altes, daumennagelgroßes Gesicht schon verraten? Nichts. Eine Träne rinnt mir über die Wange. Ich wische sie weg, bevor sie auf das Album tropft.

»Alexa«, sagt Helen plötzlich. »Das war ein alter Name auf der Pulkowski-Seite.«

Wieder tätschelt Helen meine Hand.

»Wo ist sie? Was ist passiert? Lebt sie noch?«

»Eisenbahn, die krachte. Dickmadam, die lachte.«

Jetzt ist Helen untergetaucht. Sie ist zu tief drinnen in dem Loch. »Da fährt man nach Hauppauge und holt die Salbe«, sagt sie zu jemandem. »Da wäscht man ihr Haar mit einer Pflegespülung, damit es beim Kämmen nicht ziept. Man legt sich mit den Lehrern an ... bereitet das Pausenbrot vor, säumt die Partykleider ... man verteidigt sie, beschützt sie, erzieht sie, macht sich *wahnsinnig* vor Sorgen, und wofür?«

Sie sieht mich an. »Wofür?«, fragt sie noch einmal, und ihre Augen brennen vor Unverständnis. »Verbringt man etwa all die Jahre damit, so ein Mädchen großzuziehen und zu lieben, nur um sie an so einen abzugeben, so einen ... *Jungen?* Einen groben, nichtsnutzigen Jungen?«

Das dürfte dann wohl mein Vater gewesen sein.

»Wer war er?«, frage ich.

»Ein Penner«, sagt sie.

»Ein Penner? Meine Mutter hat mit einem Penner geschlafen?«

Helen wedelt wegwerfend mit der Hand. »Er war irgend so ein Junge von ihrer Highschool. Das ist alles.«

»Und das macht ihn zu einem Penner?«

»Sie hat ihn im *Schulbus* kennengelernt! Er war nicht mal auf dem College.«

»Und das macht ihn zu einem Penner?«, wiederhole ich. Ich merke, wie sich etwas tief in mir bewegt, und erkenne, dass ich zum ersten Mal in meinem Leben meinen Vater verteidige.

»Er wollte Zimmermann werden!«, kreischt Helen.

»Jesus war auch Zimmermann!«, kreische ich zurück und setze auf die katholische Karte, um sie zu beschämen, diese Frau, die jeden Sonntag ohne ihren Mann zur Messe geht.

»Ein Mann wie Jesus hätte aber niemals meine Tochter geschwängert!«

Ich merke, wie wir einander umkreisen und uns immer tiefer in den lange überfälligen Mutter-Tochter-Konflikt hineinsteigern. »Was ist denn so falsch an einem Zimmermann?«, zische ich. »Ich habe einen *Rechtsanwalt* geheiratet, und du hast ihn als Potz bezeichnet. Jetzt schlafe ich mit einem *Metzger*, und für dich ist er ein Prinz. Was sollte diese Tochter tun? Einen Präsidenten anschleppen, der weiß, wie man einen Braten zerlegt?«

»Sie war noch ein Kind! Sie wollte ihn *heiraten!*«, brüllt Helen, die aufgesprungen ist und wild gestikuliert, als wolle sie jemandem eine Verletzung zufügen. »Sechzehnjährige, die in der National Honor Society sind, heiraten doch keinen Zimmermann und kriegen Kinder!«

»Ma!«, rufe ich und springe selbst auf. »Vielleicht hat sie ihn ja geliebt! Vielleicht *wollte* sie ihn ja heiraten!«

Diesmal reißt Helen die Hand weit zurück, bevor sie mir eine runterhaut. »Ich wollte nicht, dass mein Baby diesen Johnny Bellusa heiratet!«, schreit sie, und Tränen strömen über ihre Wangen. »Reicht dir das? Ja?«

Ich spüre den Schmerz von dem Schlag kaum.

Johnny Bellusa.

Das also ist der Name meines Vaters. Das also ist mein Leben: Von einer Stracuzza bin ich nun plötzlich zu einer Bellusa geworden.

Ich spüre, wie Helen die Arme um mich schlingt, während ich neben dem Esstisch stehe und eine Teetasse mit Goldrand anstarre, eine weiße Papierserviette, einen Löffel. Plötzlich zucken meine Schultern.

»Sie hat das Kind im Little Flower Home für unverheiratete Mütter bekommen«, fährt sie fort, streichelt mir über den Rücken, und ihre Tränen benetzen meinen Nacken. »Eine Steißgeburt. Beinahe wäre sie dran gestorben.«

»Verkehrt herum durch den Kanal«, schluchze ich.

»Sie wollte nicht, dass wir es zur Adoption freigeben. Sie hat es nach Hause gebracht, dann ist sie verschwunden.«

Ich schmiege mich an ihre schmalen Knochen. Plötzlich wünsche ich mir, dass meine Großmutter mich mit meinem richtigen Namen anspricht. Ich will für sie Roseanna Plow sein, nicht dieses *es,* das von Alexa Pulkowski zurückgelassen wurde. Ich kann ein lautes Schluchzen nicht unterdrücken, und Helen Pulkowski, die einzige Mutter, die ich je hatte, streicht mir sanft über den Rücken, wie man es bei einem Säugling macht. Natürlich nur, wenn man das Kind nicht für immer weggibt.

Dann hören wir einen Schlüssel im Schloss, und Ham kommt herein. »Ich habe meinen Geldbeutel vergessen«, sagt er zu uns, und ich weiß, dass ich mir bis ans Ende meines Lebens nicht sicher sein werde, ob er das nur vortäuscht oder nicht. Er kommt zu dem Häufchen Unglück, das Helen und ich bilden, löst mich sanft aus ihren Armen und zieht mich in seine.

»Hallo, Rosie«, flüstert er in mein Haar.

Ich hänge an ihm wie an einem Rettungsboot.

17
Wofür hat man Freunde?

»Rosie? Wird auch Zeit, dass du drangehst. Ich habe mir schon überlegt, ob du dir vielleicht beim Duschen die Hüfte gebrochen hast und nun im Seifenschaum daliegst.«

Ich werfe einen Blick auf die Uhr und versuche, mich zu erinnern, welcher Tag heute ist. Warum weckt Marcie mich am Wochenende morgens? Na gut, mittags. Missmutig setze ich mich auf. Die Sonne, die durch die Schlitze meiner Jalousie strömt, blendet mich. »Was ist denn, Marcie?«

»Komm mir nicht so. Du kannst dir doch denken, dass ich mit deiner Mutter gesprochen habe. Du hast zum Kotzen ausgesehen, als du gestern das Büro verlassen hast. Tatsache ist, dass du auch schon zum Kotzen aussahst, als du *kamst*. Deine Schuhe haben nicht zu deiner Handtasche gepasst! Ich hatte Angst, dass du nach Hause gehst und den Kopf in den Ofen steckst. Ich hätte dich auch noch gestern Abend angerufen, aber Seanie hat mich zu unserem Jubiläum ausgeführt.«

»Was für ein Jubiläum?«

»Es ist genau sechs Monate her, dass wir es zum ersten Mal gemacht haben.«

»Du veräppelst mich, oder?«

»Nein. Manche Leute feiern den Tag, an dem sie sich kennengelernt haben. Wir feiern den Tag, an dem wir das erste Mal miteinander geschlafen haben. Das ist schließlich viel romantischer. Aber darum geht es jetzt nicht. Sondern darum, dass du in letzter Zeit aussiehst wie eine Psychopathin, und wir hatten noch keine Gelegenheit, miteinander zu reden.«

Ich klettere aus dem Bett und schlinge den Bademantel um mich, den Telefonhörer noch immer am Ohr. Ich bin versucht, Marcie einfach zu sagen, dass alles okay ist. Ist es aber nicht. Und es strengt mich an, ständig so zu *tun,* als wäre es das. Vielleicht sehe ich deshalb mittlerweile aus wie eine Psychopathin.

»Aber wie dem auch sei«, sagt sie zu mir, während ich zwischen Schlaf- und Esszimmer pendle und ziellos nach einem annehmbaren Grund dafür suche, warum ich wach bin. »Ich komme in zwanzig Minuten vorbei, um dich abzuholen. Dann fahren wir zu mir, und da werden wir jede Menge Pasta und Eis essen und literweise Wein trinken, reden, lachen und über unsere Kollegen lästern.«

»Ich kann nicht …«

»Du kannst und du wirst. Sogar Ham hält das für eine gute Idee.«

»Du hast mit Mickey gesprochen?«

»Ich bin ihm im SaveWay über den Weg gelaufen. Wo sonst hab ich wohl die Pasta her?«

Statt den Stuhl am Esstisch nur anzustarren, setze ich mich darauf. Es ist derselbe, auf dem Helen vor einer Woche gesessen hat, um mir zu erzählen, dass mein Vater ein Penner war und meine Mutter mich, ohne eine Sekunde zu zögern, zurückgelassen hat. Ich lehne mich auf dem Großmutterstuhl zurück. Mir fehlt die Energie zum Streiten. In irgendeinem Winkel meines Herzens berührt es mich, dass Marcie genug an mir liegt, um an ihrem Sechsmonatsjubiläum mit ihrem Chef ein Treffen unter Frauen zu arrangieren.

»Zieh dich an!«, sagt sie. »Ich bin schon unterwegs.«

Doch sie kommt nicht allein. Sean ist dabei. Sean, den ich noch nie außerhalb seines Büros getroffen habe. Wie überrascht bin ich, als ich meine Tür aufmache und ihn in ausgebeulten Jeans und einer Schirmmütze mit Yankee-Aufdruck vor mir stehen sehe! Sean Zambutos Kopf ist nicht für Schirmmützen mit Yankee-Aufdruck gemacht. Er hat die

Form einer Kidney-Bohne. Es ist der Kopf des Mannes, der die Abteilung für Sozialarbeit leitet.

Er hat die Hände in die Hosentaschen vergraben, den Kopf leicht vorgebeugt und lächelt mich an. »Roseanna«, sagt er in dem gleichen höflichen Tonfall, den er auch bei unseren Besprechungen benutzt. Er zieht eine Hand aus der Tasche und streckt sie mir hin. Ich habe ihm nie zuvor in einer karierten Schlafanzughose die Hand gegeben. Ich komme mir blöd vor in meinen billigen, nachgemachten Ugg-Boots aus dem Discounter.

»Seanie«, befielt Marcie, »schnapp dir ihre Handtasche.« Sie umarmt mich. Meinen Mantel hält sie bereits im Arm. »Los geht's«, sagt sie, und ich gehorche stumm und erlaube ihr, mich aus meiner leeren Wohnung auf die Rückbank des vorgewärmten Big Red zu verfrachten.

»Bring uns direkt zu mir nach Hause, Seanie«, befiehlt Marcie, kaum dass wir uns angeschnallt haben. Seanie verlässt den Parkplatz vor der Anlage. Marcie vertieft sich sofort in die Behandlung.

»Roseanna«, sagt sie und macht einen auf Therapeutin – sie atmet tief durch und stellt Blickkontakt her. »Unsere Mission für heute lautet, dir so viel Normalität zu bieten, dass du erkennen kannst, wie *unbedeutend* diese Neuigkeiten von deiner Mutter in Wirklichkeit sind.«

»Sie ist nicht meine Mutter.«

Marcie wischt diese Überlegung mit einer Handbewegung beiseite. »Ja, eine wahnsinnig große Sache. Hol am besten gleich deine Zoloft-Pillen raus.« Ich sehe im Rückspiegel, wie Sean die Augenbrauen hochzieht. Das erinnert mich an Pulkowski.

»Sie hat dir alles erzählt, stimmt's?«, frage ich.

»Ich habe sie angerufen. Am Freitag. Als du mal wieder zum Kotzen aussahst. Wir haben bei ihr zu Hause einen Kaffee getrunken. In *deinem* Zuhause also. Oder dem Zuhause deiner Großeltern.«

Ich reibe meine Schläfen. Ich bin noch nicht bereit, meine Geschichte mit anderen zu teilen. Mickey reicht. Er war gut zu mir und hat keine Fragen gestellt. Er hat eine Menge Fleisch für uns zubereitet, als würde das helfen. Doch ich bin vollkommen in meinen Gedanken versunken, egal, ob nun etwas im Ofen brutzelt oder nicht. Nach der Arbeit liege ich jeden Abend im Bett und ignoriere ihn. Stattdessen versuche ich, mir vorzustellen, aus wessen Bauch ich gekommen bin, als meine Knochen vollständig, meine Finger einzeln ausgebildet waren und meine Beine stark genug, um gegen den Magen einer Frau zu treten, die ich nie gekannt habe. Ich wende Mickey und seinen Braten den Rücken zu; meine Besessenheit in den vergangenen zwei Wochen ist meine ganz private Hölle gewesen, und ich habe sie für mich behalten und mit geradezu masochistischer Begeisterung gehätschelt.

Marcies Mund hat aufgehört, sich zu bewegen, und wir alle schweigen Gott sei Dank für einen Augenblick. Das *Klack, Klack, Klack* der Blinker des Big Red ist das einzige Geräusch im Wagen. Helen muss sich dieselben Fragen stellen wie ich. Etwa: Was ist aus Alexa Pulkowski geworden? Was hat sie mit ihrer Honor-Society-Mitgliedschaft angefangen?

»Du bist von einer wunderbaren Mutter großgezogen worden«, sagt Marcie nach einer Weile. »Sie leidet wirklich, Rosie.«

Gut, denke ich, sage aber nichts.

»Deine Kleidung war immer sauber, genau wie du. Niemand hat dich je geschlagen. Du warst auf dem College.«

War meine wirkliche Mutter je auf dem College? Wo lebt sie jetzt? Lebt sie *überhaupt* noch? Wie hatte Helen die Spur eines sechzehn Jahre alten Mädchens verlieren können?

»Du bist in einem intakten Heim mit beiden Elternteilen aufgewachsen, und das zu einer Zeit, als mehr als die Hälfte aller amerikanischen Familien aus Alleinerziehenden mit ihren Kindern bestand.«

Ich rutsche ein Stück näher ans hintere Fenster, als würde ich glauben, dass das Marcie vom Reden abhält. Tut es aber nicht.

»Jetzt«, seufzt sie, »kommen wir mal zu deiner Ehe.« Sie wirft unserem Fahrer einen kurzen Blick zu. »Seanie! Stell deine Ohren auf Durchzug.« Ich sehe Seans verschämtes Grinsen im Rückspiegel.

»Also. Dein Mann war ein Affenarsch.«

»Ich dachte, du hättest gesagt, er sei ein Arsch*gesicht*«, widerspreche ich.

Wieder winkt sie ab. »Egal. Eine von zwei Ehen in diesem Land endet innerhalb der ersten vier Jahre mit einer Scheidung. *Innerhalb der ersten vier Jahre!*« Ihre Augen verengen sich hinter der dicken schwarzen Brille. »Du hast es also ziemlich gut getroffen.«

Ihr lächerlicher Kommentar reißt mich kurzzeitig aus meiner wie in Watte gepackten Benommenheit. »Willst du damit sagen, meine Ehe ist in statistisch angemessener Weise in die Brüche gegangen?«

»Jetzt werd' nicht zynisch«, sagt sie. »Alles, was ich sagen will, ist, dass das Scheitern deiner Ehe nichts besonders Ausgefallenes war. Du bist damit nicht bemerkenswerter als Helen, die es geschafft hat, über ein halbes Jahrhundert mit einer Sphinx verheiratet zu sein.«

»Wie überaus tröstlich«, versichere ich ihr.

»Das hoffe ich.« Marcie seufzt zufrieden.

Wir halten in der Einfahrt ihres gemieteten Hauses, das dem von Inga recht ähnlich sieht. Es macht mich traurig.

»Nachdem wir über all diese bedrückenden Dinge gesprochen haben«, verkündet Marcie, »werden wir drinnen die Sau rauslassen.«

»Ich würde lieber nach Hause gehen und mich ausruhen.«

»Quatsch. Lieber würdest du dich unter einer Decke verkriechen und sterben. Und das ist absolut nicht akzeptabel.«

»Dann schlafe ich womöglich hier ein.«

»In Ordnung«, sagt Marcie. »Aber das bezweifle ich. Ich habe nämlich ein superleckeres Eis da drin.«

Sean hält uns die Tür auf wie ein guter Chauffeur, dann trägt er meine Sachen hinein. Er geht voran, und meine Plüschpuschen mit Leopardenmuster wippen oben auf der Tasche.

»Ist er nicht großartig?«, schwärmt Marcie, und ich bin einmal mehr verblüfft darüber, was für eine Anziehung diese stillen Typen auf gewisse Frauen haben. Gerade hat sie Pulkowski als Sphinx bezeichnet, und in der nächsten Sekunde behauptet sie, Sean Zambuto wäre großartig.

»Er wohnt jetzt hier«, gesteht Marcie mir, als ich in meinen Billig-Boots neben ihr herschlurfe. »Mein kleiner Zambie, mit dem ich den Briefkasten teile.« Sie seufzt und dreht sich mit verändertem Gesichtsausdruck zu mir um. »Wo lebt eigentlich Ham?«, fragt sie.

»Irgendwo in Manhattan.«

»Warst du noch nie da?«

Ich schüttele den Kopf, und zum ersten Mal wird mir bewusst, dass ich Mickey noch nie gebeten habe, mich dorthin mitzunehmen.

»Und er fährt jeden Tag auf die Insel und zurück?«

»Früher vermutlich schon. Jetzt bleibt er meistens in Ronkonkoma.«

»Also lebt dein Freund eigentlich auch bei dir.«

Ich zucke die Achseln. »Irgendwie schon.«

Gegen drei Uhr haben wir, jede von uns in eine Sofaecke im Wohnzimmer gekuschelt, mehr als eine Flasche Wein getrunken.

Sean ist unauffindbar. Wir haben uns *SpongeBob Schwammkopf* angesehen und eine DVD mit ein paar Folgen von *Family Guy*. Wir haben eine Packung süßer Frühstückspoppys verdrückt, eine Schale mit grünen Weintrauben und eine Runde Chicken Wings, die irgendwann am Nachmittag auf magische Weise von Sean auf den Couchtisch gezaubert worden waren.

»Seanie!«, ruft Marcie jetzt über das Geplärre eines Werbespots hinweg, »geh und kauf uns noch mehr Wein, Liebling!«

Seanie taucht bereits mit Mantel aus seinem neuen Arbeitszimmer auf, umrundet das Sofa, um von Marcie einen Kuss zu empfangen, geht dann zur Haustür und verschwindet.

»Er ist ja so süß«, säuselt Marcie, und ich kann mir einen Kommentar nicht verkneifen.

»Er ist sicher ganz nett«, setzt die Dreiviertelflasche Wein an, »aber er ist einundvierzig, war nie verheiratet und nimmt Befehle entgegen wie ein Kellner.«

»Und worauf willst du hinaus?«, fragt Marcie mit breitem Grinsen.

»Du könntest jeden haben, Marcie ...«

»Habe ich auch, glaub mir.«

Ich lasse das eine Minute auf mich wirken, während ich auf einem kalten Chicken Wing herumkaue. »Meine wirkliche Mutter war in der National Honor Society«, sage ich ins Blaue hinein.

»Oh, den Typ Mädchen kenne ich«, lässt Marcie verlauten und zwirbelt an einer zweifarbigen Haarsträhne. Ich weiß nicht, ob das ein Kompliment oder eine Beleidigung für meine Mutter ist.

»Und was ist mit dir? Was für ein Typ warst du?«

»Was glaubst du?«, fragt Marcie. »Cheerleader natürlich. Jetzt sag nicht, dass dir das nicht aufgefallen ist. Ich habe Cheerleader-Gene, und du hast Honor-Society-Gene.«

Vielleicht liegt es am Wein, aber das ergibt einen Sinn für mich.

»Ich bin rumgehopst, habe Rad geschlagen und bin von Pyramiden aus anderen Cheerleadern gesprungen, und dafür haben sie mich geliebt, ja, *angehimmelt.*«

Ich muss nicht mal fragen, wer. *Alle* haben sie geliebt und sie angehimmelt. Das ist das Schicksal des Cheerleaders. Marcie nestelt am Saum ihrer Scooby-Doo-Schlafanzughose. »Ich bin mit jedem Jungen, den ich wollte, ausgegangen«, sagt sie. »Mit dem Captain des Football-Teams. Einem Ringer. Einem Studenten, der als Lehrer gejobbt hat und Edward X. Wilson hieß. Das mussten wir geheim halten. Sein zweiter Vorname war Xavier, und er war nicht beschnitten. Er war aber auch nicht anders als die anderen. Alle haben sie mir in die Augen geblickt und dabei an meinen Schritt gedacht. Ich war das Mädchen, das im kurzen Faltenröckchen Spagat gemacht hat. Mehr haben sie in mir nicht gesehen – blonde Haare und den Schritt.« Abwesend nimmt Marcie einen Schluck aus der leeren Weinflasche. »Irgendwann langweilt einen das, Rosie.«

In Gedanken kehre ich zurück zu meiner eigenen, qualvollen Zeit an der Highschool. Ich saß in meinem grobknochigen Körper auf der Tribüne, sah Mädchen wie Marcie hüpfen und klatschen und herumwirbeln und kam mir dabei so einsam und fehl am Platz und misslungen vor, dass ich später im Leben bereit gewesen war, die mangelhafte Zuneigung eines Mannes wie Teddy zu akzeptieren. Einmal hatte es einen sehr beliebten Jungen gegeben, der mich wirklich mochte, aber er konnte es nicht zugeben. Er saß in einem Kurs neben mir, der in unserer schlecht beleuchteten Schulaula stattfand, weil die Klassenzimmer von Schülern überquollen. Er gehörte zu der Art Jungen, die Marcie wie Kleenex-Tücher verbrauchte, doch für mich war er der *einzige* Junge, dessen Schicksal in Football-Spielen und Beliebtsein bestand und der sich trotzdem für mich interessierte. Jeden Tag ließ er sich auf den Klappsitz neben mir gleiten und lächelte in einer Weise, die seine Freude darüber, mich zu sehen, nicht verbarg. Im Schutz der schwachen Beleuchtung und der hohen Rückenlehnen erzählte er mir davon, wie unglücklich seine Mutter war, und von den Seitensprüngen seines Vaters, von seiner Angst, in Chemie durchzufallen, und seinem nachlassenden Interesse an seiner Freundin, einem Mädchen namens Marissa Olsen, die natürlich auch Cheerleader war und sogar als »Homecoming Queen« nominiert. Eines Nachmittags direkt vor Schulschluss hatte er impulsiv meine Hand genommen. »Ach, wärest du doch nur hübscher, dann könnte ich mit dir ausgehen«, hatte er gerufen. Dann war er wieder schüchtern geworden und hatte so getan, als würde er auf seinem Schoß Geometrie-Hausaufgaben machen. Ich bewahrte seinen Ausbruch für den Rest meiner Zeit an der Highschool im Herzen. Es fühlte sich an wie ein warmer, glühender Goldklumpen, den mir niemand wegnehmen konnte. Wäre ich nur hübscher gewesen, dann hätte er mich geliebt!

Die Tür geht auf und herein kommen ein Schwall kalte Luft und Sean Zambuto. Auf dem Weg zur Küche drückt er Marcies Schulter. Sie sieht mich an und sagt: »Siehst du? Der Mann liebt mich wirklich.« Sean kehrt mit einer entkorkten Flasche Shiraz zurück und verschwindet dann wieder. Wir trinken weiter.

Die Stunden vergehen, Fernsehgeräusche, Eiscreme und Nickerchen wechseln einander ab, und Marcie hält mir immer noch Vorträge darüber, dass ich mich auch außerhalb der Bestrahlungstermine mit Helen treffen sollte. Mickey taucht in genau dem Moment auf, als Seanie eine Schüssel mit dampfender Pasta auf den Couchtisch stellt. Ich sehe aus meinem Nebel auf, und da ist er, mein Koteletten tragender Kavalier. Er steht mit einer SaveWay-Tüte im Arm vor mir und lächelt beim Anblick meiner Plüschpuschen mit Leopardenmuster, von denen jede halb so groß ist wie sein verstorbener Hund Dukey.

»Na?«, sagt er. »Wie war dein Verwöhntag?«

Ich springe auf die Füße, stoße dabei fast den Couchtisch mit den Spaghetti um, und schlinge meine Arme um seinen Nacken. Er hält mich mit dem freien Arm, im anderen hat er immer noch die Tüte mit Lebensmitteln. Ich klammere mich an ihn wie ein kleiner Pavian. Irgendwie gelingt es ihm, die Tüte abzustellen. Ich versuche gar nicht erst, etwas zu sagen; das wäre nur störend. Ich bin sicher, dass er meinen Weinatem riecht und dass er mein seltsames Outfit bemerkt hat: die rosa karierte Schlafanzughose und das graue T-Shirt mit den kleinen Löchern am Saum. Er riecht so gut, nach frischer Herbstluft, einem Aftershave für alte Männer und Weichspüler. Er gehört mir. Er versucht nicht zu fliehen, wie all die anderen, oder tischt mir Lügen auf, wie manche von ihnen, oder beklagt sich über die Tatsache, dass ich nicht hübsch genug bin. Das Leben hat mir ein paar schwierige Bälle zugespielt, aber auch einen ehemaligen Metzger mit Knackarsch und einem goldenen Herzen.

»Und einem goldenen Herzen!«, plappert jemand. Anscheinend bin ich das. Anscheinend sage ich das laut, anstatt es nur zu denken. Anscheinend bin ich sehr, sehr betrunken.

»Du bist süß, wenn du betrunken bist«, flüstert Mickey mir ins Ohr, und dadurch weiß ich, dass ich ihm das mit dem Knackarsch ebenfalls gesagt habe, statt es nur zu denken.

»Wenn ich dir jetzt sage, dass ich geheilt bin, bringst du mich dann heim?«, frage ich ihn – ein bisschen zu laut und ein bisschen zu drängend.

»Klar«, sagt Mickey, »aber erst musst du etwas von dem leckeren Abendessen probieren.«

»Wer zum Teufel bist du, mein Vater oder was?«, frage ich und wechsele übergangslos von süß betrunken zu ätzend betrunken. Doch Mickey lacht nur, und Marcie wirft von irgendwo hinter uns ein: »Diese Woche verdächtigt sie wahrscheinlich so ziemlich *jeden,* ihr Vater zu sein.«

Das setzt ein schallendes Gelächter in einem verborgenen Winkel meines Innern frei. Ich zittere vor Lachen, biege mich vor Lachen und werde so geschüttelt, dass Marcie mich vorsichtig auf dem Sofa Platz nehmen lässt, bis es vorbei ist. Seanie mustert mich mit weit aufgerissenen Augen und besorgtem Blick, doch das beunruhigt mich nicht länger, weil er ja nur der absolut hingebungsvolle Schoßhund meiner Freundin Marcie ist. Dieser meiner Freundin hier, Marcie! Endlich gibt es eine Freundin, die sich wirklich und ernsthaft um Roseanna Plow sorgt. Nicht wie Inga, diese Abtrünnige, diese Schlampe, diese ausgemergelte Möchtegern-Dichterin, die mit meinem Mann schläft, während sie in einem hässlichen rosa Haus in Hauppauge irgendwelche Seegras-Chips futtert.

Als meine Hysterie sich gelegt hat, merke ich, wie Mickey meine Arme in die Ärmel meines Mantel steckt und anscheinend bereit ist, auf die Pasta zu verzichten und mich nach Hause zu bringen. Er bedankt sich herzlich bei Sean und Marcie für den Tag und bietet ihnen den Inhalt seiner Save-Way-Tüte im Austausch für ihre Dienste an. Dann hilft er mir mit einem starken Arm auf die Füße und schiebt mich zur Tür.

»Vergiss nicht, deine Mutter anzurufen!«, grölt Marcie irgendwo in meinem Rücken, bevor die Tür zugeht. »Sie liebt dich nämlich, weißt du.«

18

Der Baum der Verlassenen

»Also, dann sehe ich dich später im Geschäft?«, fragt Ham und drückt meinen trägen Körper, der voll bekleidet auf dem Sofa lümmelt. »Hörst du mir überhaupt zu, Rosie?«

»Natürlich.« Ich versuche, mich aufzusetzen, doch meine Stirn fühlt sich an, als würde ein Topfdeckel dagegengeschlagen. »Ich hab nur gerade über mein heutiges Treffen mit Milton nachgedacht«, lüge ich.

Mickey runzelt die Stirn, als würde er mir nicht glauben.

»Also gut, außerdem vertrage ich keinen Alkohol. Und Marcie hat mich mit billigem Wein abgefüllt.«

»Rosie«, sagt er. »Lass mich dir etwas sagen, ohne dass du ausflippst.«

Wieder ein Schlag mit dem Deckel.

Ich reibe mir die Stirn und sehe ihn an. »Etwas über Helen«, stelle ich fest.

»Hör einfach zu«, beharrt er. »Im Leben passiert es, dass Menschen, an denen dir sehr viel liegt, dich enttäuschen. Und irgendwann vergibt man ihnen dann wieder.« Er streckt die Hand aus, um mich zu berühren, scheint es sich dann aber anders zu überlegen. »Du vergibst deinem Chef, und du vergibst deinen Freunden. Warum nicht auch deiner Familie?«

»Willst du damit sagen, ich sollte Teddy vergeben?«

Mickey lacht. »Du weißt genau, dass ich nicht von Teddy rede, Rosie.«

Natürlich weiß ich das. Wieder lasse ich mich in die Sofakissen sinken. Das geht in die gleiche Richtung wie Marcies »Ruf deine Mutter an«. Mickey hat mir den Spruch aufgetischt, seit er mein lädiertes Gerippe am Samstagabend nach Hause transportiert hat. *Ruf deine Mutter an. Ruf deine Mutter an. Ruf deine Mutter an.* Die Tatsache, dass sie gar nicht meine Mutter ist, treibt an ihm vorbei wie eine Mücke auf der Oberfläche eines Teichs. Mickey sieht heute Morgen großartig aus in seiner sportlichen Tweedjacke, aber anscheinend kann er den Seelenklempner in sich nicht abstellen. Das Gute daran ist vermutlich, dass ich endlich ein Problem habe, das sogar Oprah Winfreys würdig ist: nicht zu wissen, wer meine Eltern sind.

Ich zupfe an Mickeys Schlips und ziehe sein Gesicht zu mir herunter. »Dein Po ist einfach zum Anbeißen«, sage ich. Ich beende die Therapiesitzung, indem ich ihn auf seinen schönen Mund küsse.

»Ja, und wenn ich dir wehtun würde, würdest du mir wahrscheinlich vergeben, schon wegen meines Knackarsches. Warum also nicht Helen?«

»In erster Linie deshalb, weil ihr Hintern mit deinem nicht mithalten kann«, scherze ich, doch Ham lacht nicht. Unter großen Anstrengungen setze ich mich wieder auf. Ein schmaler Sonnenstrahl auf dem Teppich macht mich fertig, indem er etwas hinter meinen Augen zum Explodieren bringt. »Und außerdem weiß ich gar nicht, was genau es ist, das ich ihr vergeben sollte! Ich habe keine Ahnung, ob sie mich von den besten Eltern der Welt ferngehalten hat, oder ob sie mich davor bewahrt hat, mit dem Kleiderbügel verprügelt zu werden.«

»Vielleicht hattest du ja bereits die besten Eltern der Welt.«

Ein lauter Seufzer entfährt mir. »Ich dachte, du wärest einer von diesen Typen, die nicht reden.«

»Was?« Ham blickt verwirrt drein.

Wieder zupfe ich an seinem Schlips und küsse ihn, dieses Mal aber länger. »Du bist wirklich ein Heiliger«, sage ich zu ihm.

Er lächelt, sieht aber ein bisschen enttäuscht aus. Ich glaube nicht, dass er nach Heiligkeit strebt. Ich glaube, dass er etwas anderes hören möchte, irgendein Liebesgeständnis – doch da wartet er unter dem falschen Baum darauf, dass etwas für ihn herunterfällt. Unter dem zerbrochenen Baum. Dem verwüsteten Baum. Dem Baum der Verlassenen. Es werden Monate vergehen, bevor dieser Baum wieder austreibt. Außerdem sollte er sich nicht benehmen, als wäre er mein Therapeut, wenn er will, dass ich mich in ihn verliebe. Und er sollte mich endlich mal in seine Wohnung in Manhattan einladen.

Nicht, dass ich so dringend dort hin will; aber Marcie hat mich auf etwas gebracht: Er hat mich nie darum gebeten, zu kommen.

»Ich hab frischen Kaffee gemacht«, sagt Mickey, bevor er geht.

Nachdem er fort ist, stehe ich auf und schenke mir eine Tasse davon ein.

Plötzlich bin ich froh darüber, zum SaveWay statt ins Büro zu fahren. Die Vorstellung, erneut von Marcie Vorträge gehalten zu bekommen, ist unerträglich.

Dann ist da noch Sean, oder »Zambie«, und es wird mir schwerfallen, heute in ihm eine Autoritätsperson zu sehen. Der Himmel weiß, was er über mich denkt. Wie, bitte schön, sollen wir zusammenarbeiten, nachdem er zugesehen hat, wie ich in einem rosa Schlafanzug aus seinem Haus geschleppt wurde? Da ist es doch besser, nur Mickey zu sehen und vielleicht einen weiteren Kuss in seinem Büro zu ergattern.

Auf dem Parkplatz vor dem SaveWay scheint die Sonne halbherzig, bringt aber immerhin das Chrom der Autos zum Blitzen, sodass mir das Licht in die Augen sticht. Ich ziehe den Mantel enger um mich und trippele auf meinen mäßig hohen Absätzen zum Eingang. Komfortschuhe nennen sich die Dinger, von außen sehen sie angeblich wie »Karriereschuhe« aus, innen sind sie so bequem wie Omatreter. Früher hätte ich nicht tot in diesen Schuhen gesichtet werden wollen, die natürlich ein Geschenk von Helen sind. Aber heute scheinen sie mir genau richtig zu sein, die perfekte Mischung aus Schande und Komfort.

Sobald ich drinnen bin, suche ich in der Lebensmittelabteilung nach Milton, wohin er heute eingeteilt ist. Er hat mich bereits mehrmals gebeten, ihn vom Auffülldienst zu befreien. Sogar aufs Wageneinsammeln ist er dieser Tage nicht scharf. Stattdessen will er seinen Job als Tütenpacker an der Kasse zurück, und ich rechne fest damit, dass er mich heute wieder darauf ansprechen wird.

Er ist am glücklichsten, wenn er Kontakt zu den Kunden hat. Er hat gelernt, die Kunden an der Expresskasse bei der Zahl der Artikel schummeln zu lassen, ohne etwas zu sagen. Er hat gelernt, den Kunden in die Augen zu sehen, wenn er sie fragt: »Plastik oder Papier?« Er fragt auch die Kinder in den Wagen nicht mehr, ob er von ihren Süßigkeiten probieren darf, aber beim Einpacken bedarf es dennoch einer Aufsicht, weshalb er meistens für andere Aufgaben eingeteilt wird.

Ich treffe ihn in Gang sechs an, wo er mit einem gelben Staubwedel ein Regal mit Hundekuchen entstaubt. »Kräcker, Kräcker, Kräcker, finden Hunde lecker!«, trällert er, ein Werbejingle für Hundefutter, den er im Fernsehen gesehen hat. Sein Haar fällt ihm auf eine Weise in die Stirn, wie es das sonst nur bei coolen jungen Männern tut. Er ist unangemessen hübsch. Er könnte als James Bond gecastet werden, wenn 007 Babys genauso gern mögen würde wie Blondinen.

»Hallo, Milton«, sage ich, und er dreht sich um und vergilt es mir mit seinem warmherzigsten Lächeln.

»Miss Plow!«, sagt er. »Ein wunderschönes Thanksgiving!«

»Bald«, erkläre ich ihm. »In ein paar Wochen.«

»Nein, *jetzt.*« Er lässt den Staubwedel sinken, wirbelt herum und deutet auf einen gewaltigen Stapel aus Kürbiskonserven am Ende des Ganges. Von der Spitze lächelt eine Pappfigur herab. »Sehen Sie?«

»Vielleicht hast du recht«, sage ich zu ihm, viel zu erschöpft, um ihm erklären zu können, dass diese saisonalen Angebote immer Wochen vor dem eigentlichen Ereignis in den Läden stehen. Er verschlingt mich mit den Augen wie ein Liebhaber.

»Noch kein Schnee«, sagt er.

Wieder hat er recht.

Ich habe das Auto in einem Wirbel aus trockenen Blättern vor dem SaveWay geparkt. Long Island wird voraussichtlich zu Thanksgiving grau und staubig sein, statt weiß und glitzernd. Teddys und Ingas erste gemeinsame Feiertage werden vermutlich lausig sein. Sie werden sich an braunes Gras, kahle Bäume und schmutzige Autos erinnern, und keine der Unvollkommenheiten dieser Welt wird von strahlendem Weiß kaschiert sein. Immerhin etwas, denke ich, und es muntert mich ein bisschen auf. Milton kitzelt sich selbst mit dem Staubwedel unter dem Kinn, doch er blickt mich aufmerksam an.

»Sind Sie traurig?«, fragt er.

»Nein. Nur müde.«

»Traurig, weil wir noch keinen Schnee haben?« Er blickt mich unverwandt aus braunen Augen an.

»Wie gefällt es dir, die Regale zu entstauben?«, frage ich.

»Ich will lieber Tüten packen.«

»Ja«, sage ich. »Warum machst du mit deiner erstklassigen Arbeit hier nicht noch ein paar Minuten weiter, während ich mit Mr Hamilton rede?«

»Wie viele Minuten?«

»Fünf.«

»Fünf?«

»Genau.«

Betrübt wirft er einen Blick auf seine Armbanduhr. »Na gut.«

Ich lasse ihn an Ort und Stelle zurück und strebe den Milchprodukten zu, wo das Büro des Geschäftsführers liegt. Ich werde Mickey fragen, ob ich Milton eine Zeit lang beim Einpacken beaufsichtigen kann, und vielleicht bekomme ich sogar meinen Kuss. Dann werde ich wieder nach Hause fahren und schlafen, bis man mich findet. Lange Neonröhren leuchten über dem Käse und bringen den Kopfschmerz hinter meinen Augen zurück. Ich klopfe einmal an die Bürotür, bevor ich eintrete.

»Herein«, sagt Mickey.

Er sagt es mit seiner freundlichen Stimme, doch sie hat auch etwas Geschäftliches. Meine Augen müssen sich erst an die schwache Beleuchtung im Raum gewöhnen. Dann rieche ich das Parfüm. Ein leichter, kesser Duft, den ich aus den Gratisproben in meinen *Cosmopolitans* kenne. Ich starre ins Dämmerlicht, um zu erkennen, wer es trägt, und sehe Mickey, der am Tisch einer Frau mit blondem Haar gegenübersteht. Sie ist ganz eindeutig ein echtes *Cosmo*-Girl. Sie scheint violette Augen zu haben, doch das könnten auch Kontaktlinsen sein. Sie ist ausgesprochen hübsch, doch das könnte auch an ihrem perfekt aufgetragenen Make-up liegen. Sie trägt einen weinroten Wollmantel, sehr edel. Die Kontur ihres Körpers ist darunter nicht zu erkennen, aber auf jeden Fall ist sie gertenschlank.

»Rosie«, sagt Mickey. »Das ist Jane.«

Jane lächelt freundlich, sie scheint ganz nett zu sein. »Hi«, sagt sie.

Ich strecke die Hand zu einem Händeschütteln à la Miss Plow aus und frage mich, wie sich wohl mein verkatertes, bleiches Gesicht im Kunstlicht neben ihrem rosigen, glatten Teint macht.

»Also«, sagt Jane und tätschelt Mickeys Hand. »Sei lieb, Michael.« Bevor sie geht, wendet sie sich noch einmal an mich. »Es hat mich gefreut, Sie zu treffen«, sagt sie. »Ich habe viel von Ihnen gehört.« Sie lächelt kurz, aber anerkennend. »Nur Gutes!«, fügt sie hinzu und ist dann blitzschnell verschwunden.

An der Stelle, wo sie unter dem Lichtkegel gestanden hat, bleibt eine weinrote Aura zurück.

»Michael?«, sage ich.

»Setz dich«, sagt Mickey und deutet auf einen Stuhl.

»Ich kann auch später wiederkommen.« Ich knalle Miltons Akte auf den Tisch.

»Dazu besteht kein Anlass. Jane ist nur vorbeigekommen, um Hallo zu sagen. Ist nicht das erste Mal.«

»Jane?«

»Sie ist meine Exfrau. Wir sind Freunde. Ich weiß, das klingt in deinen Ohren wie ein Widerspruch.«

Verstohlen sehe ich in sein Gesicht. Unbewegt wie ein Teich im August. »Kommt Jane oft vorbei? Es überrascht mich, dass du sie nie erwähnt hast, Michael.«

»Du warst noch nicht hier, wenn sie da war. Und es ist keine große Sache, wenn sie es tut. Was sollte ich also erzählen?«

»Nichts. Gar nichts.«

»Vielleicht habe ich es auch erwähnt, aber du hast es einfach nicht gehört. In letzter Zeit hörst du mir sowieso nicht zu. Du läufst einfach nur mit deiner kleinen Wolke aus Selbstmitleid über dir durch die Gegend.«

Die Schärfe in seiner Stimme trifft mich vollkommen unvorbereitet. Ich habe noch nie erlebt, dass Mickey sich über mich ärgert.

»Vielleicht siehst du sie ja öfter in deiner Wohnung in der Stadt«, höre ich mich sagen.

»Was?« Mickey sieht überrumpelt aus.

»Lädst du mich deshalb nie zu dir ein?«

»Du weißt nicht, was du redest, Roseanna.«

»Egal«, sage ich. »Hier ist Miltons Akte.«

»Ich *will* Miltons Akte nicht …« Die Tür knarrt und geht auf. Milton stürmt herein.

»Mr Hamilton!«, ruft er. »Mr Hamilton, es sind schon sieben Minuten! Ist Miss Plow hier?« Schnaufend sieht er sich um.

»Milton«, sagt Mickey streng. »Wie oft habe ich dir schon gesagt, du sollst anklopfen?«

Mickeys Tonfall lässt Milton erstarren. Wie versteinert steht er in seinem grünen Kittel da. Sein Blick wandert von links nach rechts, zuerst zu Mickey, dann zu mir.

»Miss Plow! Ist alles in Ordnung mit Ihnen?« Seine Wangen röten sich vor Besorgnis.

»Miss Plow! Sie sagten fünf Minuten!« Milton mustert mich jetzt sehr besorgt. »Was ist los? Ist dieser böse Mann mit dem Stuhl zurückgekommen?« Aufgewühlt ringt er mit den Händen. »Der Mann aus dem Fahrstuhl?«

Mickey sieht mich an. »Welcher Mann aus dem Fahrstuhl?«

»Nicht Ihr Fahrstuhl«, sagt Milton. »Miss Plows Fahrstuhl.«

»Welcher Fahrstuhl?«, setzt Mickey erneut an.

»Er meint Teddy!«, fauche ich. »Er hat meinen Mann bei mir im Fahrstuhl gesehen, okay?«

»Miss Plow!«, keucht Milton.

Jetzt ist es an Mickey, zu schmollen. Mit verschränkten Armen starrt er zu Boden.

»Das ist schon lange her«, sage ich ihm, genervt von seinem Verhalten.

Milton kommt vorsichtig zu mir herüber. »Ach, Miss Plow. Sie sind sehr, sehr traurig. Soll ich Ihnen einen Toast machen?«

»Und du findest nicht, dass du mir das hättest erzählen sollen?«, schäumt Mickey.

»Er hat einen Stuhl gestohlen!«

Milton ist jetzt außer sich. Er reibt sich die Hände und ruft mit lauter, verängstigter Stimme: »Wenn Sie beide nicht miteinander klarkommen, dann müssen Sie eine Auszeit nehmen!«

»Na gut«, sage ich und nehme Miltons Akte wieder an mich. »Ich nehme meine Auszeit.«

»Nimm dir alle Zeit, die du brauchst«, ruft Mickey mir nach, als ich gehe. Ich stürme aus seinem Büro, als gäbe es einen Ort, wo ich hinkönnte. Aber wo, frage ich mich auf dem Parkplatz. Und dann begreife ich, dass es nur einen Ort gibt, an den ich gehen kann.

19
Kleine Momente der Großartigkeit

Ich treffe Helen in ihrer Küche an, wo sie bereits das Abendessen zubereitet. Die Teller vom Mittagessen stehen auf dem Abtropfgestell, und die Sonne strömt durch die Fenster. Pulkowski, lässt sie mich wissen, sei unterwegs, um Besorgungen zu machen.

»Fühlt er sich denn gut genug, um Besorgungen zu machen?«, frage ich sie.

»Er fühlt sich gut«, sagt sie, ohne von ihrer Beschäftigung aufzusehen.

Ich sehe zu, wie sie ungekochten Reis in rohe Hackfleischklößchen rollt. »Stachelschweine« nennt sie dieses Essen. Pulkowski liebt es. Sie wird die Fleischklößchen anbraten, bevor sie sie in Tomatensoße köcheln lässt. Der Reis wird in dem Fleisch aufquellen und weich werden wie ein verborgener Schatz. Später wird meine Mutter sie dann auf Pulkowskis Teller häufen und so die Farbe in seine Wangen zurückbringen. Dann wird sein Prostatakrebs nicht mehr ganz so schlimm sein, wegen der Stachelschweine. So funktioniert ihre Liebe. Ich reibe mir die Arme, während ich darüber nachdenke.

Helen sagt nichts dazu, dass ich mitten am Tag bei ihr aufkreuze. Sie kommentiert auch die Tatsache nicht, dass ich ihr seit Wochen aus dem Weg gehe. Ich wiederum sage nichts über Johnny Bellusa. Sie blickt mir prüfend ins Gesicht und sieht alles, vermutlich sogar meinen Kater. Doch sie schweigt. Der kleine Fernseher, der auf ihrer Küchenplatte steht, ist angeschaltet. Gerade läuft eine alte Folge von *I Love Lucy*. Ricky versucht, Lucy aufzuwecken, um mit ihr fischen zu gehen. »Komm schon!«, sagt er. »Sonst verpasst du den Sonnenaufgang.«

»Sonnenaufgang, Sonnenuntergang, ist doch alles dasselbe«, sagt Lucy. »Die eine steigt hoch, die andere geht unter.« Lucy verzieht das Gesicht. »Tralala! Der Tanz geht weiter.« Das Publikum im Studio grölt vor Lachen.

»Großartig«, sagt meine Mutter. »Dieser Gedanke ist großartig.«

Ich sehe ihr beim Arbeiten zu. Ihre Schultern sind gebeugt, sodass der gepunktete Stoff ihrer Baumwollbluse über ihrem schmalen Rücken spannt. »Frauen haben ihre kleinen Momente der Großartigkeit, die unbemerkt bleiben«, sagt sie, »manchmal sogar von ihnen selbst.« Sie rollt die Fleischbällchen, während sie mit mir spricht. Sie redet mit sanfter, leiser Stimme, als würde sie mir eine Geschichte erzählen. »Oh, das stimmt, Fräuleinchen«, sagt sie. »Wer schenkt schon dem Leben einer Frau große Aufmerksamkeit?«

Ich rühre die Soße um, in die die Stachelschweine hineinkommen werden, und erkenne, dass Helen recht hat. Ein Großteil weiblicher Arbeit ist einsame Arbeit.

»Ich hatte sie auch, diese kleinen, perfekten Momente der Erkenntnis, als ihr Kinder noch klein wart. Mitten beim Zubereiten eurer Sandwiches oder beim Staubsaugen oder so.«

Als ihr Kinder noch klein wart. Damit mussten Alexa und ich gemeint sein, vermute ich. Die beiden Mädchen meiner Mutter.

»Einmal zum Beispiel«, fährt sie, jetzt mehr zu sich selbst, fort, »habe ich eine von euch niesen hören und erkannt, dass die meisten Menschen immer zweifach niesen. Wusstest du das? Man macht nicht *Hatschi!* Man macht immer *Hatschi! Hatschi!*«

Sie legt die ersten sechs Fleischklößchen in die heiße Pfanne, während sie neben mir am Herd steht. »Wenn irgendein Potz an der Universität von Stony Brook diese Entdeckung veröffentlichen würde, alle würden ihn als Genie preisen. Ich erzählte deinem Vater davon, als er an diesem Abend von der Arbeit kam, und erinnere mich noch, wie unbeeindruckt er war.«

Der Geruch nach heißem Olivenöl steigt rings um uns auf.

»Er dachte vermutlich, ich wäre verrückt. Wie leicht für ihn, mich für verrückt zu halten. Er war den ganzen Tag bei der Arbeit, in einem netten, geschäftigen Büro.«

Sie sticht mit ihrem Pfannenwender auf die Stachelschweine ein, und mir wird klar, dass sie wütend auf ihn ist. Was zum Teufel hatte Pulkowski sich dabei gedacht, sich mit überstehenden Beinen auf eine Untersuchungsliege zu setzen und Woche für Woche bestrahlen zu lassen? Für wen hielt er sich, dass er Krebs bekam? Und mir wird noch etwas bewusst: Alexa Pulkowski und ich hätten wie Schwestern in Helen Pulkowskis Haus aufgezogen werden können. Wir hätten *wir Kinder* sein können, zumindest für ein paar Jahre, bis meine Mutter weglief und verschwand. Doch es ist nicht so gekommen, und ich weiß nicht einmal, ob Helen oder Alexa das so gewollt hatten oder nicht.

»Er erwartete nur, sein Essen zu bekommen, und keinen kleinen Moment der Großartigkeit meinerseits«, murmelt Helen, und ich sehe hinunter auf ihren Kopf und bemerke, dass die Haare am Hinterkopf dünn werden.

»Ja, Männer halt, weißt du«, sage ich. Das ist meine Art, sie zu trösten, ohne den Löffel wegzulegen und die Arme um sie zu legen. Sie sieht aus feuchten Augen zu mir auf, und wir sind wieder *wir*.

Mickey wartet im Wohnzimmer auf mich, als ich nach Hause komme. Seine kolossale Silhouette ragt sperrig aus den malvenfarbenen Sofakissen, wie ein riesiger G.I. Joe, dessen Gelenke alle verdreht sind. Bei meinem Anblick schneidet er eine Grimasse, als würde er von meiner Anwesenheit Blähungen bekommen. Der Nachmittag liegt ihm immer noch im Magen. Ich werfe meine Aktentasche auf einen Stuhl. Ich bin nicht sicher, ob wir uns tränenreich entschuldigen oder lieber Runde zwei einläuten sollen.

»Hey«, sagt er und knetet seine Hände so sehr, als würde er ein Putztuch auswringen.

»Hallo«, erwidere ich vorsichtig. »Ich war bei Helen.«

»Super«, sagt er. Dann seufzt er. »Rosie. Du wusstest doch, dass ich geschieden bin.«

Ich sage nichts, ziehe nur den Mantel aus.

»Glaubst du denn wirklich, wir haben noch was miteinander?«

»Das ist deine Sache«, lüge ich.

Mickey greift nach mir und zieht mich auf seinen Schoß. Die kleine Mulde, die er für mich schafft, fühlt sich warm und geschützt an. »Und zwischen dir und mir, läuft da nicht auch eine kleine Sache?«

Ich mache mich los und stehe auf. »Warum lädst du mich nie zu dir ein?« Ich suche in seinem Gesicht nach Veränderungen, nach einem Zeichen des Unwohlseins, aber Mickeys Koteletten bewegen sich nicht.

»Glaubst du etwa, es liegt daran, dass ich dort ein Liebesnest für meine Exfrau eingerichtet habe?« Er schnaubt laut, ein höhnisches Geräusch, wie ich es noch nie von ihm gehört habe. »Das ist der Stil deines Exmanns, nicht meiner.«

Das tut weh. Seit wann sagt Mickey Sachen, die wehtun? »Fängst du jetzt also an, meinen Mann runterzumachen?«

In meinem Wohnzimmer in Ronkonkoma herrscht ein langes Schweigen. Wir können die Laster auf dem Long Island Expressway hören. Keiner von uns kann glauben, dass ich ernsthaft Teddy verteidige.

»Es ist ja nicht so, als wäre dein toller Ex nicht sowieso der ewige Dritte in unserem Leben«, sagt Mickey und steht auf.

»Er ist nicht mein Ex. Er ist immer noch mein Mann.«

»Und das bedeutet ... was?«

Ich verschränke die Arme und fange an, auf und ab zu marschieren. »Das bedeutet, dass er noch nicht ganz *fort* ist! Er hat mich noch nicht um die Scheidung gebeten. Wer weiß, wie er sich entscheidet?«

Sogar in meinen eigenen Ohren klingt das durchgeknallt. Vielleicht *bin* ich durchgeknallt. Oder vielleicht radele ich auch nur alle Phasen meines Kummers ab, obwohl die Gangschaltung sich bei stocksauer verklemmt hat.

»Hey, Rosie.« Mickey nimmt mich in die Arme und drückt mich an sich. Er wartet, bis ich mich beruhigt habe, bevor er weiterspricht. »Hör zu. Ich finde, du solltest akzeptieren, dass es mit Teddy aus ist, egal, was du von mir denkst. Dein Mann lebt jetzt mit deiner besten Freundin in einer rosa Schuhschachtel.«

»Also gut!«, rufe ich, und Tränen rinnen mir übers Gesicht und besudeln sein schönes weißes Hemd. »Aber er ist immer noch mein Mann. Wir teilen uns die Steuerformulare. Er steht in einer legitimen *Beziehung* zu mir. Er ist ein echter, wenn auch beschissener Ehemann, im Gegensatz zu Helen, die eine falsche, wenn auch durchgeknallte Mutter ist ...«

Schluchz, Schluchz, Schluchzen wie ein Baby. So ein Kater ist eine schreckliche Sache. Ich weiß, dass es nicht nur die Nachwehen von Marcies schlechtem Wein sind, die da in mir gären, sondern ein Statement, das in mir aufsteigt. Und dann spricht Mickey es für mich aus.

»Eine Menge Leute haben die Bühne deines Lebens verlassen«, sagt er, und ich denke, *verdammt,* wie konnte er den Nagel so auf den Kopf treffen. Er streichelt mir übers Haar und wartet darauf, dass ich mich beruhige. Ich rieche den SaveWay an ihm, diese schwache Mischung aus Käse und Kühlregal. Ich kann seine Freundlichkeit nicht ertragen. Ich entziehe mich ihm, verschränke erneut die Arme und sehe ihn so finster wie möglich an. So sehe ich auch Milton an, wenn ich ihn wieder dabei ertappe, wie er Babys in Einkaufswagen abküsst.

»Was also verbirgst du in der City?«

»Ich verberge nichts, Rosie. Ich *will* gar nichts vor dir verbergen.«

Ich schüttele den Kopf und fange wieder an, auf und ab zu gehen.

»Ich hab's dir doch gesagt«, meint er. »Das mit Jane und mir ist vorbei.«

»Stehen alle Männer letztendlich doch auf Blondinen?«, frage ich.

»Sieh mal«, sagt er. »Ich muss sie noch mal treffen. Sie verkauft das Haus, in dem wir gelebt haben. Der ganze Papierkram. Es geht schnell und ist eine reine Formalie. Deshalb war sie auch bei mir im Büro.«

»Schön«, sage ich, spüre aber, dass es überhaupt nicht schön ist. »Auch ich werde Teddy vielleicht bald wiedersehen müssen.«

»Schön«, sagt er und verschränkt nun auch die Arme. Er sieht mich forschend an und sagt dann: »Dabei ist es alles andere als schön, oder?«

So, wie er das sagt, weiß ich, dass wir eine Grenze überschritten haben, etwas Beschwerliches, Ermüdendes ist geschehen, und dass es eine lange Reise werden wird, wieder auf die andere Seite zu gelangen. Ich sehe das so deutlich wie die malvenfarbenen Kissen hinter ihm, und plötzlich tut es mir leid, dass mein guter Mickey als Prügelknabe herhalten musste. »Ich bin im Moment einfach etwas durcheinander«, sage ich zu ihm, um mich zu entschuldigen, doch ich weiß, dass es zu spät ist.

Ich sehe, wie Mickey still wird und sich mit seiner Pranke das Kinn kratzt. »Weißt du was, Rosie?«, sagt er nach einer Weile. »Vielleicht geht das alles zu schnell. Ja, ich glaube, wir sind zu schnell. Also werde ich Folgendes tun. Ich werde jetzt nach Hause fahren. Ich habe eine Menge Arbeit zu erledigen. Ich fahre einfach zu mir und bleibe heute Nacht dort.«

Ein bisschen perplex setze ich mich aufs Sofa. »Du fährst heute Nacht einfach zu dir?«

»Ich denke, das ist das Beste.« – »Wir können nicht mal eine Auseinandersetzung führen, ohne dass du gehst?«

»Der Streit ist nicht der Grund.«

»Was ist, wenn ich mit dir kommen will? Um deine Wohnung zu sehen.«

»Du kannst ein andermal mitkommen.«

»Schön«, sage ich.

»Schön«, stimmt er zu und greift nach seinem Mantel.

»Wann triffst du dich wieder mit deiner Exfrau?«

»Morgen. Im Pasta Café.«

»Arbeitet sie nicht?«

»Wir treffen uns in der Mittagspause.«

»Schön«, sage ich. »Dann fährst du jetzt besser.«

»Schön«, sagt er und versucht nicht, mich zu küssen.

»Gute Nacht«, sage ich zu seinem Rücken, doch er zieht einfach die Tür hinter sich zu. Ich sitze auf dem Sofa, in der Kuhle, die er hinterlassen hat. In der Wohnung ist es so still, dass ich die Heizung rauschen hören kann. Wäre Inga hier, würden wir jetzt eine Packung Häagen-Dazs vertilgen. Doch ich stelle fest, dass ich seltsamerweise gar keinen Hunger habe.

»Warum essen wir heute Mittag denn bei Starbucks?«, fragt Helen um 11 Uhr 59 am nächsten Tag. Wir sitzen an unserem Tisch, einer kleinen, runden Scheibe, umgeben von gut gekleideten Leuten, die an Lattes und doppelten Lattes und Cappuccinos nippen. Die ganze Welt riecht nach Kaffeebohnen, und die Fensterfront ist beschlagen. Doch der Blick aufs Pasta Café ist trotzdem frei. Man kann die Glastüren sehen und wer rein- und rausgeht.

»Warum essen wir heute Mittag bei Starbucks?«, wiederholt Helen.

»Es gibt jede Menge Auswahl hier, Ma.«

»Nennst du mich immer noch Ma?«

Ich zucke die Achseln. »Das warst du doch immer.«

»Gut.« Sie tätschelt meine Hand. »Und jetzt will ich dir etwas erklären. Ich kann woanders ein ganzes Kännchen Kaffee für einen Dollar neunundneunzig bekommen.« Sie stellt ihre große Winterhandtasche auf den Tisch, und die Scheibe verschwindet komplett. »Also erklär du mir bitte, warum ich drei Dollar für einen Becher von diesem Gebräu zahlen sollte?«

Natürlich redet sie mal wieder zu laut. »Ma«, sage ich und versuche, ihr vorzumachen, wie man in Innenräumen spricht (allmählich wird mir klar, warum ich diesen Beruf gewählt habe, warum ich versuche, minderbemittelten Menschen ein normales Sozialverhalten beizubringen), »es gibt ja noch anderes außer dem Kaffee, was du vielleicht probieren möchtest.«

»Das da wäre?« Sie schlägt ihre Beine übereinander, die in Wollhosen mit Bügelfalte und pelzbesetzten Stiefeletten stecken.

»Also«, setze ich an und überfliege die Karte an der Wand. »Hast du schon mal den Chai probiert?«

»Den *was?*«

»Den Chai.«

»Chai?« Belustigt kneift Helen die Augen zusammen. »Sicher doch. Den nehme ich, und dazu einen von diesen Zitronen-Toffee-Riegeln.« Sie fängt an zu kichern. »Dann habe ich ein wunderbar ausgewogenes Mittagessen.«

Jetzt fängt sie an, schallend zu lachen. Die Leute fangen an, uns über die Ränder ihrer Laptops hinweg unverblümt anzustarren.

Mir wird klar, dass es ein Fehler war, Helen auf diese Überwachungsmission mitzunehmen. Ich hatte mir eingebildet, wir könnten beim Schlürfen eines Costa Ricas die Kluft zwischen uns überbrücken und unsere Beziehung neu anknüpfen, indem wir sozusagen zufällig, aber natürlich geplant, Mickey und Jane »entdecken« würden. Natürlich habe ich Helen nicht verraten, warum wir heute hier sitzen. Es ist wirklich nicht ihre Schuld, wenn sie nicht weiß, dass wir nicht zum Vergnügen hier sind.

Obwohl sie sich anscheinend sehr wohl amüsiert. Auf meine Kosten.

»Ma«, flüstere ich heiser und versuche, ihre Hysterie zu dämpfen. »Es gibt einen Grund, warum wir im Starbucks sitzen.«

»Liegt es etwa an den Schoko-Mango-Crunch-Muffins?«, fragt sie und bricht erneut in Gelächter aus.

»Bitte, Ma, ich wollte dir gerade von der kleinen Überwachungsmission erzählen, auf der wir uns befinden.«

Helen verstummt. Mit wachem Blick sieht sie mich an. »Was für eine Überwachungsmission?«

»Es geht um Ham und seine Exfrau. Sie treffen sich jede Minute im Restaurant gegenüber.«

Helens Lächeln gefriert. Ihr Blick wandert zum nicht beschlagenen Teil der Fensterscheibe.

»Sie haben ihr Haus verkauft, und Mickey muss einige Papiere unterschreiben.«

Helens Mund wird zu einem schmalen Strich.

»Du wirst sie sehen, seine Exfrau! Ist das nicht spannend?«

»Und warum sind wir hier?«, fragt Helen. »Etwa nur, um ihnen nachzuspionieren?«

»Na ja ... ja.«

Jetzt runzelt sie ärgerlich die Stirn. »Und glaubst du, dass er seine Frau noch immer liebt?«

»Nein ...«

»Siehst du denn nicht, dass er *dich* liebt, du Idiotin?«

Ich lehne mich abrupt zurück. »Ausgerechnet du willst dich über unser heutiges Treffen mokieren, Ma? Hast du schon vergessen, wie du mich ins Acropolis gelotst hast, um Ham zu treffen?«

»Das war zu deinem Besten, Fräuleinchen! Es hat niemandem wehgetan. Glaubst du wirklich, dass es heute genauso ist, dass es niemanden verletzt, wenn sie uns sehen, wie wir aus dem Fenster starren?« Sie springt auf und schnappt ihre Tasche vom Tisch. »Was hast du vor, Rosie?«, fragt sie. »Versuchst du, die Sache mit Ham zu verpatzen, nur weil *ich* euch zusammengebracht habe? Oder weil der Kerl dich wirklich liebt ... im Gegensatz zu diesem Blödmann Teddy, den du ja unbedingt heiraten musstest?«

Jetzt bin auch ich aufgesprungen. »Da bist du ja genau die Richtige, um mir Vorträge über schlechtes Benehmen zu halten! Findest du nicht auch, *Großmutter?*«

Helen dreht sich nicht um, um zu antworten. Sie marschiert bereits auf ihren laut klackenden hohen Absätzen zur Tür, und ihr Mantel schwingt wie ein Cape hinter ihrer einen Schulter. Ich bleibe allein zurück und muss nun einen demütigenden Abgang ertragen. Ich schleiche an den erstaunten Gesichtern all der Gaffer vorbei.

Dann renne ich über den Gehweg und versuche, Helen einzuholen. Ich versuche, mich zu beruhigen, indem ich mir sage, dass meine Schützlinge ständig solche Szenen provozieren und dass ich sie danach einfach wieder Platz nehmen lasse und sie frage: Was haben wir heute gelernt? Ich ziehe den Reißverschluss meiner Jacke hoch, um mich gegen die Kälte zu schützen, und denke darüber nach. Doch Helen stürmt volle Kraft voraus über den Gehweg, und kein noch so kleiner Moment der Großartigkeit will sich bei mir einstellen.

20

Putt, putt, putt, schöner Truthahntag!

Mickey hat Wort gehalten und mich boykottiert. Seit unserer kleinen Auseinandersetzung hat er nicht hier übernachtet, und ich habe ihn auch nicht eingeladen. Das geht jetzt fast seit drei Wochen so, und ich kann es kaum fassen, dass ich erneut die Tage zähle, seit ein Mann mich verlassen hat. Ich habe keine Ahnung, wie der Papierkram mit Mickeys Frau gelaufen ist. Ich fange allmählich an, mich an mein übergroßes, leeres Bett zu gewöhnen. Man hat viel Platz darin. Vielleicht ist es genau das, was ich brauche – Platz, um mich zu bewegen, ohne ständig gegen einen Mann zu rempeln.

Helen ist anderer Meinung.

Sie ist außer sich, als sie hört, dass Mickey sich morgens nicht länger in meine malvenfarbenen Handtücher hüllt. Das hat ihr natürlich Marcie verraten. Marcie mit dem großen Herzen und dem großen Plappermaul. Helen hat den Stier bei den Hörnern gepackt und Mickey zum Truthahnessen an Thanksgiving eingeladen.

Jetzt steht dieses wichtige Familienfest vor der Tür; durch mein Schlafzimmerfenster sehe ich den grauen Himmel und den morgendlichen Nieselregen. Ich liege unter der Decke und gehe in Gedanken die zahlreichen Gründe durch, warum der heutige Tag für Mickey und mich peinlich sein wird. Sein dunkelblauer Bademantel hängt noch immer am Haken meiner offenen Badezimmertür. *Wie sollen wir uns nur verhalten?*, frage ich mich im Bett und starre das Kleidungsstück an. Die hängenden Schultern bleiben unbewegt.

Mickey und ich sind rein technisch betrachtet nicht mehr

zusammen – das hat sogar Milton gespürt und darauf reagiert, indem er wieder zwischen den Topffarnen und Rosensträußen in der Blumenecke hockt. Andererseits würde ich auch nicht sagen, dass wir uns getrennt haben. Wir nehmen eben nur eine Auszeit, wie Mickey es nennt. Seufzend ziehe ich die Decke höher hinauf. Milton und ich bleiben beide deprimiert.

Das Telefon klingelt ohne Unterlass. Ich vergrabe mich tiefer in meiner Martha-Stewart-Bettwäsche und beneide sie um ihre Zeit im Gefängnis. Dort hat man sie wenigstens in Ruhe gelassen. Der Apparat klingelt und klingelt. Voller Widerwillen schäle ich mich aus meiner Designer-Pelle und nehme ab.

»Soll ich deiner Mutter einen Pie oder so etwas mitbringen?«

Es ist Mickey, der sich Gedanken über ein Geschenk für die Gastgeberin macht. Ich merke, wie sich die Härchen an meinen Armen aufstellen. Es ist so leicht, das Falsche zu sagen, den falschen Ton zu treffen oder den falschen Eindruck zu hinterlassen, wenn man nicht weiß, ob der eigene Freund einen noch liebt.

»Ich glaube nicht«, antworte ich zurückhaltend. »Sie backt ihre eigenen Pies.«

»Ah. Dann vielleicht Blumen?«

»Lass mich nachdenken«, sage ich in dem Versuch, witzig zu sein. »Wie lange seid ihr schon zusammen, du und Helen? Drei Monate? Ja, Blumen wären genau das Richtige.«

»Sehr lustig«, sagt er. »Also, was soll ich dann mitbringen?«

Seine Stimme klingt wunderbar. Ich rufe mir in Erinnerung, dass er sich nicht wirklich von mir getrennt hat. Wir nehmen nur eine Auszeit.

»Etwas Süßes vielleicht? Oder eine Grünpflanze?«, schlägt er vor.

»Damit versorgt Pulkowski sie doch schon.«

»Ja, aber dieses Jahr fühlt er sich vielleicht nicht danach, etwas zu besorgen.«

»Es geht ihm *gut.*«

Ich habe ihn angeblafft. Jetzt klinge ich zickig. »Die Behandlung spricht sehr gut an«, versichere ich ihm. Natürlich ist das reine Erfindung. Es könnte auch sein, dass es Pulkowski schlechter geht. »Eine Flasche Scotch«, rate ich ihm. »Kauf ihr einen Chivas. Den liebt sie.«

»Chivas?«, fragt er. »Meinst du Chivas Regal?«

»Sie ist zu geizig, um ihn sich selbst zu kaufen. Sie kauft lieber irgendetwas Billiges und füllt es dann um in ihre leere Chivas-Flasche.«

»Diese Helen …«, sagt Mickey.

Ein kurzes, unangenehmes Schweigen entsteht.

»Freust du dich darauf, mich heute zu sehen?«, fragt Mickey dann.

»Helen freut sich sicher.«

Wieder Schweigen. Mein Scherz ist nicht angekommen. Doch was, *wenn* ich mich freue, ihn zu sehen, er sich aber nicht freut, *mich* zu sehen?

»Wir sehen uns später«, sagt Mickey.

Erschöpft lege ich auf. Ich muss noch duschen, mich schick machen und mir überlegen, wie ich es schaffe, glücklich auszusehen.

Im Bad blickt mir ein müdes Gesicht aus dem Spiegel entgegen. Ich sehe teigig und ein bisschen pummelig aus. Das hat mir Teddy angetan, oder vielleicht auch Mickey. Oder Helen. Der Feiertagsstress fordert seinen Tribut von meiner Haut. Ein schönes, langes Bad wird die Poren durchlüften.

Ich liege im Schaum und versuche, eine Möglichkeit zu finden, wie ich mein ganzes Leben ändern kann. Ich erinnere mich an eine Nonne, die uns unterrichtet und uns beigebracht hat, dass wir genau das könnten: die ganze Welt durch kleine Taten verändern. Sie selbst hatte es eines Tages getan, während wir an unseren Pulten saßen und Schönschrift übten. Mit dem Bleistift in der Hand hatte ich zugesehen, wie sie nacheinander die einzelnen Stationen des Kreuzweges herunternahm, die an den Wänden unseres Klassenzimmers hingen. Dann hatte sie einen kleinen Hammer aus den Falten ihrer Robe gezogen und angefangen, neue Nägel einzuschlagen; sie hatte die kleinen Tafeln in umgekehrter Reihenfolge aufgehängt. »Ich bin Linkshänderin«, hatte sie uns erklärt, als sie fertig war. »Indem ich diese Bilder in anderer Reihenfolge aufgehängt habe, habe ich die Welt ein kleines bisschen verändert.« Ich bleibe noch lange, nachdem der Schaum weg ist, in der Wanne liegen und denke darüber nach.

Schließlich fange ich an, mich für den Feiertag in Schale zu werfen. Zuerst trage ich Gesichtscreme auf. Dann fummele ich mit einer Kontaktlinse herum, die so dünn wie Zellophan und in meiner Hand fast unsichtbar ist. All diese Bemühungen nur aus dem einen Grund: Wie die meisten anderen Frauen hänge ich der Überzeugung an, dass ich eine komplette Versagerin bin, die vollkommen verdient, was ihr blüht, wenn sie nicht gewaltige Anstrengungen unternimmt, *mehr* aus sich zu machen. Einmal hatte ich eine Klientin, deren Mann ihren Kopf mit den Händen gegen ihre Spüle aus weißem Email geknallt hatte. Als ich sie am nächsten Tag im Krankenhaus besuchte, übertünchte sie gerade ihre aufgeplatzte Lippe mit Lippenstift. »Ich bin eben eitel«, hatte sie gesagt und unter ihrem blauen Auge und ihren mumienartigen Verbänden verlegen gegrinst. O ja, wir alle wollen geliebt werden.

Mickey klingelt, als ich gerade mit dem Fönen fertig bin. Er kommt mit einem Pie in einer SaveWay-Schachtel hereinspaziert.

»Ich dachte, ich hätte dir gesagt, dass meine Mutter selber backt«, empfang ich ihn – natürlich die falsche Begrüßung. Ich streiche mir glättend über meinen Rock aus rostroter Seide und versuche, neu anzusetzen.

»Darf ich dir sagen, dass du bezaubernd aussiehst?«, fragt er.

Verstohlen schiele ich zu ihm hoch. Mir gefällt, dass sein Blick auf meinen Hüften ruht, nicht auf meinen Kontaktlinsen. Er ist eben ein Mann, der das zu würdigen weiß, womit ich ausgestattet bin. Wie schade, sollte ich diesen Mann verloren haben.

»Ich habe auch den Chivas, aber ich dachte mir, dass ich ihr vielleicht noch etwas schenken sollte, das zu Thanksgiving passt«, sagt er.

»Das ist eine nette Geste. Aber sie wird ihn wegwerfen, kaum dass du aus der Tür bist.«

»Hm.«

Ich werfe einen Blick auf die Schachtel. »Warte mal kurz.«

Ich ziehe mein Adressbuch aus meiner Aktentasche und wähle die Nummer von Eleanors Wohngruppe.

»Putt, putt, putt, schöner Truthahntag!«, sagt jemand beim Abnehmen.

Eine der Mitbewohnerinnen. Sie gibt mir die Tagesbetreuerin, und als ich meinen Namen nenne, wird ihre Stimme sofort kühl.

»Warten Sie bitte«, sagt sie, dann wird der Hörer hingeknallt. Egal. Eleanor liebt Kürbis-Pie, und als ich ihr sage, dass ich ihr gleich einen vorbeibringe, brüllt sie laut vor Freude.

»Es liegt auf dem Weg zu Helen«, sage ich Mickey.

»Das spielt doch keine Rolle«, sagt er. »Es interessiert mich, zu sehen, was du so machst.«

»Geht mir genauso«, sage ich ihm. »Vielleicht nimmst du mich eines Tages mal mit ins Schlachthaus.«

Mickey lacht, und ich entspanne mich ein bisschen. Er hält mir den Mantel, und ich schlüpfe in die Ärmel. »Fertig?«, fragt er.

Ich schenke ihm ein nettes Lächeln, wie ein ganz normaler Mensch.

An den Fenstern und Türen der Cooperative Living Wohngruppe kleben Kürbisse aus Papier. Es handelt sich um ein großes Haus im Kolonialstil, das in einem Viertel mit Villen steht, von denen jede einen gründlichen Neuanstrich gebrauchen könnte. Eleanor presst ihr Gesicht gegen das größte der Fenster, wodurch Nase und Wangen flachgedrückt werden und die Augen noch auffälliger wirken. Sie stößt einen Schrei aus, als sie uns entdeckt, und eilt dann zur Tür.

»Haben Sie den Pie?«, fragt sie und reißt die Tür im Windfang auf.

Sie trägt ein gelbes Baumwollkleid, das viel zu leicht für die fast winterlichen Temperaturen ist. Sie reibt sich die Hände, während ihr Blick zwischen Mickey und dem Pie hin- und herwandert.

»Wer ist das?«, fragt sie. »Ihr Freund?« Sie reibt die Hände noch heftiger.

»Eleanor«, sage ich. »Willst du uns nicht hereinbitten?«

»Herein!«, ruft sie.

Wir betreten die Diele, in der jede Menge Schuhe stehen. Es riecht nach Truthahn und Desinfektionsmittel.

»Wo ist eure Betreuerin?«, frage ich Eleanor.

»Die sieht fern«, erwidert Eleanor.

Sie drückt die Hand einer Frau, die neben ihr steht, einer kleinen Frau um die fünfzig mit grauem Haar und wuscheligen rosa Pantoffeln.

»Das ist ihr Freund«, sagt Eleanor zu ihr und deutet mit der freien Hand auf Mickey.

»Mmm. Nett«, sagt die Frau. Ich wage es nicht, Mickey in die Augen zu sehen.

Eleanor wirft die Arme um mich und zerdrückt fast die Schachtel mit dem Pie zwischen uns. »Sie gehört mir«, sagt sie und drückt mich an sich, und ich bin an diesem Thanksgiving froh, dass ich Eleanors Zuneigung wiedergewonnen habe.

Ich stelle Mickey Eleanor und ihrer Freundin vor. Eleanor

küsst Mickey auf die Wange und führt ihn ins Wohnzimmer. »Kommt mit!«, befiehlt sie, und wir gehorchen.

Der Tisch ist mit einem orangefarbenen Tischtuch aus Papier belegt. Mitten darauf thront ein Papptruthahn mit ausklappbarem, fächerartigem Schwanz. Die alte, vergilbte Tapete wärmt das Zimmer wie ein Paar schützender Hände. Ich stelle den Pie in die Mitte des Tisches und wünsche mir, ich könnte hierbleiben. Ein Thanksgiving in der Cooperative Living Wohngruppe würde mir vielleicht gut tun.

»Eleanor hat eine tolle Torte gebacken«, sagt die Frau in den Pantoffeln. »Aber Ihren Pie essen wir auch.«

»Ich hab sie ganz besonders verziert!«, sagt Eleanor, macht auf dem Absatz kehrt und eilt zur Vorratskammer des alten Hauses. Sie kommt mit einer schiefen, schichtweise gefertigten Torte mit Schokoladenguss zurück. Oben, etwas neben der Mitte, steckt ein grüner Plastik-Shrek darin. Auf seinem Kopf klebt ein Klecks Schokoguss wie ein schiefes Toupet. »Sein Lächeln gefällt mir«, gesteht Eleanor uns. »Er ist besser als ein Truthahn.«

Nach vielen Umarmungen, Schulterklopfern und Küssen sitzen wir schließlich wieder im Wagen und fahren schweigend weiter zu Helen. Ich blicke aus meinem regennassen Fenster in den schweren, grauen Himmel und sehe, wie brauner Rasen und nackte Bäume an mir vorbeifliegen. Plötzlich merke ich, wie die Tränen in mir aufsteigen. Ich drehe mein Gesicht weiter ans Fenster, doch Mickey – verdammt sei seine einfühlsame Seele – merkt trotzdem, dass ich traurig bin.

»Alles klar?«, fragt er und drückt meine Hand.

»Ja«, sage ich, doch meine Stimme ist nur ein Flüstern. »Ich glaube nur, ich wäre am liebsten da geblieben, das ist alles.«

»Und warum?«, fragt Mickey, doch ich habe das Gefühl, er weiß ganz genau warum und will nur, dass ich es laut ausspreche.

»Weil ich mich in letzter Zeit grauenhaft fühle. Wegen ... allem und jedem.«

So. Jetzt habe ich ihm die Wahrheit gesagt. Als Mickey daraufhin über eine Minute lang nichts sagt, kehre ich den Spieß um.

»Wie ist denn deine kleine Besprechung mit Jane gelaufen?«

»Hast du uns denn nicht gesehen, als wir rauskamen?«, fragt er. »Ach, stimmt ja. Du und Helen, ihr seid früh aufgebrochen.«

Mein Magen zieht sich schuldbewusst zusammen. Vielleicht ist es auch Scham, der Unterschied war mir noch nie klar. Da ich mit Helen aufgewachsen bin, hatte ich nie genug Zeit, um den Unterschied herauszufinden. »Das war ein Fehler«, gestehe ich, denn ich will, dass die Sache vom Tisch ist. »Ich war immer noch wütend auf dich. Deshalb habe ich das getan.«

»Soll das heißen, Helen hat dabei mitgemacht?«

»Nein.« Ich reibe meine Arme, denn plötzlich ist mir kalt. »Ich hatte ihr nicht verraten, warum wir zu Starbucks gegangen sind. Als sie es dann herausfand, ist sie sofort davongestürmt.«

»Ha!« Mickeys Lachen überrascht mich. »Aber Jane hat nicht mitbekommen, dass du da warst, also ist es egal.«

Wir lauschen eine Weile dem Surren der Räder. Dann sage ich: »Also bist du jetzt mit deiner Scheidung ganz durch?«

»Das war ich schon. Wir hatten nur noch nicht entschieden, was wir mit dem Haus machen.«

»Und, was habt ihr gemacht?«

»Ich habe es ihr geschenkt.«

»Du hast ihr das Haus geschenkt?«

»Ja.«

Warum kommt es mir so vor, als hätte Mickey gerade einen Eimer mit kaltem Wasser über mir ausgeleert? Ich weiß, warum. Weil manche Ehemänner, auch wenn sie nur Geschäftsführer eines kleinen Supermarktes sind, ihren Frauen Häuser schenken. Weil mein Ehemann seines einfach verlassen hat. Nein, es ist noch schlimmer. Weil er einfach ein anderes mit Inga gekauft hat.

»Ich habe keine Ahnung, wie wir dieses Thanksgiving-Essen durchstehen sollen«, höre ich mich brabbeln. Meine Augen brennen, und meine Hände sind zu Fäusten geballt.

»Ist es denn so schlimm, einen ganzen Nachmittag mit mir zu verbringen?«, fragt Mickey. Er scheint zu ahnen, dass mein Ausbruch nichts mit ihm zu tun hat, sondern vielmehr mit der Tatsache, dass ich mit einem Potz verheiratet war – einem Potz, mit dem ich zufälligerweise auch noch jeden vierten Donnerstag im November Truthahn gegessen habe.

Ich blicke Mickey unter meinem sorgsam aufgetragenem Eyeliner an, der inzwischen sicher verschmiert ist. »Wie oft hast du seit deiner Scheidung schon Thanksgiving gefeiert?«

»Oft genug«, sagt er. »Ich bin daran gewöhnt. Aber für dich ist es natürlich das erste Thanksgiving ...« Er bricht ab. Er drückt mir die Hand. »Auch du gewöhnst dich daran.«

»Verdammt und zugenäht«, sage ich und boxe in den weichen Autositz. »Warum können die Menschen denn nicht lernen, verheiratet miteinander zu leben?«

»Die meisten können es ja ...«, bemerkt Mickey.

»Und was ist dann bitte mit deiner Ehe passiert?«

Mickey blickt mit gerunzelter Stirn durch die Windschutzscheibe und sagt nichts. Das kann ich ihm nicht verübeln. Er ist mein Essensgast, und ich beschwere mich im Grunde genommen darüber, dass wir beide nicht mit unseren jeweiligen Ehepartnern essen. Ich weiß, dass ich unvernünftig bin, aber als ich diesen Truthahn mit den Papierfedern gesehen habe, hat das an meinem Herzen gezerrt wie ein Kleinkind am Rock seiner Mutter, denn ich glaube hartnäckig daran, dass manche Dinge im Leben sich nicht ändern sollten. Sie sollten es einfach nicht.

Mickey fährt jetzt langsamer und biegt auf den Parkplatz

eines 7-Eleven ab. Er wendet das Gesicht von mir ab, doch ich kann den Schmerz trotzdem sehen, fast so, als käme er aus seinen Koteletten.

»Willst du das wirklich wissen?«, fragt er.

»Ja, das will ich«, sage ich.

Mickey schaltet den Motor ab und starrt geradeaus. Wir beobachten drei Jugendliche, die vor uns an ihren Limoflaschen nippen.

»Es ist keine Horrorgeschichte«, fängt Mickey an. »Niemand hat etwas Schlimmes getan.«

»Verstehe«, sage ich, obwohl ich gar nichts verstehe. Natürlich hat jemand etwas Schlimmes getan. Deshalb sind sie ja geschieden.

»Ich habe sie kennengelernt, als ich vierzehn war«, sagt er und reibt sich die Hände. »Als wir dreißig waren, hatten wir mehr als die Hälfte unseres Lebens miteinander verbracht. Wir waren wie Kinder, die zusammen aufgewachsen waren, und jetzt wollten wir aus dem Haus gehen.«

»Und was ist passiert?«

»Einer ging.«

»Wer?«

Mickey blickt hinunter in seinen Schoß.

»Ich. Auch wenn es keine Rolle spielt.«

»Natürlich nicht«, sage ich zu ihm.

»Sie war sogar erleichtert, dass einer von uns etwas unternommen hatte. Jetzt hat sie jemand anderen. Das freut mich für sie.«

Ich sehe ihn aus schmalen Augen an. »Hast du sie wegen einer anderen verlassen?«

»Nein.«

»Und das soll ich dir glauben?«

Mickey nimmt meine Hand in seine, wo ich sie lasse und wo sie leblos wie ein Stück Kohle liegen bleibt. »Du kannst glauben, was du willst«, sagt er. »Es gab keine andere, denn ich hatte dich ja noch nicht getroffen.«

Ich ziehe meine Hand zurück. »Was soll das heißen? Dass wir also *nicht* Schluss gemacht haben?«

Mickey lässt den Motor wieder an. »Rosie«, seufzt er, »lass uns heute einfach dieses Essen durchstehen.«

»Das wird ein Spaß«, fauche ich. »Wir beide mit unseren kaputten Ehen bekommen das Essen von einer Frau serviert, die mich mein ganzes Leben lang angelogen hat.«

Jetzt dreht sich Mickey zu mir um und sieht mich direkt an. »Rosie«, sagt er, »es geht nicht immer um Schuld.«

»Ich weiß«, antworte ich und lächle mein Feiertagslächeln. Doch mein Herz versteift sich ein bisschen, denn ich bin nicht bereit, ihm in diesem Punkt zuzustimmen.

21
Auf zum Chili Choo Choo

»Sein Hintern sah niedlich aus in der neuen Hose. Er hat deiner Mutter einen guten Scotch mitgebracht, und er liebt dich. Was hast du also für ein Problem, Roseanna?«

Montagmorgen: Marcie sitzt auf der Kante meines Schreibtisches und seziert meine Thanksgiving-Feier mit einem Aktenstapel auf dem Schoß.

»Woher weißt du, dass sein Hintern niedlich aussah?«, frage ich.

»Ich weiß alles«, sagt sie und schiebt ihre schwarze Hornbrille nach oben. »Ich habe mit deiner Mutter gesprochen.«

»Und meine Mutter hat dir gesagt, dass sein Hintern niedlich aussah?«

»Na ja, nicht wortwörtlich. Sie sagte, er habe einen netten Allerwertesten.«

»Nachdem sie dir schon gesagt hat, dass sie gar nicht meine Mutter ist, ist der Rest vermutlich einfach.«

Marcie macht eine wegwerfende Handbewegung. »Arme Rosie. Vom Leben hart getroffen! Dann ist sie halt deine Großmutter. Das ist doch kein Grund, rumzusitzen und ein Gesicht wie in der Prozac-Werbung zu ziehen.«

Ich erhebe mich von meinem Stuhl und stoße dabei fast gegen die Rückwand meines klaustrophobisch engen Büros. »Es bedeutet aber, dass ich einen Vater und eine Mutter habe, die ich nicht einmal kenne!«

Marcie fährt sich mit der Hand durch das stachelige blond-schwarze Haar. »Dann hast du eben eine interessante Lebensgeschichte. Ruf doch die Nationalgarde.«

»Dein Schädel sieht aus wie ein Kohlkopf«, fahre ich sie

an und lasse mich wieder auf meinen Stuhl plumpsen. »Hast du überhaupt vor, diesen lächerlichen Stoppelschnitt mal zu *ändern?*«

»Ich lass es einfach rauswachsen«, antwortet Marcie unbeeindruckt. »Manchmal brauchen die Dinge einfach etwas Zeit, Rosie.« Sie sieht mich bedeutungsvoll an und steht dann auf, um zu gehen.

»Warte!«, rufe ich. »Verrat mir eins: Was willst du mir damit sagen? Wenn du herausfinden würdest, dass du nicht weißt, wer deine Mutter und dein Vater sind, würdest du dann auch einfach darauf warten, dass die Farbe in deinem Haar rauswächst und du alles vergisst?«

Marcie zupft nachdenklich mit der freien Hand an einem ihrer Strumpfhalter. Offensichtlich trägt sie heute eine von Seans Anzughosen und dazu ein rosa Stretchteil, das über ihrem Nabel endet. Ich kann einen einzelnen Strahl der aztekischen Sonne erkennen, die über ihren Po tätowiert ist, als sie sinnierend mit dem Rücken zu mir stehen bleibt. Sie dreht sich um und sieht mich an, kommt dann zurück und fordert ihren Sitzplatz auf meinem Schreibtisch zurück.

»Hör mal«, seufzt sie, »wenn du rausfinden willst, wer deine Eltern sind, dann leg los und finde sie. Das ist doch gar nicht so schwer. Geh online. Du kannst sie googeln! Versuch's im Telefonbuch! Überleg doch nur mal, wie einfach es für mich war, Teddys und Ingas neues Haus zu finden.«

Bei der Erinnerung an Teddys und Ingas neues Haus zucke ich zusammen. Insbesondere im Licht des Anrufs heute Morgen, von Teddy höchstpersönlich, in dem er mich bat, ihn heute zum Mittagessen zu treffen. Es kommt mir befremdlich vor, dass ich eingewilligt habe, ihn in unserem alten Lieblingsrestaurant, dem Chili Choo Choo, zu treffen, wo wir in besseren Tagen oft gemeinsam zu Mittag gegessen haben. Ich mag Chili nicht einmal, was ich Teddy aber in den vier Jahren unserer Ehe nie gesagt habe. Und jetzt mag ich auch Teddy nicht mehr. Dennoch habe ich ihm zugesagt und werde die acht Straßen bis zum Restaurant laufen – vielleicht nur, weil ich noch den letzten Fitzel eines Beweises brauche, dass es wirklich vorbei ist und dass sein Fehlen an Helens Thanksgiving-Tafel kein Versehen war.

»Ich kann dir helfen, sie zu finden«, unterbricht Marcie meine Gedanken.

»Häh?«

»Deine Eltern. Ich kann sie für dich finden. Helen liebt mich. Ich kann es mir erlauben, sie Sachen zu fragen, die du vermutlich nicht mal andeuten dürftest.«

»Ich will das nicht über Helen laufen lassen. Und ich brauche auch keinen Vermittler.«

»Ich sehe mich eher als Botschafter.« Gedankenverloren runzelt sie die Stirn. »Botschafter der Pulkowski-Republik. Ich könnte mir die passende Ausstattung besorgen. Die Epauletten, die goldenen Knöpfe ... und, *ja, genau* ... einen von diesen süßen kleinen Hüten mit Krempe ...«

»Marcie, das hier ist ernst!«

Marcie rutscht ein zweites Mal von meinem Schreibtisch. »Alles ist ernst, Rosie. Um zwei hat Gil Fortinier einen Termin bei dir, denn er ist gerade aus seinem Klempner-Job geflogen. Man sollte meinen, das ist ernst, oder? Lass es mich wissen, wenn du meine Hilfe brauchst.«

Sie drückt mir anteilnehmend den Arm. Ich folge ihrer kleiner werdenden aztekischen Sonne mit Blicken zur Tür. »Danke«, rufe ich ihr nach.

Sie dreht sich stirnrunzelnd um. »Warum bleibt Ham eigentlich nicht mehr über Nacht bei dir?«

»Er meint, wir wären noch nicht so weit.«

»Wie ist denn der drauf? Ist er eine Nonne?«

»Und du?«, entgegne ich. »Bist du ein Transvestit? Glaubst du wirklich, Seans Anzughose wäre kleidsam?«

Marcie streicht mit der Hand den Hosenboden glatt. »Jetzt hörst du dich an wie Sean. Und meine Antwort an euch beide lautet Ja.« Sie tänzelt hinaus.

Ich nehme mir Gils Akte vor und versuche, mich zu konzentrieren. Gil ist einer meiner Schützlinge mit »besonderen Bedürfnissen«, die nicht in die Kategorie geistig Behinderter fallen. Mit anderen Worten: Er ist nicht zurückgeblieben. Aber Gil hat große Probleme mit seinem Gehör. Er kann einfach nicht zwei Dinge auf einmal wahrnehmen. Wenn der Fernseher läuft und gleichzeitig ein Wasserhahn tropft, könnte das Tropfen des Wassers genauso gut ein Straßenarbeiter vor Gils offenem Fenster sein, der mit einem Presslufthammer arbeitet. Störungen der Wahrnehmung wie diese faszinieren mich. Mein Problem war immer genau gegenteilig gelagert. Ich konnte immer deutlich zwei Sachen gleichzeitig wahrnehmen. Mein Problem ist es, die Wahrheit zu erkennen.

Ich blättere in Gils Akte und in anderen, und so vergeht der Vormittag. Ich denke über Marcies Angebot nach, meine flüchtigen biologischen Eltern zu finden, und über mein durch nichts zu entschuldigendes Verhalten auf dem Parkplatz vor dem 7-Eleven. Ich denke darüber nach, mit welch einer Begeisterung Helen Mickey beim Essen über den Truthahn hinweg angesehen hat. Ich denke auch über Pulkowski nach und darüber, dass er ein wenig mehr Farbe im Gesicht gehabt hat. Und hin und wieder denke ich auch über meine Schützlinge nach.

Irgendwann zeigt die Wanduhr mir an, dass es Zeit ist, mich auf den Weg ins Chili Choo Choo zu machen, wo Teddy mit Gott weiß was für einer neuen Bombe wartet, um sie mir vor die Füße zu werfen. Vielleicht ist Inga schwanger. Vielleicht möchten sie, dass ich die Patenschaft übernehme. Ich ziehe den Mantel an und gehe zum Aufzug. Marcie telefoniert gerade, winkt mir aber zu und formt mit den Lippen ein »Viel Glück!«, als ich vorbeigehe. Zweifelsohne weiß sie, wohin ich gehe. Marcie weiß alles.

Ich sehe Teddy an einem runden Tisch im hinteren Teil des Chili Choo Choo sitzen und wartend an einer Tasse Kaffee nippen. Ich sehe ihn, bevor er mich sieht, und da ist alles, was ich einmal geliebt habe: die haselnussbraunen Augen, die matte Olivenhaut, die vereinzelt abstehenden braunen Härchen über den Ohren. Er entdeckt mich und setzt sein falsches Lächeln auf, und da ist alles, was ich schon immer gehasst habe: das weichliche Kinn, all die Versprechen, mir die Sterne vom Himmel zu holen, die über diese schmalen Lippen gekommen sind, die kleinen weißen Zähnchen, die aussehen, als hätten sie sich nach dem siebten Geburtstag geweigert weiterzuwachsen.

Schalen mit Chili kreisen auf einem Transportband im Raum. Sie gleiten an seinem Kopf vorbei und verschwinden dann in einer Holzbrücke. Das hier ist ein »Themen«-Restaurant, von denen es inzwischen viele auf Long Island gibt. Teddy liebt »Themen«-Restaurants. Er liebt Themen ganz allgemein, zum Beispiel das Rechtsanwaltthema seiner angeblichen Karriere. Und bei diesem Mittagessen haben wir es vermutlich mit dem schmalzigen Thema »Wie es einmal mit uns war« zu tun, wenn es nach ihm geht. Er erhebt sich, als ich näher komme, drückt mich mehrmals an sich und klopft mir wiederholt auf den Rücken. Ich kann an nichts anderes denken, als daran, dass er es vermutlich auf die Mikrowelle zu dem bereits entwendeten Servierwagen abgesehen hat.

»Roseanna«, seufzt er, als kämen wir jetzt zu seinem großen Auftritt im Film, und ich weiß nun mit Sicherheit, dass es bei diesem Essen nicht ums Küssen und Wiedergutmachen gehen wird.

»Wie ist es dir ergangen?«, fragt er in die unaufrichtige Umarmung hinein.

»Besser«, sage ich und mache mich von ihm los.

Er rückt mir einen Stuhl zurecht, was er in den vier Jahren unserer Ehe kaum jemals gemacht hat.

»Du siehst umwerfend aus«, sagt er.

»Bitte, Teddy. Lass den Scheiß.«

Er lässt ihn. Sein Gesichtsausdruck ändert sich. Seine Augen werden dunkel und verschwommen, und er scheint weit fort zu sein, obwohl er mir gegenübersitzt.

»Wie ich höre, hast du etwas mit jemandem aus dem Supermarkt«, sagt er.

»Ich *habe* mit niemandem etwas«, entgegne ich ihm. »Und jemand, der mit der besten Freundin seiner Frau schläft, hat kein Recht, über so etwas zu sprechen.«

Teddy und ich schweigen einen Moment. Ich scheine ihm einen Dämpfer verpasst zu haben. *Jemand aus dem Supermarkt.* Wenn er wüsste, was Ham alles ist und er nicht.

»Also gut, da dir anscheinend nicht nach Small Talk zumute ist, will ich gleich zum Punkt kommen. Ich, äh, möchte eigentlich die Scheidung.«

Ich mache den Mund auf, um etwas zu sagen, doch nichts kommt heraus. Die Chilischüsseln rattern über uns hinweg. In diesem Tohuwabohu versuche ich zu erfassen, was Teddy zu mir gesagt hat. Dann schweige ich und warte auf eine Reaktion aus meinem Inneren.

»Ich bin sicher, dass dich das nicht überrascht«, fährt er fort. »In Anbetracht der Umstände. Ich dachte, vielleicht könnten wir heute ein bisschen darüber reden, wie wir unsere Verhältnisse regeln sollen.«

»Eine hervorragende Idee«, sage ich ruhig.

»Was?«

Ich werfe einen Blick auf Teddy, der verwirrt aussieht.

»Lass uns unsere Verhältnisse regeln«, höre ich mich erneut sagen.

Teddy sieht mich misstrauisch an. »Machst du dich etwa über das Wort *Verhältnis* lustig, Roseanna? Wenn es das ist, um was es dir geht …«

Armer Teddy. Die Schuldgefühle. Ich lasse ihn einen Moment schmoren. »Nein«, sage ich schließlich.

Das verwirrt ihn noch mehr. »Soll das heißen, dass du … die Entscheidung nicht anfechten willst?«

Ich schüttele den Kopf. Tränen steigen mir in die Augen.

Teddy wirkt verblüfft. Dann sieht er auf und sagt: »Ich wollte heute mit dir darüber sprechen, welche, also, welche Maßnahmen wir treffen müssen.«

Ich fahre mit dem Handrücken über meine Augen.

»Ich vermute, dass dich das nicht überrascht.«

»Nein«, sage ich und merke, dass das stimmt.

»Inga und ich haben ja jetzt dieses Haus, weißt du ...« Anscheinend meint er, er schulde mir eine Erklärung. Voller schlechtem Gewissen blickt er mich an, ändert dann aber seinen Ausdruck. »Ich habe mich gefragt, was du jetzt wohl so vorhast, mit der Wohnung und allem.«

»Was ich vorhabe?« Ich zwirbele am Rand einer Stoffserviette herum, während ich in Gedanken um eine Antwort auf Teddys Frage ringe. Was habe ich vor, jetzt, da Teddy und ich uns scheiden lassen werden? Habe ich vor, weiter ganz in der Nähe meines Exmannes und meiner ehemals besten Freundin zu wohnen und nur wenige Minuten von ihrem neuen Haus entfernt zu arbeiten? Habe ich vor, die Beziehung zu *Jemandem aus dem Supermarkt* wieder aufzunehmen – so er mich überhaupt noch haben will? Mir wird bewusst, dass ich nicht wirklich weiß, was ich mit dem Rest meines Lebens vorhabe. Nur eines weiß ich sicher, während ich meinem Mann hier im Chili Choo Choo gegenübersitze: Unsere Ehe ist vorbei.

Ich scheine an dem Restaurantstuhl festzukleben und schnappe nach Luft wie ein Fisch außerhalb des Wassers. Dann höre ich mich weinen.

Ist das so, wenn man einem Teil seines Lebens wirklich Auf Wiedersehen sagt? Teddy starrt mich entsetzt an. Er taucht in die tiefe Tasche seines Hemdes von DKNY und zieht ein Taschentuch heraus, das er mir hinhält und das ich auch annehme.

»Darf ich dich etwas fragen?«, säusele ich.

Teddy nickt und blickt leicht verängstigt drein.

»Mit welchem Geld habt ihr dieses Haus gekauft?«

Die Farbe schwindet aus seinen Lippen. »Mit Ingas Geld«, sagt er, »wenn du es wissen musst. Vorläufig zumindest.«

All diese kleinen Chipstüten, denke ich. Almost dies und Almost jenes. Ich lächle in mich hinein, und dann kann ich freier atmen. Teddy vertieft sich in die Speisekarte und runzelt die Stirn, als läse er einen Fachaufsatz. »Sobald du und ich unsere Verhältnisse auf zivilisierte Art geklärt haben«, sagt er, um sich zu rechtfertigen, »beabsichtige ich natürlich, meinen Namen in die Urkunde eintragen zu lassen und einen angemessenen Teil der Kosten zu übernehmen.«

Ich lächle erneut. Das ist das zweite Mal, dass Teddy mich gebeten hat, mich zivilisiert zu benehmen. Obwohl er es ist, der mit meiner besten Freundin in ein Haus gezogen ist, erwäge ich die Möglichkeit, dass ich diejenige bin, die unzivilisiert sein könnte. Ich, die geistig Behinderten beibringt, ihre Serviette auf dem Schoß zu falten, ihren Mantel an einen Haken zu hängen und bei Vorstellungsgesprächen dem Gegenüber höflich die Hand zu schütteln. Ich rolle einen Salzstreuer zwischen den Händen. Die Chilischüsseln rattern auf ihrer Runde weiter schaukelnd an uns vorbei, und Teddy starrt feierlich in die Speisekarte, nachdem er die schwierigste Hürde dieses Essens bewältigt hat. Es wird nicht allzu problematisch werden, nicht mehr seine Frau zu sein.

Eine Serviererin kommt mit einem Block zu uns. Sie ist jung und hübsch, in einer für Long Island typischen Weise. Der Hut eines Eisenbahningenieurs sitzt auf ihrer Hochsteckfrisur wie ein gestrandetes Fischerboot auf einer Sanddüne. Teddy lächelt sie strahlend an, und in Gedanken wandere ich zurück zu der Weihnachtsparty bei Inga. Genau so hatte er mich in jener Nacht angelächelt. Teddy löst den Blick von unserer Bedienung und sieht wieder mich an.

»Was kann ich Ihnen bringen?«, fragt die Serviererin.

»Gar nichts«, erwidere ich. Ich stehe auf, tätschle Teddy den Arm und gehe. »Wir werden unsere Verhältnisse ein andermal auf zivilisierte Art klären müssen«, sage ich zu ihm.

Der schneidende Wind lässt mich mit den Augen blinzeln, als ich die acht Straßen zurück zum Büro laufe. Ich komme an einer Frau vorbei, die einen Kinderwagen voll mit schmutzigen Fahrradreifen schiebt. Ich komme an einem schwarzen Mann mit einem gelben Labrador Retriever und einer weißen Frau mit einem schwarzen Labrador Retriever vorbei. Ich komme an Geländewagen vorbei, jeder Menge Geländewagen: Cherokees, Navigators, Range Rovers, Hummers. Fast immer sitzt eine Frau hinter dem Lenkrad, als wären diese Wagen ein Ersatz für die Männer, die sie gerne gehabt hätten – mächtige, beschützende, große Männer, die für die Frauen, die sie lieben, bereit sind, so manchen Arsch zu treten. Ich frage mich, warum ich mir nicht selber so einen gekauft habe, als ich noch mit Teddy Stracuzza verheiratet war.

Als ich wieder bei EPT bin, marschiere ich an Marcies – leerem – Platz vorbei und erspähe dann ihren stacheligen Hinterkopf im Fenster zu Seans Büro. Als ich die Tür zu meinem eigenen Raum aufmache, sitzt mein Zwei-Uhr-Termin, Gil, wie ein nasser Sandsack auf dem orangefarbenen Plastikstuhl. Diesmal ist er zu früh dran. Mein letzter Klient für diesen Tag nickt mir zu, ein deprimierter Klempner mit einer Wahrnehmungsstörung.

»Jupp«, begrüßt er mich. Die blauen Ranken einer Tätowierung schießen aus dem Kragen seines Hemdes hervor. »Ich hab Ihre Uhr da ausgemacht«, sagt er und deutet auf den Baby-Ben-Wecker, der auf meinem Schreibtisch steht. »Hoffe, das stört Sie nicht, aber der Lärm ging mir einfach auf den Sack.«

»Wie geht es Ihnen?«, frage ich und sehe ihn sorgfältig an.

Gil popelt an seiner Nagelhaut; er sieht unglücklich aus. »Die Lady legt erst 'ne Scheibe von Tony Bennett auf, und dann erzählt sie mir, was mit ihrer Spüle nicht stimmt. Ich hocke auf allen vieren in ihrer Küche, und die ganze Zeit singt der Kerl.« Gil seufzt. »Alles, was ich verstehe, ist, dass ihre Spüle in San Francisco ist. ›Sie brauchen 'ne neue Dichtung‹, ruf ich, weil ich die verdammte Musik überbrüllen muss. Die Lady fängt an zu kreischen und zu kreischen.« Er gestikuliert aufgebracht mit den tätowierten Armen – sie sind voller Totenschädel, Schwerter und Herzen, wirklich erstaunlich. »Also«, fährt er fort, »bin ich gefeuert.«

»Gefeuert?«

»Sie hat gesagt, ich soll gehen. Sagt, ich seh durchgeknallt aus.« Er reckt das Kinn ein bisschen in die Höhe.

»In den Vororten halten sie jeden für durchgeknallt«, erkläre ich ihm freundlich. »Nehmen Sie das nicht persönlich.«

Wir unterhalten uns noch eine Viertelstunde länger. Ich erinnere Gil daran, nicht vor seinen Kunden zu fluchen, doch als er bei meinem milden Tadel zusammenzuckt, höre ich auf. Es ist so viel Schmerz in dieser Welt. Kann irgendjemand von uns dem entgehen? Ich bitte ihn, in einer Woche wiederzukommen. Dann werden wir uns zusammen *Berufliche Fähigkeiten führen zum Erfolg* ansehen. Er geht in seiner Hülle aus Tinte und Leder. Ich schließe die Tür hinter ihm und mache mich auf die Suche nach Marcie.

»Ja?«, sagt sie und blickt von ihrem Computer hoch.

»Mach es«, sage ich zu ihr. »Finde sie.«

Marcie lässt einen ihrer Hosenträger schnalzen und grinst. »Schon erledigt«, sagt sie. »Aber versprich mir, dass dieses kleine Abenteuer sich nicht auf die Sache mit dem Metzger auswirkt.«

»Versprochen«, sage ich. »Außerdem ist er Geschäftsführer.«

»Gut«, sagt sie und wendet sich wieder ihrem Computer zu. »Und jetzt musst du bei dem Zahnarzt in Mineola anrufen. In der Wäscheabteilung geht es drunter und drüber. Eleanors Nachthemden werden anscheinend immer aufreizender.«

22

Sehe ich aus wie jemand, den Sie kennen?

»Zambie! Geh mal an die Tür!«, bellt Marcie. Sie klebt förmlich vor ihrem Computer, der auf dem langen, glatten Eichenschreibtisch bei ihr zu Hause steht. Wir sind bereits den ganzen Samstagvormittag im Chatroom des Little Flower Homes für unverheiratete Mütter eingeloggt und lesen die herzerweichenden Geschichten der Mutterlosen, Verlassenen und noch immer Suchenden.

»Sieh dir das mal an«, sagt Marcie und deutet auf den Bildschirm.

HI ICH SUCH NACH MEINA SCHWESTER THESHIA JONES HOFFE ES GET DIR GUT UND DU BIST GESUNT. Die Nachricht stammt von einer gewissen Shondel P. Es folgt eine noch rührendere, geschrieben von einer Frau namens theresa617. *Sehe ich aus wie jemand, den Sie kennen?* Mit eingestellt wurde das Foto einer blassen Theresa, die einen Stoffpudel in einem rot glänzenden Strampelanzug im Arm hält.

»Das ist ja deprimierend«, sage ich und erhebe mich von dem Stuhl neben Marcies. »Warum sehen wir uns das alles an? Ich *weiß*, wer meine biologischen Eltern sind. Ich weiß nur nicht, *wo* sie sind.«

Heute trägt Marcie schlabberige Baggypants im Gangsta-Stil, die mehrere Zentimeter unter ihrem spitzenbesetzten String hängen. »Das war dein Ankunftshafen«, erklärt sie. Sie redet mit mir, als wäre ich geistig zurückgeblieben. »Willst du nicht deine Kumpel aus der Nachbarschaft kennenlernen?«

»Diese Menschen sind nicht meine Kumpel!«, erkläre ich

ihr zum hundertsten Mal. »Wenn man in einem Heim für unverheiratete Mütter auf die Welt gekommen ist, heißt das noch lange nicht, dass man irgendwelche Bindungen dorthin hat.«

Das kauft Marcie mir nicht ab. Für Marcie ist es etwas Exotisches, ein elternloses Baby gewesen zu sein. Ein Heim für unverheiratete Mütter ist total altmodisch – und da kann man sich modisch inspirieren lassen. Sie kann den Blick nicht vom Bildschirm lösen. »Ich versuche nur, dir eine Perspektive zu geben«, sagt sie zum Computer. »Du bist nach Hause gebracht worden. Von deiner eigenen Mutter! Stell dir vor, du wärest die arme Theresa mit dem Pudel.«

Sean kommt mit einer Pizzaschachtel hereinmarschiert. Marcie dreht sich um und grinst ihn an. »Seanie, sieht Rosie aus wie jemand, den du kennst?«

»Tut mir leid. Nein«, erwidert Seanie nervös. Marcie weist ihn an, die Pizza am anderen Ende des Schreibtischs abzustellen. Er beugt sich mit seinem bohnenförmigen Schädel über die Schachtel, und ich stelle mir vor, wie er von einem dieser karierten Wollhüte mit Ohrenklappen und Krempe bedeckt wird, den die Mütter von kleinen Schwächlingen ihren Söhnen in der Schule aufzusetzen pflegten. Er scheint immer in denjenigen Momenten meines Lebens aufzutauchen, in denen intimste Details enthüllt werden.

»Hol uns ein paar Servietten, Zambie«, befiehlt Marcie, und mein Chef nickt nur und schlurft in die Küche.

»Ich will wissen«, erkläre ich Marcie, sobald Sean weg ist, »wie ich meine Eltern finden kann, ohne Helen oder Pulkowski zu fragen.«

»Ganz einfach«, sagt Marcie. »Indem *ich* sie frage.«

»Nein«, sage ich erneut zu Marcie. »Sie haben schon genug um die Ohren. Und ich weiß nicht mal, ob Helen und ich uns wieder grün sind oder nicht.«

»Nur, weil du sie mit ins Starbucks geschleppt hast. Klasse Aktion.«

»Weißt du eigentlich *alles* über mich?«, frage ich. »Pass auf«, sagt Marcie, nimmt ein Stück Pizza aus der Schachtel und reicht es mir. »Auf die eine oder andere Art werden wir diese Leutchen schon auftreiben. Ich habe schon eine landesweite Online-Anfrage gestartet. Man geht einfach Bundesstaat für Bundesstaat durch, und ich bin bereits bei Illinois.«

Ich lege das Pizzastück zurück in die Schachtel. »Das Problem an deiner Anfrage ist nur, dass sie vielleicht gar nicht mehr Alexa Pulkowski heißt. Sie könnte doch inzwischen einen anderen Nachnamen haben.«

»Deshalb habe ich auch mit Johnny Bellusa angefangen«, sagt Marcie. Ich spüre, wie sie mich mustert, während ich neben der Pizzaschachtel stehe. »Hey, meine Freundin, du magerst allmählich ab. Hören die Leute denn auf zu essen, wenn sie herausfinden, dass sie uneheliche Kinder sind?«

Wie auf Kommando kommt in diesem Moment natürlich Sean herein und legt einen Stapel Servietten ab. Er tut so, als habe er Marcie nicht gehört.

»Ich bin nicht unehelich«, behaupte ich laut. Aber stimmt das auch?

»Seanie, Liebster«, sagt Marcie, »kannst du Roseanna bitte ein Stück Pizza geben? Sie wird langsam zu dünn, findest du nicht auch?«

Sean wirft einen verstohlenen Blick auf meinen Körper, sagt aber nichts. Habe ich abgenommen? Ich ziehe am Bund meiner Jeans und stelle fest, dass da mehrere Zentimeter Luft sind, die vorher nicht da waren. Bin ich wirklich dünner? Mein ganzes Leben habe ich geglaubt, dass Dünnsein gleichbedeutend ist mit Glücklichsein. Soll das etwa heißen, dass ich in diesem jämmerlichen Moment meines Lebens glücklich bin? Ich lege auch das Stück, das Sean mir gereicht hat, zurück in die Schachtel.

»Ich muss los«, sage ich zu Marcie. »Ich arbeite Eleanor heute im Seacrest Diner ein.«

»*Am Sonntag?*«

Seans Augen bewegen sich wie die Früchte in der Anzeige eines einarmigen Banditen; aus dem liebeskranken Freund wird der Chef. »Sie wollen es nur so mit ihr versuchen«, sagt er. »Sie können sie nicht gebrauchen, wenn sie den Ansturm am Wochenende nicht bewältigt.«

Marcie blickt vom Computer auf. »Also hat es bei Dr. Sharpe nicht geklappt?«

»Das letzte Wort ist noch nicht gesprochen«, sage ich ihr. »Einerseits amüsieren die Zahnärzte sich köstlich über die Sache mit dem Nachthemd, auf der anderen Seite stört es sie natürlich.«

»Ich glaube, sie heckt etwas aus«, sagt Marcie, dreht ihren Stuhl zu Sean um und schlingt die Arme um seine nicht vorhandene Taille. »Baby, findest du nicht auch, dass wir alle unsere Schlafanzüge zur Arbeit anziehen sollten?«

»Ganz und gar nicht«, erwidert Sean.

Ich bin froh, dass ich zum Seacrest Diner aufbrechen kann, wo ich etwas Einfaches und Erfolgversprechendes machen darf: Ich kann Eleanor beibringen, die Tische abzuwischen, nachdem die Gäste gegangen sind. Marcies Waisenpatrouille wurde mir allmählich zu anstrengend. Sie und Seanie zusammen zu sehen ist ebenfalls nicht leicht. Zu Hause ist es auch nicht besser, weil Mickey jeden Abend anruft und über Teddy und die Scheidung sprechen möchte und darüber, wie es mir geht. Ich weiß nicht, was genau er wissen will: wie es mir mit ihm geht, mit der Scheidung oder mit der Tatsache, ein mutterloses Kind zu sein. Und ich weiß auch nicht, ob er will, dass ich ihn bitte, über Nacht zu bleiben, oder ob er froh ist, dass ich nicht protestiere, wenn er nach einem Besuch den Mantel anzieht und meine Wohnung verlässt. Es ist eine verwirrende Zeit in meinem Leben. Eleanor dabei zuzusehen, wie sie mit kreisenden Bewegungen die Tische abwischt, hat etwas Beruhigendes.

Im Seacrest folge ich einer Serviererin, die sich mit den Ellbogen einen Weg durch den üblichen Wochenendtrubel bahnt und bei den Tischen nach Eleanor Ausschau hält. Ich entdecke den breiten, gebeugten Rücken meines Schützlings an einem Fenstertisch. Der Tisch, den sie schrubbt, sieht sauber genug aus, um darauf eine Blinddarmoperation durchzuführen. Sie ist hübsch anzusehen in der rosa Bluse und der weißen Schürze. Als sie aufsieht, bedenkt sie mich mit ihrem berühmten Halbmondlächeln. »Du machst hier gute Arbeit«, sage ich ihr und bewundere ihr Werk.

»Ich bin die Beste«, erwidert sie mit von der Anstrengung geröteten Wangen. »Das hat mir Mrs Bingle gesagt.«

»Wer ist Mrs Bingle?«

Eleanor wischt sich mit dem Gummihandschuh ein paar verirrte Ponysträhnen aus dem Gesicht. »Meine Leiterin.«

»Leiterin von was?«, frage ich leicht beunruhigt. Gibt es andere Sozialdienste, die mit Eleanor arbeiten und von denen ich nichts weiß?

»Na, von der Integrativen Theatergruppe!«, ruft Eleanor, als würde ich mich besonders dumm anstellen. Eine ältere Frau am Tisch hinter uns dreht den weißen Schopf.

»Das ist ja klasse, Eleanor. Ich wusste gar nicht, dass du in einer Theatergruppe bist.«

»Bin ich.« Eleanor klatscht in die Gummihände. »In der Integrativen Theatergruppe!« Die alte Frau sieht uns neugierig an. Ihr Haar ist mit Haarspray zu einem Nest aufgetürmt und steif wie ein Osterkörbchen.

»Ich singe! Ich mache mit bei der Vorführung! Alle aus der Wohngruppe, die wollen, sind dabei.« Eleanors Wangen röten sich noch mehr, als sie ihren Schwamm fallen lässt, die Schultern zurückwirft und tief einatmet. Dann schmettert sie los, und zwar so laut, dass das Gebäude einzustürzen droht:

Give my regards to Broadway!
Remember me to Herald Square!
Tell all the gang at Forty-second Street
That I will soon be there!

Sie hält wirklich gut den Ton. Köpfe fahren herum, und jetzt kommen sogar die Köche aus der Küche, um zu sehen, was hier draußen vor sich geht.

Whisper of how I'm yearning!
To mingle with the old time throng!
Give my regards to old Broadway
And say that I'll be there e'er long!

»Das ist sehr schön, meine Liebe«, sagt die alte Frau und applaudiert über ihrem leeren Teller.

»Es geht noch weiter«, informiert Eleanor sie. Sie dreht sich wieder zu mir um und fragt: »Soll ich weitermachen?«

»Teufel auch, ja!«, ruft einer von den Köchen, ein dickbauchiger Mann mit einem Fleck auf der Schürze, der an eine Zielscheibe erinnert.

»Wir wollen hier in Ruhe essen«, grummelt ein Mann an Tisch sechs, doch jemand an der Theke brüllt: »Wunderschön!«, und der Koch winkt mit dem Pfannenwender. Eleanor genießt den Moment. Sie nimmt das Lob hoch erhobenen Hauptes entgegen, eine Lektion für uns alle.

Während Eleanors Kleinbus auf dem Rückweg zu ihrer Wohngruppe ist, rufe ich dort an, um mehr über diese Integrative Theatergruppe herauszufinden. Wie sich herausstellt, ist Mrs Bonnie Bingle eine Ehrenamtliche, die selbst einmal Theater gespielt hat. In einem Monat werden sie ein Stück mit dem Titel *Nicht ohne mich* aufführen. Ich kritzele den Termin in meinen Kalender und mache mich auf den Heimweg. Ich versuche hartnäckig, dem sexfreien Abend mit Mickey freudig entgegenzusehen. Wie üblich kommt er, um mich zu bekochen. Er wird wieder Fleisch zubereiten, das er aus der Arbeit mitbringt, als glaube er, es sei ein Allheilmittel, ein Stück Fleisch zu braten. Nach dem Essen wird er dann den Mantel anziehen, mich wirklich lieb an sich drücken und gehen. Anscheinend meint er, ich brauche immer noch eine Auszeit. Vielleicht ist er aber auch nicht scharf darauf, noch einen meiner Anfälle wie den vor dem 7-Eleven mitzuerleben.

Ich rufe ihn vom Auto aus an, um zu sehen, ob er schon in der Wohnung ist. Ist er. Ich sage ihm, dass ich aus dem Seacrest Diner komme, nicht aber, dass ich den Nachmittag bei Marcie verbracht habe.

»Ich hätte deinen Schützling auch gern singen gehört«, sagt er.

»Willst du über Nacht bleiben?«, frage ich.

»Vielleicht.«

Er wird nicht bleiben. Ich bin mir sicher.

Zu Hause in Ronkonkoma treffe ich ihn in der Küche an, wo er bei eingeschaltetem Radio das Abendessen kocht. Er hat noch den Anzug von der Arbeit an, und sein Schlips baumelt gefährlich nahe über dem Roastbeef, das er im Ofen brutzelt. »Ich habe vergessen, am Telefon danach zu fragen. Bist du heute Morgen bei Marcie gewesen?«, fragt er, schließt die Ofenklappe und lächelt mich an. Seine Wangen sind von der Hitze gerötet, aus dem Radio tönt ein verheißungsvolles Liebeslied. Er ist ein wirklich guter Mann, der mir nur aus dem einen Grund ein leckeres Essen kocht, weil er mich vielleicht liebt. Warum sollte er also nicht über Nacht bleiben?

»Sie hat das Little Flower Home für unverheiratete Mütter ausfindig gemacht«, antworte ich und stelle meine Aktentasche ab. Ich wünschte, er würde zu mir kommen und mich umarmen, doch er tut es nicht. Doch dann fällt mir eine Frage ein.

»Findest du, dass ich dünner aussehe?«

»In meinen Augen hast du immer großartig ausgesehen«, sagt er.

In Augenblicken wie diesen vermisse ich Teddy. Er hätte es mir gesagt, wenn ich wirklich dünner ausgesehen hätte. Er hat ja auch nie gezögert, es mir mitzuteilen, wenn ich fetter geworden bin. Da kommt mir plötzlich eine Idee. »Beweg dich nicht vom Fleck«, sage ich zu Mickey.

Ich renne ins Schlafzimmer, mache die Tür zu und schließe ab. Ich ziehe am Bund meiner Jeans, bevor ich sie aufmache. Die paar Zentimeter Luft sind immer noch da. Ermutigt ziehe ich die oberste Schublade auf und fange an, nach den roten Dessous zu suchen. Ich reiße mir die Kleidung vom Leib und lasse sie in einem Bündel auf dem Boden liegen. Dann schlängele ich mich in den String. Dieses Mal gleitet die dünne Spitze geschmeidiger über meine Hüften. Es geht entschieden leichter. Ich hake den BH zu und bemerke, dass weniger Lava aus den Vulkanen quillt. Es tritt schon ein wenig Material über den Rand, aber eben nicht so viel. Das kann man sagen. Ehrlich!

»Du meine Güte!«, rufe ich ins Leere. Ich spurte zum Wandschrank, reiße die Tür auf und betrachte das Ergebnis im bodentiefen Spiegel.

Ich höre mich nach Luft schnappen. Die Frau im Spiegel sieht gut aus. Wirklich, wirklich gut. Gut bedeutet, nicht zu fett. Gut bedeutet, dass der String nicht mehr zwischen weichem Schwabbelfleisch verschwindet, sondern auf den fast wieder sichtbaren Hüftknochen aufliegt.

Ich drücke die Hände auf die Brüste und spüre, wie sie sich über dem BH wölben. Mein Bauch wackelt kein bisschen! Wäre ich lesbisch, ich wäre in mich verliebt. Ich sehe sexy aus, ich bin echt scharf, ich sehe großartig aus! Freude durchströmt mich wie eine Transfusion. Ich bin nicht gerade das, was in der *Cosmopolitan* als »rank und schlank« bezeichnet wird, aber ich bin auch nicht fett. Überhaupt nicht.

Ich beschließe sofort, Mickey meinen neuen Leib zu zeigen. Ich bin es leid, allein zu schlafen, und ich vermisse seinen starken Körper neben meinem. Ich vermisse sogar seine Koteletten. Er liebt mich vielleicht so, wie ich bin, aber so wie ich jetzt bin, bin ich einfach *besser!* Ich reiße die Schlafzimmertür auf, stehe auf der Türschwelle und nehme die

Schultern zurück, genau wie Eleanor, bevor sie ihr Lied geschmettert hat. Dann renne ich zum Wandschrank zurück und hole meine nuttigsten Schuhe hervor. Es sind vorne offene Stöckelschuhe, und ich schlüpfe schnell hinein. Wieder sehe ich in den Spiegel. Ich sehe sogar noch schärfer aus! Ein zweites Mal nehme ich die Schultern zurück und stolziere Richtung Küche. Die Musik dröhnt jetzt laut. Jemand singt zum Radio. »Shake it like a Polaroid picture!« singt die Stimme. Aber Moment mal, das kann doch nicht Mickey sein, der da singt. Das ist die Stimme einer Frau. Und ich gehe genau auf sie zu mit meinem BH, meinem String und meinen Stöckelschuhen.

»Rosie!« entfährt es Marcie, die ihr Weinglas ein bisschen zu heftig abstellt.

»Aaarrg!«, rufe ich und bedecke mich wie Eva im Paradies.

»Hui«, höre ich Mickey sagen.

Sean, der mit seiner Yankees-Kappe am Küchentisch sitzt, sagt gar nichts.

»Siehst du, Seanie?«, stellt Marcie fest. »Ich hab dir doch gesagt, dass sie dünner aussieht.«

»Wann seid ihr beide denn gekommen, verdammt noch mal?«, kreische ich und lege mir völlig sinnlos ein Geschirrtuch um die Schultern.

»Vor einer Minute«, sagt Marcie. »Ich dachte, es interessiert dich vielleicht, dass ich deinen Vater gefunden habe.«

23

Gutes, altes Cape Cod

Er bleibt wirklich über Nacht, aber mir ist nicht nach Sex zumute, nicht mehr. Ich bin wie besessen. Ich werfe und wälze mich im Bett herum. Ich knipse die Lampe an und aus. Ich reiße die Decken an mich.

»Ich fahre zu ihm«, eröffne ich Mickey schließlich und setze mich im Bett auf. »Ich nehme meinen Urlaub. Dann habe ich genug Zeit, um zu ihm zu fahren und …, na ja, was auch immer.«

Mickey liegt auf der Seite, das Kinn in die Hand gestützt, und runzelt die Stirn. »Bist du sicher, dass du das willst, Rosie? Schließlich hast du gerade erst herausgefunden, wo er sich aufhält.«

»Findest du nicht, dass ich lange genug auf ein Treffen mit ihm gewartet habe?«

»Ja, aber wir wissen ja nicht, ob er bereit ist, *dich* zu treffen, Rosie.«

»Meinst du, ich sollte ihm zuerst schreiben? Ihm eine Partyeinladung schicken? ›*Einladung zu einem Wiedersehen mit Ihrer unehelichen Tochter! Zeit: 15:00 Uhr! Datum: So bald wie möglich! Bringen Sie ein Geschenk mit! Bringen Sie zweiunddreißig Geschenke mit!*‹«

Mickey seufzt. »Könnte es sein, dass du ein bisschen sauer auf ihn bist?«

Ich richte mich auf, die Decken rutschen von meinem nackten Körper. »Ich bin nicht sauer auf ihn! Ich bin nur einen Tick enttäuscht. Er hat eine Tochter, die er nie gesehen hat! Er hat ein *Kind,* verdammt! Findest du nicht, dass er sein Kind hätte suchen sollen?«

Ein schmaler Streifen blassen Mondlichts fällt auf Mickeys Stirn und lässt ihn besorgt aussehen.

»Weißt du überhaupt, wo Cape Cod ist? Wäre es nicht besser, mit jemand zusammen dorthin zu fahren?«

»Dafür gibt es schließlich Karten«, sage ich. »Und Routenplaner.«

»Rosie«, seufzt er. »Komm mal her.« Ich gestatte ihm, mich in die Arme zu nehmen, und kuschele mich in die Laken und an seine warme Haut. »Soll ich dich nicht begleiten?«

»Nein.«

Ich habe zu schnell geantwortet; vermutlich habe ich ihn verletzt. Ich versuche, das Thema zu wechseln. »Es war so erniedrigend heute Abend«, sage ich, »dass Marcie und Sean hereingeplatzt sind, als ich in der Unterwäsche da stand.«

Mickeys Atem streicht über meinen Kopf, aber er sagt nichts.

»War das nicht schlimm?«, frage ich.

Er atmet laut aus, bevor er antwortet. »Weißt du, was schlimm ist, Rosie? Schlimm ist, dass du mich nicht an deinem Leben teilhaben lassen willst.«

»Das ist doch lächerlich«, sage ich, obwohl ich weiß, dass es das nicht ist. »Du liegst doch hier in meinem Bett. Ich habe dich gebeten, über Nacht zu bleiben. Wir kuscheln.«

»Solange wir uns nicht zu nahe kommen.« Seine Stimme klingt leise und traurig. Wie schlimm, dass er recht hat. Ich habe das Gefühl, ihm eine Erklärung zu schulden, ganz egal was für eine schlechte.

»Es ist ja nicht so, dass ich dich nicht bei mir haben will. Aber es ist noch nicht lange her, dass meine Ehe in die Brüche gegangen ist. Das hast du selbst gesagt. Ich brauche einfach Zeit, um meine Gedanken zu sortieren und klarzukommen.«

»Mag sein«, meint Mickey. »Aber wir sind jetzt schon ein paar Monate zusammen, Rosie. Und wir hatten unsere Auszeit. Jetzt passieren wichtige Dinge in deinem Leben. Und du willst nicht, dass ich daran teilhabe.«

»Und du willst mir deine Wohnung nicht zeigen«, kontere ich. Ein armseliger Versuch.

Ich setze mich wieder auf und sehe ihn an. Der Lichtstrahl ist weitergewandert und umrahmt jetzt wie ein Heiligenschein seinen Kopf. »Geht es dir darum, dass ich meinen Vater allein finden will? Denn wenn es so ist, Mickey, dann verstehe ich ehrlich gesagt nicht, warum du das nicht nachvollziehen kannst.«

Mickey schüttelt bedächtig den Kopf. »Darum geht es nicht. Nicht nur darum.« Ich beobachte ihn, wie er mein Bett verlässt; sein mondbeschienener Rücken erinnert an einen aufsteigenden Wal. Er fährt mit einem starken Arm in den Bademantel, den er bei mir gelassen hat. »Ich will nicht nur ein Lückenbüßer sein, Rosie«, sagt er. »Dafür liegt mir zu viel an dir.«

»Wovon redest du?«, frage ich, doch ich weiß genau, wovon er redet. Er redet davon, dass er sich von Rosie Plow nicht geliebt fühlt. Tue ich ihm dasselbe an, was Teddy mir angetan hat?

Ich strecke ihm die Arme entgegen. Er setzt sich auf die Bettkante und erlaubt mir, ihn zu umarmen.

Sein Atem streift meinen Nacken, dann macht er sich vorsichtig los von mir.

»Gehst du?«

Mickey nickt. »Ruf mich an, wenn du dort bist.«

Laut dem Routenplaner dauert es fünf Stunden und zwölf Minuten. Zweihundertneunundsiebzig Meilen liegen zwischen Ronkonkoma und meinem Vater. Es ist 9 Uhr 45 morgens, und Cape Cod sieht im beginnenden Winter aus wie das Set für einen Weltuntergangsfilm; alles ist windzerzaust und verlassen, als erwarte man die Ankunft einer Flutwelle oder auch Godzilla. Die zarten Windmühlenflügel eines Minigolfplatzes drehen sich auf einer verlotterten Touri-Anlage in Buzzards Bay. Ich komme an Quik Marts vorbei, an Go-Cart-Bahnen, Hummer-Verkaufsständen und verlassenen Parkplätzen, und ich entdecke wenig von der Romantik, die ich vom Feriendomizil der Kennedy-Familie erwartet hätte. Das könnte am Tag liegen, der winterlich, trüb und schneefrei ist. Das könnte auch an der Tatsache liegen, dass ich seit fünf Uhr früh unterwegs bin, nachdem ich hastig ein paar Klamotten in meine Sporttasche geworfen habe (genau wie Teddy, als er ging. Wie viel leichter fällt es mir jetzt, mich ohne Schmerz daran zu erinnern!). Dann habe ich Ronkonkoma mitten in der Nacht verlassen.

Als Mickey gegangen war, gab es keine Hoffnung mehr auf Schlaf. *Jetzt hast du den einzigen Mann weggeschickt, der dich jemals geliebt hat!,* hat eine Stimme in meinem Kopf geschrien, lauter als Helen, lauter noch als ein Prediger der Pfingstgemeinde. Ich bin mir nicht sicher, ob meine Hast, um fünf Uhr früh aufzubrechen, ausschließlich mit der Suche nach Johnny Bellusa zu tun hatte. Ich sehnte mich danach, meinem leeren Schlafzimmer zu entfliehen.

Aber egal. Wenn ich meinen Vater gleich finde, kann ich fünf Tage mit ihm verbringen. Ich kann früh genug nach Long Island zurückfahren, um meinen anderen Vater zu seinem Termin beim Onkologen zu begleiten. Ich kann für Pulkowski da sein, so, wie auch er immer für mich da war. Und vielleicht kann ich sogar die Sache mit Mickey zum Guten wenden.

Ich werfe einen Blick auf das verknitterte Stück Papier auf dem Beifahrersitz, auf das Marcie ihre Notizen gekritzelt hat. John Leonard Bellusa ist 1954 im Holy Innocents Hospital in Kings Park im Bundesstaat New York zur Welt gekommen. Mutter: Rose Annunziata. Vater: Anthony Bellusa. Meine Großeltern väterlicherseits. Bin ich nach meiner Großmutter väterlicherseits benannt worden? Waren die Bellusas und Teddys Eltern womöglich *paesanos,* Landsleute?

Es war zu spät, das herauszufinden. Für vieles war es nun zu spät.

Ich halte vor einem Dunkin' Donuts, um einen dritten Kaffee zu trinken. Ich weiß, dass ich absichtlich herumtrödele. Die Wahrheit ist, dass ich ein bisschen Angst habe. Als zwischen meinem Auto und Woods Hole nur noch weniger als einhundert Meilen liegen, beginne ich, mich zu fragen, wie dieses Wiedersehen wohl ablaufen wird. Bin ich darauf vorbereitet, diesen Vater zu treffen, den ich noch nie gesehen habe? War es nicht das, was Mickey versucht hat, mich zu fragen? Ich lasse mich an einem Tisch am Fenster nieder, schlürfe meinen Kaffee und beobachte die vorbeifahrenden Autos.

Whisper of how I'm yearning!
To mingle with the old time throng!

Wie ich mich danach sehne! Wie ich mir wünsche, wieder zu der alten Bande zu gehören! Eleanor hatte diese Zeilen mit solch einer Inbrunst gesungen. Ich rapple mich hoch und gehe zur Tür. Eine verschlafene Serviererin lächelt mich an.

»Bis bald«, sagt sie.

Der Karte zufolge, die mein Computer heute Morgen um 4 Uhr 30 ausgedruckt hat, geht es von hier aus immer geradeaus nach Woods Hole. Dann muss ich nur noch die Adresse finden. Die Suchmaschine, die Marcie benutzt hat, hat einen Staat und eine Stadt ausgespuckt, aber nicht den Namen der Straße, in der John Bellusa wohnt. Ich werde mich wohl einfach durchfragen müssen, wenn ich dort bin. Wie ist er überhaupt in Woods Hole gelandet? Alles Fragen, die ich hätte aufschreiben sollen. Ich pflüge mich durch dieses Wiedersehen, wie ich mein ganzes Leben durch alles mögliche gepflügt bin.

Charmante, mit Fensterläden versehene Cape-Häuser und mit weißen Schindeln verkleidete Kirchen gleiten links und rechts vorbei. FALMOUTH steht auf einem grünen Schild. Malerische Souvenirshops tauchen plötzlich gehäuft auf. Einige von ihnen sind während des Winters geschlossen, andere verkaufen Süßigkeiten, Fingerhüte und Fahnen, welche die Leute sich über die Eingangstür hängen und durch die sie mit Häschen, Schneeflocken oder Labrador Retrievern auf die nächsten Ferien hinweisen. Der Beschilderung zufolge ist der nächste Ort Woods Hole. Ich komme an einem Meeresforschungsinstitut vorbei, das diesen Namen trägt.

Bald macht die Straße eine Biegung nach links, und die baumreichen Wohnviertel geben die Aussicht auf das Meer frei. Ich blicke über die Bucht und sehe in der Ferne eine gewaltige Fähre und an der Küste daneben einen riesigen Parkplatz mit glitzernden Autos. Die Straße biegt nach rechts ab, und ich komme an einigen Restaurants, einer Post aus roten Backsteinen und einem Buchladen vorbei. Einwohner von Woods Hole eilen mit hochgeschlagenem Kragen von einer Tür zur nächsten, die Gesichtshaut spröde vom Wind oder auch vom Salzwasser, wer weiß. Ist das Gesicht meines Vaters wohl vom Salzwasser spröde geworden? Wie lange lebt er schon hier? Gehört ein Junge mit einem Namen wie Johnny Bellusa nicht einfach nach Long Island?

Eine Linkskurve kurz vor einer kleinen Brücke bringt mich zu dem Parkplatz an der Fähre nach Martha's Vineyard. Ich finde einen Platz, stelle den Motor aus und sitze da. Es kann sein, dass ich meinem Vater körperlich noch nie so nahe war. Würde ich ihn erkennen, wenn er aus dem Wagen neben mir stiege, wenn er im Dorf an mir vorbeiginge?

Als es im Auto zu kalt wird, schließe ich es ab und gehe hinüber zum Sea Shanty, das ich auf der anderen Straßenseite erspäht habe. Man kann dort frühstücken und zu Mittag essen. Eine Kuhglocke bimmelt über der zerbrechlichen Tür des Windfangs, und drei über ihren Kaffee gebeugte Gäste drehen sich am Tresen nach mir um. Die nackten Holzwände und die grob behauenen Deckenbalken verleihen dem Raum etwas klaustrophobisch Enges. Neben der Eingangstür stehen einige Tischchen, und ich setze mich an einen davon. Eine müde aussehende Frau mit Söckchen und Sneakers schleppt sich herbei und reicht mir die Karte.

»Danke«, sage ich und lächle nervös, als hätte ich mich in ihrer Stadt bereits eines Vergehens schuldig gemacht. Sie entgegnet nichts. Ich starre auf die Frühstücksangebote, ohne sie wirklich zu lesen; das »Ahoi Matrose« mit drei Eiern, das »Anker lichten!« mit zweien und gehacktem Corned Beef und das »Leichte Fahrt voraus!«, zu dem es nur Hüttenkäse und Obst gibt. Ich bestelle das »Anker lichten!«, obwohl ich vermutlich noch nie im Leben Corned Beef gegessen habe. Ich blicke der abziehenden, erschöpften Serviererin nach, deren blondiertes Haar die gleiche Farbe hat wie ihre verwaschene orange Caprihose. Ich habe sie nicht nach Johnny Bellusa gefragt. Ich werde es vermutlich auch nicht tun. Plötzlich wünsche ich mir, Mickey wäre hier bei mir, oder Helen, was vielleicht noch besser wäre. Helen würde das Kind schon schaukeln. Und Mickey würde ich erlauben, mich nach Hause zu bringen.

Ich kaue auf dem Toast herum, ohne etwas zu schmecken. Ich zerteile das Hackfleisch und zermatsche die Eigelbe mit der Gabel, damit es so aussieht, als hätte ich etwas gegessen. Ich verdiene es nicht, dass Mickey mich nach Hause bringt. Und ich habe nichts damit erreicht, so weit von ihm fort zu eilen. Ich gebe der Serviererin ohne ein Wort einen Zehn-Dollar-Schein, ohne dass der Name Johnny Bellusa mir über die Lippen kommt. Sie winkt matt, als ich gehe. Ich habe keine Ahnung, wie ich weiter vorgehen soll.

Ich schlage den Kragen hoch, als ich auf die Straße trete, und schlendere durch das Dorf. Eine Woge des Ärgers und der Ungeduld durchfährt mich, das Einzige, was mich an diesem bitterkalten Vormittag wärmt. Der Wind dringt durch die Nähte meines Mantels und bläst mir ebenso ins Gesicht wie jedem Bewohner dieses Küstenortes. Was *macht* Johnny

Bellusa hier? Was mache *ich* hier? Und warum habe ich niemanden um Hilfe gebeten?

Ein Jugendlicher mit rasiertem Kopf und Ketten an den ausgebeulten Hosen kommt mir auf dem nahezu leeren Gehweg entgegen. Einer Eingebung folgend stelle ich mich ihm in den Weg und schaffe es schließlich, den Mund aufzumachen. »Entschuldige«, sage ich, »kennst du jemanden, der John Bellusa heißt?«

Das weiche Gesicht des Jungen sieht unglaublich jung aus, obwohl er sich als Halbstarker verkleidet hat. Überrascht zuckt er mit den Schultern und fragt: »Wow, ist das hier eine Reality-Show oder so was?«

»Ich suche einfach nur nach jemandem, der hier wohnt und der John Bellusa heißt.«

Der Junge sieht enttäuscht aus. Nie erlebt er etwas in Woods Hole. Achselzuckend sagt er: »Ich glaube, mein Alter hat seine Veranda von Bellusa bauen lassen.«

»Bauen lassen? Von einer Baufirma?«

»So was in der Richtung«, sagt der Junge und schiebt dann ab. Seine Hosenbeine blähen sich wie Segel.

Mit klopfendem Herzen stürze ich zur Post und halte nach einem Telefonbuch Ausschau. Im hinteren Teil finde ich ein zerfleddertes Exemplar, das mit einer Kette an einem Münzfernsprecher festgemacht ist. Zuerst blättere ich im normalen Telefon, dann in den Gelben Seiten. Ich suche unter Umbauten, unter Zimmererarbeiten und werde schließlich unter Baufirmen fündig: TIP TOP BAUTEN, ZIMMERERARBEITEN UND RENOVIERUNGEN: KEIN AUFTRAG IST UNS ZU GROSS, KEINER ZU KLEIN. JOHN BELLUSA, ZIMMERERMEISTER. Meine Hände zittern, als ich Telefonnummer und Adresse notiere. Ich stoße den Atem aus, den ich angehalten hatte, werfe ein paar Münzen ein und wähle. Ich atme so laut aus, dass die Frau am Schalter zu mir herübersieht. Ich schenke ihr ein liebenswürdiges Lächeln.

Es überrascht mich nicht, nur den Anrufbeantworter dranzuhaben. Es ist zwölf Uhr mittags an einem Montag, ein Zeitpunkt, an dem alle guten Zimmerleute bei der Arbeit sind. Ich bin aber überrascht, als ich die Stimme höre, eine warme, tiefe Männerstimme, eine Stimme mit einem Hauch Long Island darin, die Stimme meines Vaters.

Sie haben die Nummer von Tip Top Bauten gewählt. Kein Auftrag ist uns zu groß, keiner zu klein, ob Renovierungen oder Zimmererarbeiten.

Der Mann spricht die Vokale hart aus, ganz wie ein New Yorker. Die Nachricht endet mit den üblichen Worten:

Bitte hinterlassen Sie Name und Telefonnummer, wir rufen so bald wie möglich zurück.

Meine Hand umklammert den Hörer. Soll ich eine Nachricht hinterlassen? Womit soll ich anfangen? Ich knalle den Hörer auf die Gabel. Wieder starrt die Frau vom Schalter herüber. Mit dem kostbaren Stück Papier in der Hand stürze ich aus dem Postgebäude.

Draußen auf der Straße zittere ich. Ich hätte eine Nachricht hinterlassen sollen, doch was hätte ich sagen sollen? *Hi, hier spricht Roseanna Plow. Erinnern Sie sich an Alexa Pulkowski? An das Kind, das sie gekriegt hat? Tja, nun raten Sie mal, wer hier ist?* Das kann ich nicht. Was bleibt mir also übrig? Ich bin nicht der Typ, der ein Haus umschleicht und darauf wartet, dass jemand herauskommt. Wenn Marcie hier wäre, würde ich es vielleicht tun. Aber was, wenn er eine Frau hat? Was, wenn kleine Halbbrüder und Halbschwestern draußen im Garten auf einer Schaukel spielen? Will ich wirklich mit meinem New Yorker Nummernschild vorfahren und aus dem heruntergelassenen Seitenfenster herausgaffen? Habe ich eine andere Wahl? Ich gehe wieder Richtung Auto.

HARTE SCHALE, WEICHER KERN – KRABBENIMBISS

steht auf einem knallroten Schild über meinem Kopf zu lesen. Ich ziehe die Tür auf und trete ein. Ich will nicht zum Wagen gehen. Ich muss nachdenken. Und dieses Mal muss ich wirklich etwas essen. Es ist zwölf Uhr, und seit ich von Long Island aufgebrochen bin, habe ich noch nichts zu mir genommen außer Kaffee und einer Scheibe Toast. Meine Hände sind kalt, und ich zittere noch immer.

»Mittagessen?«, fragt eine freundlich aussehende Frau, und als ich nicke, führt sie mich zu einem kleinen Tisch mit Blick auf die Straße. »Einen Kaffee zum Aufwärmen?«, fragt sie, und ich nicke erneut, obwohl das ungefähr meine achtzigste Tasse sein wird.

Die Frau betrachtet mich besorgt. »Ich geh und hol Ihnen welchen, meine Liebe«, sagt sie und drückt meine Hand, als wüsste sie Bescheid. Ich blicke aus dem Fenster, meine geballten Fäuste liegen auf dem rot-weiß-gemusterten Tischtuch.

Die Serviererin kommt mit dem Kaffee und der Speisekarte wieder, und dieses Mal schlage ich die Karte gar nicht erst auf, bevor ich meine Frage gestellt habe: »Kennen Sie hier zufällig jemanden, der John Bellusa heißt?«

Die blauen Augen der Frau scheinen dem Flug eines Kolibris zu folgen. Sie bewegen sich so schnell, dass ich weiß, sie kennt meinen Vater. Sie runzelt kurz in Gedanken die Stirn, sodass ihre Lachfalten zum Vorschein kommen. Sie ist mindestens fünfzig, doch ihre Augen sind wunderbar und ihr blondes Haar ist so schön wie das einer Zwanzigjährigen. »Meinen Sie den Zimmermann?«, fragt sie.

Ja! Ja, ich meine den Zimmermann!, brülle ich in Gedanken. »Ich glaube schon«, sage ich stattdessen zu ihr, in der Hoffnung, ruhig, beherrscht und nicht zu eifrig zu klingen. Die Serviererin lächelt wissend.

»Sie suchen also nach Johnny, meine Liebe?«

Johnny. Die Serviererin nennt meinen Vater Johnny.

»Na ja …«

Doch! Genau den!, brüllt die Stimme in mir.

»Äh, ja, ich glaube schon.« Ich nehme einen großen Schluck von dem heißen Kaffee, ohne vorher Milch hineinzugeben. Er verbrennt mir die Lippen und stürzt in meinen übersäuerten Magen hinunter. Die Frau betrachtet mich noch immer, als wäge sie ab, was sie mir als Nächstes erzählen soll.

»Sie bauen gerade ein Haus drüben in Albatross«, sagt sie. »Aber Sie wissen vermutlich nicht, wo das ist, nicht wahr? Wo Sie doch nicht von hier sind und so.«

Ich wäre am liebsten sofort aufgesprungen. »Wissen Sie, wo es ist?«, frage ich. »Können Sie's mir beschreiben?«

Wieder drückt sie meine Hand, und ihre warme Handfläche ruht auf meinen eisigen Knöcheln. »Warum essen Sie nicht erst mal was?«, sagt sie. »Und dann zeig ich's Ihnen.«

Ich würge das Hummerbrötchen runter, das sie mir empfohlen hat. Als mein Teller leer ist, belohnt sie mich mit einem gefalteten Platzset, auf dessen Rückseite sie die Wegbeschreibung zur Albatross Lane notiert hat.

»Danke«, schniefe ich, und einmal mehr treten mir diese blöden Tränen in die Augen. Fast hätte ich sie umarmt.

Sie drückt meinen Arm, als ich im Mantel neben der Tür stehe. »Passen Sie auf sich auf, meine Liebe«, sagt sie. Sie dreht sich in einem Wirbel aus blonden Haaren um, und weg ist sie.

Die auf das Platzset gekritzelte Wegbeschreibung führt mich über holprige Straßen am Meer entlang. Zu meiner Rechten erstrecken sich die Strände, zu meiner Linken sehe ich große Häuser auf oder in den Sanddünen. Als ich über das Wasser blicke, meine ich fast, am Horizont kleine Inseln zu erkennen. Martha's Vineyard? Nantucket? Oder täuscht das? Ich habe keine Ahnung. Ich komme zur nächsten Abfahrt, auf eine Straße Richtung Heron, die mich zu einem Haus bringen wird, das in Albatross gebaut wird. Die mich zu meinem Vater bringen wird. Der die Frau hinter dem Steuer des Wagens mit New Yorker Kennzeichen betrachten wird und … ja, und was dann?

Etwas zu hastig fahre ich rechts ran und halte auf einem Streifen Sand. Müdigkeit macht sich in jedem Muskel meines Körpers breit. Ich lege die Stirn aufs Steuer. Nur das Adrenalin hält mich wach. Es drängt mich, den Kopf wieder zu heben, die Sonnenblende herunterzuklappen und mein Makeup im Spiegel zu kontrollieren. Das Gesicht, das mich ansieht, wirkt so aufgewühlt wie das winterliche Meer. Das kastanienbraune Haar ist windzerzaust. Die Haut ist leichenblass. Da bin ich, eine zweiunddreißigjährige Frau, die am Rand einer Schotterstraße angehalten hat und für einen Vater, den sie nie zuvor gesehen hat, Rouge aufträgt.

24
Hey! Wo soll's denn hingehen?

In der Wintersonne glänzt ein weißer Pick-up. Er parkt neben dem Rohbau eines Hauses, das auf einem kleinen Hügel über dem Meer entsteht. Das Haus ist ein riesiger Kasten aus Holz, lauter Pfeiler und Erker. Wenn alles fertig ist, wird es auch Gauben, Dachfenster und sogar ein Türmchen haben. Ich stelle mir vor, wie ein reicher Arzt oder ein wohlhabender Anwalt seine Familie hierher zwischen all die Kleinstädter verpflanzen wird, damit sie ihre langen, sonnigen Wochenenden hier verbringen.

Ich sitze da und warte. Die Autotüren sind verriegelt, als wolle ich mich davor schützen, was als Nächstes kommt. Der Wind treibt den Geruch nach Sägespäne und Salz durch meine undichten Fenster. Ich höre, wie drinnen jemand werkelt. Ein Hammer schlägt im Stakkato. Bumm! Bumm! Bumm! Ich atme tief ein und luge zwischen die Kanthölzer, auf der Suche nach dem Hämmernden. Nichts. Ich klappe die Sonnenblende herunter, um noch einmal schnell in den Spiegel zu schauen. Meine Wangen glühen von der künstlichen Röte. Ich habe das Rouge aufgelegt, als handele es sich um einen Balsam, eine Tarnung, ein Produkt, das mich verwandelt – aber in was?

Was wünscht sich ein Mann zu sehen, wenn eine Frau auf ihn zukommt und sagt, sie sei seine Tochter? Möchte er jemanden sehen, der ihm ähnelt? Oder möchte er lieber das Kinn und die beeindruckende Augenfarbe seiner vergessenen Liebe sehen? Ich reibe mit Spucke über meine Wangenknochen und versuche, das Rouge wegzubekommen. Möchte er, dass seine Tochter hübsch ist? Oder sexy? Daran scheint mir etwas verkehrt zu sein. Frauen sollen in den Augen ihrer Liebhaber sexy sein, nicht in denen ihrer Väter. Und doch: Indem ich mit den Fingern das rohe Fleisch zwicke, gestehe ich mir die Wahrheit: Ich sehne mich danach, für ihn hübsch zu sein. Danach, seiner würdig zu sein.

Auf nichts davon habe ich Einfluss. Ein Mann könnte aus diesem Haus kommen, mir einen Blick schenken und nur etwas wie eine vage Enttäuschung verspüren, nur den unwillkommenen Beweis für einen Fehler aus seinem früheren Leben sehen. Ein kalter Schauer läuft mir über die Arme, als mir dieser Gedanke kommt. Was, wenn ich nur ein Fehler bin?

Plötzlich hört das Hämmern auf. Das Krächzen einer Möwe ist der einzige Laut im ganzen Universum. Einige Minuten Schweigen folgen, dann wird ein Radio aufgedreht. Eine laute Werbemelodie ist zu hören.

Hey! Wo soll's denn hingehen?
Zu Frankies Fischbar!
Da gibt's leckere Fische und Muscheln – klar ...

Jemand kommt auf das zu, was später einmal die Haustür sein wird. Er kommt näher, bis ich ein rotes Hemd, blaue Jeans und riesige, verstaubte Arbeitsstiefel erkennen kann. Ich umklammere das Steuer, als mein Mund plötzlich wie ausgetrocknet ist. Hey! Wo soll's denn hingehen? Der Mann stützt sich mit den Armen gegen den Türrahmen und blickt nach draußen aufs Meer. Dann wandert sein Blick zu mir. Ich blicke hinunter in meinen Schoß. Ich spüre, wie er näher kommt.

Ich will das Auto per Knopfdruck verriegeln, doch es ist bereits verriegelt. Das kommt mir dumm vor, wo ich doch den ganzen Weg in der Hoffnung gefahren bin, diesen Jemand auf mich zukommen zu sehen. Wieder drücke ich den Knopf, und die Türen entriegeln sich. Der Mann kommt näher. Ich verriegele die Türen wieder, lasse aber das Fenster herunter. Kalte Winterluft strömt herein. Ich starre stur geradeaus und spüre den Mann mehr herankommen, als dass ich ihn sehe. Nach Sekunden, die mir wie Stunden vorkommen, legt sich ein karierter Flanellarm in das Fenster der Fahrertür. Ich höre, wie ich nach Luft schnappe.

»Alles in Ordnung mit Ihnen, Miss?«

Mein Kopf fährt herum. Was ist das? Diese Stimme klingt jungenhaft, nicht nach dem samtweichen Bass auf Johnny Bellusas Anrufbeantworter. Ich zwinge mich, den Kopf zum Fenster zu drehen, und sehe einen jungen Mann, der mich anstarrt. Seine braunen Augen sind vor Neugier zusammengekniffen. Er kann nicht älter als zweiundzwanzig sein. Er sieht sehr gut aus. Er hat ein unglaublich kantiges Kinn, wie ein Filmstar. Ich setze mich auf. Der junge Mann hat einen leichten Bartschatten, verwuscheltes braunes Haar und Schultern so breit wie die von Mickey Hamilton. Ich kriege den Mund nicht auf.

»Haben Sie sich verfahren oder so?« Der junge Mann kratzt sich die unrasierte Wange. Ich kann nicht glauben, dass ich Mickey einfach so habe gehen lassen – ihn einfach mitten in der Nacht aus dem Bett habe aufstehen und gehen lassen.

»Kann ich Ihnen irgendwie behilflich sein?«

Konzentrier dich, denke ich. *Sprich.* »Mein Name ist Roseanna Plow«, verkünde ich, als wäre das eine Erklärung für alles. Ist es anscheinend aber nicht. Der gut aussehende Jüngling wartet geduldig auf mehr. Ich bin versucht, ihm zu erzählen, dass ich mich verkehrt herum durch den Geburtskanal geackert habe, genau wie Helen es in diesem Moment getan hätte.

»Ich bin Peter DaSilva«, sagt der Mann hilfsbereit. Er streckt die Hand durchs offene Fenster und ich schüttle sie. Ich komme einfach nicht über seinen Anblick hinweg. Er könnte der nächste Mann des Monats in der *Cosmopolitan* sein. Ich stelle mir vor, wie ich eine Seite umblättere und eine Hochglanzaufnahme seines Waschbrettbauches sehe.

»Ich bin auf der Suche nach Johnny Bellusa«, sage ich ihm.

»Ich arbeite mit Johnny. Na ja, genau genommen *für* Johnny.«

»Ist er da?«

»Tut mir leid«, sagt er. »Aber heute bin ich allein. Johnny ist auf dem Weinberg, hat eine Besprechung mit den Elektrikern für ein Projekt dort.«

»Auf dem Weinberg?« Die Vorstellung von einem Trauben pressenden Johnny Bellusa geistert durch meine verwirrten Gedanken.

»Auf Martha's Vineyard«, fügt Peter hinzu. Er deutet mit seinem perfekt modellierten Kinn aufs Meer. »An klareren Tagen als heute kann man die Insel von hier aus sehen.«

Natürlich. Martha's Vineyard. Warum sollte mein biologischer Vater nicht auf Martha's Vineyard sein? »Da gibt's die wirklich lukrativen Projekte«, erklärt Peter.

»Wann kommt er denn zurück?«

»Heute nicht mehr. Aber morgen früh sollte er wieder hier sein.«

Eine Last senkt sich auf meine Brust, und ich beschließe, sie für Enttäuschung zu halten. Aber was macht es schon, einen Tag länger zu warten, nach zweiunddreißig Jahren? Ich atme tief ein. »Und wann?«, frage ich, doch Peter DaSilva lächelt mich an.

»Sobald es hell wird, vermute ich. Kann ich ihm denn etwas ausrichten?«

Ich schüttele verneinend den Kopf.

»Gut«, sagt er. »Dann erzähle ich ihm nur, dass eine hübsche Dame aus New York nach ihm sucht.«

»Danke.« Ich greife nach der Handbremse, damit er nicht sieht, wie ich rot werde.

»Gern geschehen, Roseanna Plow.«

Mein Name ist Roseanna Plow und ich komme besser über den Cape-Cod-Kanal, als ich durch den Geburtskanal gekommen bin. Ich fahre langsam und vorsichtig, bleibe auf der Bourne Bridge in meiner Spur und schaue nicht mal auf die aufgewühlte, winterliche See unter mir. Ich verbringe den Nachmittag mit Autofahren und hoffe, dass mein Bammel ähnlich dahinschmilzt wie mein Benzinpegel. Über die Brücke und wieder zurück. Erst in Richtung meines Zuhauses, dann wieder nach Woods Hole. Komme ich oder gehe ich? Wusste ich das je?

Als ich wieder in Woods Hole bin, hat das Sand'n Surf Motel so viele freie Zimmer, dass der Mann am Empfang mir mehrere Möglichkeiten zur Wahl stellt. »Eins-dreizehn hat einen besseren Kabelempfang, aber keinen Meeresblick«, vertraut der alte Mann in dem Angorapulli mir an und schiebt seine Brille nach oben.

»Wie Sie meinen«, sage ich und trommele mit den Fingern auf die Theke.

Der zerknitterte Angestellte sieht mich verwirrt an, dreht sich dann um und nimmt einen Schlüssel von dem Brett an der Wand. Seine Glatze glänzt im Neonlicht. »Die meisten Leute mögen den Meeresblick, aber es ist ja schließlich Winter«, sinniert er.

Fünf Minuten später versinke ich in einer megaweichen Matratze in einem Zimmer ohne Meeresblick. Die Sonne steht tief hinter dem Fenster. Der Tag entschwindet, die Welt wird grau. Ich liege immer noch im zugeknöpften Mantel und mit geschlossenen Augen auf einer goldenen, karierten Tagesdecke. Die Müdigkeit übermannt mich. Ich atme den Geruch nach Desinfektionsmittel und Salz ein und aus und frage mich, warum ich Peter DaSilva nicht eine Telefonnummer für Johnny Bellusa dagelassen habe. Es wäre besser gewesen, erst von diesem sicheren Zimmer mit der Muscheltapete aus mit meinem Vater zu telefonieren, bevor ich mich entscheide, was ich als Nächstes tue. Stattdessen werde ich zum zweiten Mal die gleiche irritierende Situation durchleben: Die lange verschollene Tochter kommt bei dem halb fertigen Haus an und sitzt glotzend in ihrem Auto mit dem New Yorker Kennzeichen.

Plötzlich vermisse ich Mickey. Wäre es nicht nett, morgen früh mit ihm neben mir auf dem Beifahrersitz über die Albatross Lane zu fahren?

Dafür ist es jetzt zu spät. Ich zwinge mich zu schlafen. Mit etwas Glück muss ich mich dem Leben bis morgen früh nicht mehr stellen.

Es sei denn natürlich, das Handy klingelt.

Plötzlich dröhnt die Polkamelodie in meinen Ohren. Ein blöder Klingelton, den ich ausgewählt habe, um Helen zu ärgern, dann aber nie ausgetauscht habe. Ich wache in totaler Finsternis auf, taste um mich und finde das Handy schließlich auf dem Nachttisch.

»Hallo?«, stammele ich und rappele mich im zugeknöpften Mantel erschöpft auf.

»Roseanna?«

Glück strömt durch meine trägen Venen. Ich wusste, dass er anrufen würde! Ich wusste, dass er mich nicht verlassen hat!

»Hier ist Mickey«, sagt er.

»Ham!«, entfährt es mir.

Er antwortet nicht.

»Es tut mir ja so entsetzlich leid wegen letzter Nacht, Mickey.«

Auch dieses Mal antwortet er nicht. Ich reibe mir die Augen, versuche, einen klaren Kopf zu bekommen. »Wie viel Uhr ist es?«

»Es ist zwanzig Uhr. Wo bist du?«

»Ich bin in meinem Motelzimmer. Ich habe geschlafen.«

»Du hast um acht Uhr abends schon geschlafen?«

Etwas stimmt nicht. Ich richte mich auf, werde hellhörig. »Ich hatte einen schweren Tag«, fange ich an.

»Deshalb bist du zu Bett gegangen, ohne mich wissen zu lassen, dass du angekommen bist?«

»Ich bin nicht wirklich ins Bett gegangen«, verteidige ich mich. »Ich hab mich nur ausgeruht ...«

»Wie auch immer. Ich rufe an, um dir wegen Milton Bescheid zu sagen. Er war heute in einen Unfall verwickelt.«

»Was?« Ich springe von dem viel zu weichen Bett auf und lande auf wackeligen Füßen.

»Es geht ihm gut. Und es war nicht so schlimm. Eine Kundin hat ihn und seine Einkaufswagen beim Zurücksetzen mit ihrem Volvo gestreift. Aber er hat nach dir gefragt, also habe ich gedacht, ich rufe dich an.«

»Geht es ihm wirklich gut?«

»Ja.«

»War er beim Arzt?«

»Ja.«

»Und hat jemand seine Mutter angerufen?«

»Ja. Manche von uns machen die Anrufe, die andere erwarten.«

Oh, diese Kälte in seiner Stimme.

»Ich vermisse dich, Mickey, wirklich. Ich hoffe, du verstehst es, dass ich das hier einfach allein durchziehen muss.«

»Na, dann mach mal«, sagt er. »Und wir reden über uns, wenn du damit fertig bist.« Die Leitung ist tot. Und auch in mir stirbt etwas. Ich fahre mit den Fingern durch mein wirres Haar.

Niemand hebt ab, als ich bei Milton zu Hause anrufe. Mein Magen beginnt zu rumoren. Unmöglich, noch länger in Zimmer 113 zu bleiben. Ich spritze mir über dem Becken in dem winzigen rosa Bad ein bisschen kaltes Wasser ins Gesicht. Da ich den Mantel bereits anhabe, breche ich auf, um irgendwo etwas zu Abend zu essen.

Der alte Mann an der Rezeption ist fort. Als ich die Frau, die jetzt Dienst hat, frage, wo ich hingehen kann, verweist sie mich wieder an den Krabbenimbiss »Harte Schale, weicher Kern«. »Es ist das Einzige, was in der Nebensaison geöffnet hat«, sagt sie mir. Ich danke ihr und gehe zum Auto.

Das blinkende Schild des Restaurants ist schon aus einiger Entfernung sichtbar. Im eisigen Winterwind haste ich über den Gehweg. Das Lokal hat sich erstaunlich verändert und ist jetzt am Abend kaum wiederzuerkennen. Die Beleuchtung ist gedämpft und die Tische sind voll besetzt. Im Hintergrund spielt eine Band Lieder von ZZ Top und anderen Gruppen, von denen ich mir vorstellen könnte, dass die Hells Angels sie gut finden. Angetrunkene Leute lachen und unterhalten sich laut über die Musik hinweg. In der verrauchten Luft entdecke ich meine blonde Serviererin vom Mittagessen, die es sich auf einem Barhocker neben einem Typen gemütlich gemacht hat, der aussieht, als sollte er das Wort FISCHER auf die Stirn gestempelt bekommen. Seine sehnigen Arme sind mit Tätowierungen bedeckt, als wäre er der Popeye des neuen Jahrtausends. Irgendwie gelingt es einer wild aussehenden Brünetten mit einem Körper wie einem Hydranten, mich in all dem Trubel und dem Lärm an der Tür zu entdecken. Sie lotst mich an einen Tisch nicht weit von der Gruppe am Tresen, aber Gott sei Dank weit genug weg von der Tanzfläche. Gerade, als ich mich setze, und gerade, als die Band unerklärlicherweise zu einer Country-Ballade übergeht, bleibt mein Blick an einem karierten roten Hemd am Tresen hängen, keine drei Stühle von meiner Mittagsserviererin entfernt. Ich erkenne das Hemd sofort wieder. Es gehört nicht zu der Art von Kleidungsstücken, die ein Mädchen aus Long Island jeden Tag zu Gesicht bekommt.

Ich bestelle einen Cosmopolitan, und die brünette Serviererin bringt ihn im Nu. Ich schlürfe gerade den letzten Rest, während ich auf meinen Fischburger warte, als Peter DaSilva sich auf seinem Barhocker umdreht und mir ein anbetungswürdiges Lächeln schenkt. Dann kommt er zum zweiten Mal an diesem Tag auf mich zu. Ich nehme mir eine Minute, um die Situation zu genießen. Ein Bild von einem Mann, zehn

Jahre jünger als Roseanna Plow, steuert auf sie zu, und in seinem Blick ist nichts zu sehen von »grobknochig« oder »alt« oder »pummelig«. Ich würde mir am liebsten eine runterhauen, weil ich nicht aufgeregter bin.

»Guten Abend, Roseanna Plow«, ruft mein neuer Freund über mich gebeugt und über die Gitarrenklänge hinweg. Als ich durch den Rauch und das Licht in diese fantastischen braunen Augen blicke, merke ich zum ersten Mal, dass der Raum sich um mich dreht.

»Hallo, Mr DaSilva«, sage ich, und meine eigene Stimme kommt mir albern vor.

»Darf ich Ihnen etwas zu trinken bestellen?«, fragt Peter und grinst lasziv.

Die alberne Stimme sagt Ja, und Peter hebt eine Hand, um der Serviererin ein Zeichen zu geben, bevor er sich auf den Stuhl neben mir fallen lässt. Die Brünette kommt wieder, und ihre Augen glitzern bei unserem Anblick. »Kimberley, Süße«, sagt Peter. »Ein Budweiser für mich und« – er sieht mich aus diesen großen, glänzenden Augen an – »was hättest du gern, Roseanna?«

»Sie trinkt Cosmopolitans«, informiert Kimberley ihn.

»Dann noch einen davon«, sagt Peter.

Kimberley verlässt uns, und ich bin noch nicht zu betrunken, um zu verstehen, wo dieser Abend gerade hinsteuert. In Gedanken beschließe ich, die Situation unter Kontrolle zu halten, aber ich bin mir unsicher, wo ich überhaupt hin will. Ich sehne das Eintreffen meines zweiten Cocktails herbei.

»Wie geht's dir heute Abend?«, fragt Peter.

»Mir ging's schon mal besser«, sage ich ihm aufrichtig. »Viel, viel besser.«

»Ist es wegen Johnny Bellusa?«

Ich antworte nicht, das einzig Richtige, was man unter diesen Umständen tun kann.

»Liebst du ihn?«

»*Was?*«

»Ob du ihn *liebst?* Denn es würde mir das Herz brechen, wenn du ihn liebst.« Er zwinkert mir zu und sieht mich dann wie ein Westernheld an – halb schmachtend, halb lüstern.

»Ich kenne ihn nicht mal«, gestehe ich. »Ich bin hergekommen, um ihn zu treffen.«

Peter wartet mit seiner Entgegnung, bis Kimberley unsere Getränke gebracht hat. Angesichts seines entzückten Gesichtsausdruckes komme ich mir vor, als gehöre ich zu jener *anderen* Sorte Frauen, der von Inga und Marcie.

»Warum willst du Johnny treffen?«, fragt er schließlich, nachdem er einen langen Schluck von seinem Bier genommen hat.

Ich nehme einen kräftigen Zug von meinem zweiten Cosmopolitan. »Kennst du ihn gut? Ist er nett?«

»Er ist ein netter Kerl. Aber ... ist Johnny nicht ein bisschen zu alt für dich?«

»Zu alt wofür?«

Peter lacht. »Aber, aber«, sagt er und klopft mir auf den Rücken. »Um was immer es geht, so schlimm wird es schon nicht sein.«

Er berührt mich bereits, und das finde ich aus irgendeinem Grund zum Lachen. *Klopf, klopf, klopf,* wie ein Teddypapa. Ich nippe an meinem Cocktail, um das aufsteigende Kichern zu unterdrücken. Ich hätte gern Helen an meinem Tisch gehabt, damit sie mich tadelnd anstarrt und mir befiehlt: *Reiß dich zusammen!*

»Jemand, an dem mir sehr viel liegt, wurde heute von einem Volvo angefahren«, sage ich.

»Das ist wirklich schlimm«, sagt Peter und sieht leicht verwirrt aus.

»Und«, füge ich hinzu, »Johnny Bellusa ist mein Vater.«

»Er ist *was?*«, sagt Peter, schiebt seinen Stuhl zurück und starrt mich an.

»Mein Vater«, wiederhole ich. Ich leere meinen Cocktail. »Ich bin ihm bloß noch nie begegnet.«

Peters Mund klappt auf. »Heilige Scheiße«, sagt er. »Weiß Johnny, dass du hier bist?«

»Nein.«

»Wo übernachtest du?«

»Im Sand'n Surf.«

Ich sehe ihn an. »Ich wäre fast wieder gefahren. Nachdem wir uns getroffen hatten.«

Peter verschränkt die Arme und denkt darüber nach.

»Meinst du, ich sollte morgen früh wieder hinfahren, um ihn zu sehen?«

Gedankenverloren runzelt er die Stirn. »Vermutlich«, sagt er. »Ich meine, ich denke schon.« Wieder kratzt er sich am Kinn. »Ich bin mir nicht sicher, ob ich es weiß.«

»Ich auch nicht«, gestehe ich. »Ist Johnny Bellusa verheiratet? Hat er Kinder?«

»Nicht, dass ich wüsste«, sagt Peter.

Etwas an seinem Gesichtsausdruck ändert sich, doch er korrigiert ihn eilig.

»Was ist?«, frage ich.

»Johnny ist mehr so ein Frauentyp«, sagt er.

Mein Blick wandert instinktiv zum Tresen, wo meine blonde Serviererin mit ihrem Popeye sitzt. Peter folgt meinem Blick. »Ist das eine von seinen Frauen?«

»Wie kommst du darauf?«, fragt Peter und lacht ein bisschen.

Das ist nicht lustig!, hätte ich am liebsten geschrien, doch Kimberley knallt einen Teller vor mich hin, und bei dem Geruch nach frittiertem Fisch dreht sich mir der Magen um. Ich starre eine Minute darauf und versuche, diese neue Information zu verdauen. Mein Vater ist ein Kneipengänger. Mein Vater lässt nichts anbrennen.

»Kann ich euch noch was bringen?«, fragt Kimberley, sieht erst mich an, dann Peter und dann wieder mich.

»Für mich nichts«, sage ich, und sie geht widerstrebend weg.

»Könnte er etwa heute Abend hier auftauchen?«, frage ich Peter und schiebe den Teller weg. »Mein Vater, meine ich?«

Peter zuckt die Achseln. »Möglich ist alles. Aber wäre das denn schlimm?«

Etwas in meinem müden, schlaffen Rücken versteift sich. Die Vorstellung, Johnny Bellusa in diesem lauten, verrauchten Krabbenimbiss zu treffen, ist unerträglich. »*Sehr* schlimm«, sage ich und stehe eilig auf. Fast hätte ich den Tisch umgestoßen. »Ich will meinen Vater nicht in irgendeiner Kneipe treffen.«

»Verstehe«, sagt Peter und drückt mich sanft zurück auf den Stuhl. Wieder gibt er unserer Serviererin ein Zeichen und deutet auf meinen Teller. »Kim?«, sagt er. »Könntest du das einpacken? Ich glaube, wir nehmen es mit.«

Fünf Minuten später fahre ich zurück zum Sand'n Surf Motel, gefolgt von einem Zimmermann in einem weißen Pick-up. Ich fliehe vor der Möglichkeit, meinem Vater in einer Kneipe über den Weg zu laufen, bin aber auch drauf und dran, einen Mann mit auf mein Zimmer zu nehmen, den ich kaum kenne, einen Pin-up-Boy, der meinen Vater besser kennt als ich. *Warum sollte ich Peter DaSilva nicht mit auf mein Zimmer nehmen?,* fragt der betrunkene Teil in mir. *Wäre das vernünftig?,* erwidert der nüchterne Teil. Ein Freund deines Vaters, den du noch nicht einmal kennengelernt hast. Ich wedele den nüchternen Einwurf beiseite wie Fliegen von einem Salat. Warum sollte ich, eine gesunde, ungebundene zweiunddreißigjährige Frau, nicht einen Kerl, der der *Cosmo* entsprungen sein könnte, mit ins Sand'n Surf nehmen? Bei Mickey bin ich vermutlich sowieso unten durch. Teddy will sich scheiden lassen. Ich bin endlich, endlich dünn. Und ich bin endlich und wirklich … allein.

Als mir plötzlich grelles Scheinwerferlicht entgegenkommt, steigen mir überraschend Tränen in die müden Augen. Ich umklammere das Steuer und wünsche mir plötzlich Mickey an meine Seite, nur fünf Minuten soll er neben mir sitzen, damit ich wieder klar denken kann. Vor mir tauchen die Lichter des Motels auf, und ich fahre auf den Parkplatz und stelle den Motor ab.

Peter DaSilva lenkt seinen Pick-up auf den Platz hinter meinem. Ich höre, wie er die Tür zuknallt, und mein Herz pocht wie wild gegen meine Rippen. Ich spüre, wie er zu meiner Seite des Autos kommt, und ich bleibe wie erstarrt sitzen. Meine Hände umklammern noch immer das Steuerrad, als würde ich dadurch mein Leben retten. In einer Sekunde wäre es sehr unhöflich, noch länger im Auto sitzen zu bleiben, doch anscheinend will es mir nicht gelingen, die Tür zu öffnen. Stattdessen lasse ich das Fenster herunter und blicke zu dem hübschesten Gesicht auf, das mich jemals mit solchem Verlangen angesehen hat. Hinter ihm leuchtet das ZIMMER FREI in Rot, und im Gegenlicht schimmert sein Haar fast rosa.

»Peter«, sage ich und höre die neue Festigkeit, aber auch die Traurigkeit in meiner Stimme. »Mein ganzes Leben lang habe ich davon geträumt, dass ein Mann wie du mit mir nach Hause kommt. Aber ob du es glaubst oder nicht, ich kann dich jetzt einfach nicht hereinbitten.«

25

Dich würde ich überall erkennen

Um 7:30 Uhr werde ich von der Polka geweckt. Es ist das erste Mal, dass ich die Weckfunktion meines Handys benutze, und ich bin froh, dass es funktioniert. Ich fühle mich erholt und strecke mich auf meiner weichen, durchhängenden Matratze. Dabei lasse ich in Gedanken die Ereignisse des gestrigen Tages Revue passieren: das Haus in Albatross, Mickeys Anruf, Peter, der mich hierher begleitet hat. Und da war noch etwas.

Milton.

Ich suche seine Nummer in meinem Handy. Milton nimmt beim ersten Klingeln ab.

»Ich kann es nicht fassen, dass die Frau mich nicht gesehen hat!«, entfährt es ihm so laut, dass ich das Handy von meinem Ohr wegnehmen muss. Sein kindlicher Unglaube in Kombination mit seiner tiefen Männerstimme füllen mein Motelzimmer mit einem Hauch der Verwunderung. »Oh, Miss Plow, es war schlimm. Es war *schlimm!* Eine schlechte Fahrerin. Schlechte Fahrerin.«

Er wiederholt sich wie zu der Zeit, als ich ihn kennenlernte. Damals war er ängstlich darum bemüht, einen Job zu finden, und misstraute meinen Beweggründen, ihm bei der Suche zu helfen. »Ich bin froh, dass du nicht verletzt bist.«

»Wo *sind* Sie?«, erkundigt er sich. »Warum waren Sie nicht im SaveWay?«

»Ich bin im Urlaub«, erkläre ich ihm freundlich und habe das Gefühl, versagt zu haben. »Genau wie du letzten Sommer, als du eine Woche nicht im SaveWay warst und mit deiner Mutter an den Strand gefahren bist.«

»Sunken Meadow«, sagt er. »Das war der Strand von Sunken Meadow. Sie können aber *nicht* Urlaub machen, wenn es so schlechte Fahrer gibt!«

»Wir sehen uns sehr bald wieder«, verspreche ich ihm. »Kannst du mir jetzt noch deine Mutter geben?«

»Sicher, meine Liebe«, sagt er unerklärlicherweise, als wäre ich plötzlich von seiner Berufsberaterin zu seiner Herzallerliebsten befördert worden.

»Es tut mir so leid, Linda«, sage ich, da ich nicht weiß, was ich sonst zu ihr sagen könnte.

»Ich möchte nicht, dass er weiter draußen die Wagen einsammelt«, entgegnet sie. »Ich will, dass er Tüten packt.«

»Wird gemacht«, verspreche ich ihr. Doch nachdem ich aufgelegt habe, frage ich mich, wie viel Einfluss ich überhaupt noch auf Mickey habe.

Er geht nicht ans Telefon, obwohl ich viermal bei ihm anrufe. Der Morgen vergeht, dabei habe ich meine Mission in der Albatross Lane noch vor mir. Es bleibt mir nichts übrig, als unter die Dusche zu springen und hinzufahren. Ich lasse das heiße Wasser lange Zeit über meinen verkaterten Körper laufen. Dann föne ich mein Haar zu einem langen, schimmernden Vorhang in Kastanienbraun – wie in der Shampoowerbung. Ich lege für Daddy Make-up auf und schlüpfe dann in meine Jeans. Sie sitzt immer noch erstaunlich locker. Zufrieden drehe ich mich vor dem Spiegel. Jetzt gilt's.

Die Sonne steht bereits hoch am Himmel, und die Morgenluft ist frisch, als ich einmal mehr über die Küstenstraßen fahre, die mir bereits vertraut vorkommen. Als ich heute in der Albatross Lane ankomme, sehe ich zwei Autos in der Sonne glänzen – Peters weißen Pick-up und einen langen roten Chevy Suburban mit goldener Beschriftung auf der Seite. Der Wagen meines Vaters. Das muss er sein. Ich halte hinter ihm.

Diesmal warte ich nicht. Ich schlage die Tür ein wenig zu laut ins Schloss und stehe dann gut sichtbar vor dem Rohbau. Dann straffe ich die Schultern und marschiere los. Ich halte den Blick auf meine Füße gesenkt, während ich zwischen aufgeschütteter Erde, leeren Getränkedosen und Holzstücken auf dem Weg navigiere. Ich kann das Blut in meiner Stirn pochen spüren, und mein komplettes seitliches Gesichtsfeld scheint ausgeblendet zu sein. Ich höre mich ein- und ausatmen, ein angestrengtes Geräusch, als würde ich keuchen. In Gedanken übe ich: *Mein Name ist Roseanna Plow, und ich bin Ihre Tochter. Mein Name ist Roseanna Plow, und …*

»Kann ich Ihnen helfen?«, fragt eine Stimme.

Ich kenne diese Stimme nicht nur vom Anrufbeantworter. Sie ist mir in den Tiefen meiner zusammengeschweißten Moleküle vertraut. Ich hebe den Blick, und da ist er, er ragt vor mir auf. Er ist groß, oder liegt es an der Höhe des treppenlosen Eingangs, dass er so viel Raum einzunehmen scheint, so viel vom Himmel verdeckt? Mir bleibt die Luft weg. Wie kann jemand, der so lange nicht da war, so viel Raum einnehmen?

Ich versuche, sein Gesicht durch den Schleier von Tränen zu erkennen, die mir in die Augen steigen. Es ist ein freundliches Gesicht mit ebenmäßigen Zügen, einer ausgeprägten Kieferpartie und ausdrucksvollen Lippen. Mein Gesicht. Niemand könnte das übersehen. Die Ähnlichkeit verschlägt mir die Sprache.

Ich mache einen Schritt zurück. Er streckt den Arm aus, und ich akzeptiere die dargebotene Hand und erlaube ihm, mir hinauf und über die hohe Türschwelle zu helfen, hinein in das Haus ohne Wände. »Ich bin John Bellusa«, sagt er und betrachtet mich mit meinen eigenen Augen. »Du musst Roseanna sein.«

Sein wettergegerbtes Gesicht verzieht sich zu einem Lächeln. Er ist wahrhaftig groß, von ihm habe ich meine starken Knochen geerbt, und er überragt mich. Er ist zwar breit gebaut, aber auch ein kleines bisschen gebeugt. Sein Rücken hat einen leichten Buckel, als hätte er in all den Jahren zu viele Kanthölzer getragen. Als hätte er generell zu viel getragen.

»Also hat Peter erzählt, dass ich komme«, sage ich. Ich ergreife seine Hand und drücke sie. Jetzt hat auch Johnny Bellusa Tränen in den Augen. Er zieht mich an sich und umarmt mich.

Ich habe tausend Fragen an diesen Mann, der nach Sägespäne und Seife riecht, doch seine Umarmung liefert auch einige Antworten. Ich spüre, dass ich in den Armen eines guten Mannes liege, eines vielleicht nicht perfekten, aber guten Mannes, eines Mannes, der sein eigenes Kind erkennt. Meine Tränen durchnässen sein Cordhemd, und mir wird klar, dass ich mein Make-up umsonst so sorgfältig aufgetragen habe. Als wir uns schließlich loslassen – Johnny sieht ein bisschen verlegen aus und sein Hemd ist voller Wimperntusche –, stelle ich ihm die Frage, die mir nicht mehr aus dem Kopf geht, seit Helen mir erzählt hat, dass sie eine Tochter namens Alexa hat.

»Wo ist sie?«

»Ich weiß es nicht«, sagt er.

Ich lehne mich gegen eine Wandstütze und japse leise.

»Wann hast du sie das letzte Mal gesehen?«

»An dem Tag, bevor sie davongelaufen ist.«

Ich blicke zu ihm auf. »Dann hast du mich also gesehen? Als Baby?«

Wieder verzieht sich Johnny Bellusas Gesicht zu einem Lächeln, einem traurigen diesmal. »Ich habe dich einmal gesehen. Als Alexa dich nach Hause brachte.«

Mein Rücken gleitet an dem Kantholz hinunter, das mich stützt, bis ich auf dem mit Sägespänen bedeckten, halb fertigen Boden sitze. *Alexa*. Wie selbstverständlich er diesen Namen benutzt. Bei ihm ist sie mehr als die Figur aus einer Erzählung – ein Mensch, der wirklich existiert. Der Wind pfeift vom Meer herein, doch ich spüre die Kälte nicht.

»Aber ich habe dich gleich erkannt«, sagt er. »Ich würde dich überall erkennen.«

»Woran?«

Er zuckt die Achseln. »Du bist meine Tochter.«

Wir sind beide verlegen, nachdem diese Worte ausgesprochen sind. Dann spüre ich, wie etwas in meinem Herzen hart wird, etwas Stures, Verletztes. Darf ein Mann, der nie da war, mich als seine Tochter bezeichnen? Er ist ein Samenspender. Mein biologischer Vater. Aber das macht mich nicht zu seiner Tochter.

»Wo warst du, als die Stützräder von meinem Fahrrad abgenommen wurden?«, frage ich ihn.

Er blickt hinunter auf seine Stahlkappenstiefel, doch der Schmerz in seinem Gesicht ist unübersehbar.

»Warum warst du nicht bei meiner Abschlussfeier?«

»Ich habe an deine Abschlussfeier gedacht«, entgegnet er ruhig.

»Warum hast du nie angerufen oder geschrieben? Warum warst du nie da?«

In stiller Trauer senkt Johnny Bellusa den leicht gebeugten Kopf noch weiter. »Deine Großmutter wollte es nicht«, sagt er mit trauriger Stimme. »Ich hatte damals nichts zu melden. Ich war ein Kind, das etwas Schreckliches angestellt hatte. Ich hatte das Mädchen, das ich liebte, geschwängert. Und dann ist es weggelaufen.«

»Hat sie dich geliebt?«

Er fährt sich mit einer rauen Hand über die Augen und lässt sie eine Sekunde dort. »Das hat sie.«

»Warum ist sie dann nie zu dir zurückgekommen?«

Johnny Bellusa wendet sein gequältes Gesicht ab. »Ich hatte gehofft, dass du mir das sagen kannst.«

Wir schweigen eine Weile.

Dann sagt Johnny: »Wusstest du, dass deine Großeltern umgezogen sind, nachdem sie weg war? Alle Nachbarn hatten mitbekommen, dass ein Baby im Haus war, das nicht Mrs

Pulkowskis Kind war. Also haben sie Islip verlassen und sind fortgezogen.«

Nach Commack, denke ich. In das Haus mit den beigen Wänden, das Heim meiner Kindheit. Sie haben es für mich getan, damit Helen weiter Obst in Wackelpeterformen servieren konnte, ohne dass der Hauch eines Skandals auf unserem Essen läge. Ich überlege gerade, ob ich das Johnny Bellusa erzählen soll (Verdient er, das zu wissen? Hätte er das nicht selbst herausfinden können?), als das Hammerstakkato wieder einsetzt und mir einfällt, dass wir nicht allein sind.

»Wo ist Peter?«, frage ich.

»Er bringt die Rigipsplatten im Keller an.«

»Ein eigenartiger Ort, um mit den Wänden anzufangen.«

»Er wollte uns nicht stören.«

Das gut aussehende Gesicht meines Vaters ist blass. Ich betrachte die regelmäßigen Züge, den Nacken, den leichten Buckel. »Peter meint, du bist ein Frauentyp.«

»Ha!«, lacht mein Vater. »Ich habe eben nie geheiratet, das ist alles. Manchmal ist es ein bisschen einsam, also gehe ich mit einer Frau aus.« Er wirft mir einen besorgten Blick zu. »Das ist doch nicht schlimm, oder?«

»Ich bin nicht deine Mutter«, antworte ich barsch. »Du kannst tun und lassen, was du willst.«

»Du bist sauer auf mich«, sagt er. »Das kann ich dir nicht verübeln. Allie und ich haben ein ganz schönes Durcheinander angerichtet.«

Jetzt sieht er wirklich elend aus. Es ist nicht richtig, dass so ein großer Mann so verletzlich aussieht. Ich habe ein schlechtes Gewissen und denke, dass wir vielleicht doch alle Opfer sind, wenn es um die Liebe geht. Und wir sind alle Täter. Kommt Sex dazu – ein bisschen zu viel oder zu wenig davon –, schon zerbrechen ganze Ehen. Um der Liebe willen verletzen Menschen sich, benutzen, infizieren und befruchten sich. Liebende leiden. Kinder kommen aus Versehen zur

Welt. Und Babybettchen füllen sich an Orten wie dem Little Flower Home für unverheiratete Mütter.

»Wer richtet kein Durcheinander an?«, frage ich ihn. »Da solltest du mal mein Leben sehen.«

Es scheint Johnny Bellusa unglücklich zu machen, dass ich das sage. Er betrachtet meinen zusammengesunkenen Körper auf dem Boden. »Ich wette, du hast ein schönes Leben«, sagt er. »Ich weiß, dass deine Mutter stolz auf dich wäre, wenn sie dich heute träfe.«

»Du hast nicht die geringste Ahnung«, erwidere ich und wische mir mit dem Handrücken über die Augen.

»Ich habe Augen im Kopf«, sagt er.

Mir ist klar, dass seine Worte tröstend gemeint sind, doch man verschwindet nicht einfach für drei Jahrzehnte aus dem Leben seines Kindes, um sich dann wieder hineinzuschmeicheln. Das kommt mir nicht richtig vor, auch wenn die Worte ernst gemeint sind. Ich stemme mich wieder hoch und klopfe mir den Hintern meiner Jeans ab. Vielleicht reicht es für heute.

»Wie geht es Mr und Mrs Pulkowski?«, fragt er.

»Oh, sie sind erschöpft«, antworte ich. »Ich kann mir nicht vorstellen, dass sie damit gerechnet hatten, nach deiner Freundin noch ein Kind großzuziehen.«

»Ich wette, da hast du recht. Aber sie haben ihre Sache doch gut gemacht. Besser, als ich es gekonnt hätte.«

»Du hättest meine Mutter heiraten können«, sage ich ihm mit dem Einfühlungsvermögen eines Scharfrichters.

»Ja, vermutlich hast du recht.« Seine Stimme ist jetzt nicht mehr als ein Seufzen. »Aber dazu ist es nicht gekommen, nicht wahr?« Wieder reibt er sich die Augen. »Ich vermute, unser Wiedersehen läuft nicht sehr gut, hm?«

»So gut, wie zu erwarten war«, sage ich und mache einen Schritt von der Türschwelle hinunter und aus dem Haus hinaus. »Vielleicht sollten wir das Treffen jetzt beenden und erst mal eine Weile darüber nachdenken.«

»Wir könnten heute Abend essen gehen«, schlägt Johnny Bellusa vor. »Ich würde meine Tochter gern einladen.«

»Du lädst alle Frauen gern ein, wenn man Peter glauben darf.«

Er kratzt sich die Wange und lächelt. »Du hast viel vom Temperament deiner Mutter, Roseanna. Woher kommt übrigens das *Plow?* Bist du verheiratet?«

»Nein. Ja. So was in der Art. Aber Plow ist nicht der Name meines Mannes.«

Johnny blickt verwirrt drein. »Fahr jetzt zurück und überleg dir das mit dem Abendessen. Lass mich wissen, wie du dich entscheidest, wenn du absagst, bin ich auch nicht beleidigt.« Ich sehe zu, wie er sich hinunterbeugt, um einen Hammer aufzuheben. »Aber eines solltest du noch wissen«, sagt er, »nur für den Fall, dass du dich entschließt, mich heute Abend nicht zu treffen.« Der Hammer hängt schlaff in seiner linken Hand, als Johnny Bellusa sich ganz auf mich konzentriert. »Ich war wirklich froh darüber, dass deine Mutter nicht zugelassen hat, dass man dich weggibt. Sie hat ihren Eltern und einer ganzen Reihe Nonnen in die Augen gesehen und gesagt: ›Nein, ihr könnt mein Kind nicht zur Adoption freigeben.‹ Weißt du eigentlich, wie viel Mumm damals, 1975, in einem polnisch-katholischen Haushalt für so eine Aussage nötig war?«

Ich nicke. Ich weiß genau, wie viel Mumm man dazu brauchte. Seine Freundin war ja nicht der einzige Mensch, der von Helen Pulkowski großgezogen worden war.

26
Tot

Auf Cape Cod scheint nicht so sehr der Spruch »Shit happens«, sondern »Sleep happens« zu gelten, obwohl auf unzähligen T-Shirts in den Auslagen der Souvenirläden etwas anderes behauptet wird. Als Mickey auch nach meinem vermutlich tausendsten Versuch noch nicht ans Telefon geht, überwältigt mich der Schlaf. Leg dich hin, sagt er. Die Sonne scheint vielleicht und du brauchst vielleicht etwas zum Mittagessen, aber du bist müde. Also schlafe. Flieh in den Schlaf vor Vätern und Freunden. Flieh in den Schlaf vor dem Klingeln von Mickeys Telefon, wo niemand abhebt. Flieh vor der Vorstellung in den Schlaf, wie deine Großeltern ihre Besitztümer in Kisten gepackt und dich aus Islip in eine andere Stadt gebracht haben, wo niemand dich kannte. Gut, sage ich. Das werde ich. Ich schließe die Augen, und die Welt hinter meinen Lidern wird leuchtend orange, doch das hält mich nicht davon ab, einzudämmern und wegzudriften. Ich lasse mein Leben zurück und versinke in dem viel zu weichen Bett in Zimmer 113 im Sand'n Surf Motel.

Als mein Handy mich weckt, ist der frühe Winterabend hereingebrochen. Es kann nicht später als fünf Uhr nachmittags sein, doch die Sonne hat längst ihren Schreibtisch aufgeräumt und ist gegangen. Es ist so kühl, dass mir ein Schauer über den Arm läuft, als ich nach dem quäkenden kleinen Ding taste. Dann fällt mir ein, dass es Mickey sein könnte. Voller Hoffnung setze ich mich kerzengerade auf dem weichen Bett auf.

»Hallo?«

»Rosie?«

»Mickey!«, schluchze ich und versuche, alles – Liebe, Reue, das Glück, das ich empfinde – in dieses eine Wort zu packen.

»Rosie?«, wiederholt er.

Er hat mich Rosie genannt! Zweimal!

»Ich bin ja so froh, dass du es bist! Ich habe den ganzen Tag versucht, dich zu erreichen!« *Ganz ruhig, Rosie, ganz ruhig.* »Ich wollte dir sagen, wie leid es mir tut, dass ich dich nicht auf diese Reise mitgenommen habe. Und ich wollte dir von dem Treffen mit meinem Vater erzählen. Aber vor allem wollte ich dir sagen, dass ich dich sehr vermisse, dass du mir unglaublich viel bedeutest und dass ich …«

»… Rosie …«

»… dich liebe. Was denn? Stimmt was nicht?«

»Es ist etwas Schlimmes, Rosie.«

»Was ist schlimm?« Noch während ich rede, weiß ich, dass das Nächste, was Mickey sagt, hart sein wird.

»Setz dich«, sagt er.

»Was ist los, Mickey?«

»Es tut mir leid, Rosie. Deine Mutter.«

»Was ist mit meiner Mutter?«

In die Tagesdecke auf dem Bett ist eine rote Linie eingewoben. Ich folge ihr mit den Augen und weiß, dass sie das Letzte ist, das ich in meinem Leben, wie ich es bisher kannte, sehe.

»Helen … ist … heute Morgen gestorben.«

Ganz ruhig knipse ich die Nachttischlampe an. Das Rot in der Decke ist sogar noch leuchtender, als ich es mir vorgestellt hatte. »Was ist sie?«

»Sie hatte heute Morgen einen Herzanfall. Es tut mir so leid, Rosie.«

Ich lausche, wie er ins Telefon atmet. Dann klemme ich den Hörer unters Kinn, erhebe mich vom Bett und fange an, die Falten in der Tagesdecke glatt zu streichen. Ich ziehe die obere Kante vorsichtig über die Kissen, klopfe und glätte, alles ganz zart, ganz vorsichtig.

»Rosie? Bist du noch da?«

Der Trick besteht darin, unterhalb der Kissen eine schöne, scharfe Kante hinzukriegen. Hat Helen immer gesagt. Ich steche mit der Hand hinein, dann noch mal und noch mal, immer fester.

»Rosie? Rosie?«

Stech. Stech. Stech. »Ich mache das Bett«, sage ich zu ihm. Meine Stimme klingt leise und erstickt.

»Warum setzt du dich nicht hin, Liebes. Wie wäre es, wenn ich komme und dich abhole?«

Helen würde diese Tagesdecke gefallen. Die schönen Gold- und Erdtöne würden perfekt mit ihrem Beige harmonieren. »Perfekt«, sage ich laut. »Perfekt«, höre ich mich noch einmal sagen. Ich ziehe einen harten Stuhl zu mir heran und lasse mich darauf nieder.

»Soll ich dir erzählen, was passiert ist?«, fragt Mickey sanft.

Ich atme tief ein. »Ich habe heute Johnny Bellusa kennengelernt«, sage ich.

»Soll ich es dir erzählen?«

»Ja.«

»Sitzt du?«

»Ja.«

»Gut.« Noch ein Atemzug. »Pulkowski hat heute Morgen gegen sieben angerufen. Er hat mich gebeten, zu ihm zu kommen. Er sagte, dass Helen in die Küche gegangen sei. Sie wollte Kaffee machen und dann ... ist sie umgefallen. Ich habe ihn gefragt, ob er den Notarzt verständigt hat, aber er sagte, er wisse Bescheid. Er sagte, er wisse aus dem Krieg, wenn jemand tot sei.«

»Sie war tot?«

»Ja.«

»Tot.« Wieder die erstickte Stimme. Wieder stehe ich auf und streiche die Decke über den Kissen glatt. Helen ist überall – in meinen Gedanken, in meinen Angelegenheiten, in den Wandschränken und Schubladen meiner Wohnung, in dem

Haus ohne Wände in Albatross. Sie kann doch nicht einfach verschwinden, genauso wenig wie Luft, Gras oder Autos verschwinden können. Sie hat doch nur Kaffee gekocht! Sie war dabei, sich eine Tasse einzuschenken und sie auf ihrem Tablett vor den Fernseher zu tragen, um dann in ihrem beigefarbenen Wohnzimmer ihre Morgensendungen anzuschauen. Jemand wie Helen *verschwindet* doch nicht einfach. Ich bin verschwunden, und zwar in diesem Motelzimmer auf Cape Cod, wo ich auf einem harten Stuhl sitze.

Ich rufe bei Johnny Bellusa an und hinterlasse die Nachricht, dass ich nicht mit ihm essen gehen kann. Ich ertappe mich dabei, dass ich ihm erzähle, warum nicht, fast so, als wolle ich, dass er leidet. Ich raffe meine Sachen zusammen und verlasse das Sand'n Surf. Struppige Kiefern fliegen entlang der Route 28 vorbei und winken mit ihren Ästen. *Raus aus der Stadt!*, ächzen sie und schütteln ihre stacheligen Fäuste. *Sie ist tot!*, klagen sie, obwohl ich ihnen nicht glaube. Was wissen struppige Kiefern denn schon? Wer kennt Helen besser als ich?

Niemand kennt sie besser als ich. Nicht einmal Alexa. Ist es wichtig, durch wessen Geburtskanal ich in Wirklichkeit gekommen bin? Ich bin geblieben. Ich habe ausgeharrt. Habe sie geliebt, als es schwer war. Ich bin viel mehr Helens Tochter, als meine Mutter es je war. Es ist an *mir* zu sagen, wer von uns gegangen ist und wer nicht. Sie kann nicht weg sein. Ich konnte ihr nicht einmal Lebwohl sagen. Und Pulkowski braucht sie schließlich. Als ich sie das letzte Mal gesehen habe, hat sie die Reste des Thanksgiving-Truthahns in Frischhaltefolie gewickelt und weggestellt.

Am Telefon hatte Mickey an seiner Version festgehalten, ganz egal, was ich auch sagte, um ihn davon abzubringen. Sie lag in der Küche. Auf dem Boden. Pulkowski wusste Bescheid. McClain's Beerdigungsunternehmen. Komm. Komm. Soll ich dich holen?

Natürlich nicht, hatte ich ihm gesagt. Ich habe das Auto.

Ich kann fahren. Jetzt kehre ich hastig in das Heim meiner Kindheit zurück und folge den Anweisungen des Routenplaners in umgekehrter Reihenfolge, damit ich bei Pulkowski sein kann, bei ihm sitzen und mit ihm Helens Trauerfeier planen kann. Mickey sagte, er werde da sein, wenn ich ankomme, und die Vorstellung, heute Abend in seinen Armen zu liegen, erfüllt mich mit einer schuldbewussten Freude, die meinen Schmerz durchdringt.

Johnny Bellusa wird noch warten müssen. Was Alexa angeht, seine entlaufene Freundin, so weiß sie nicht einmal, dass unsere Mutter tot ist.

27

Leb wohl, Miss Rheingold

Gegen Mitternacht stecke ich den Schlüssel in das Schloss von Helens Eingangstür und schleiche auf Zehenspitzen ins Wohnzimmer. Da liegt Pulkowski in seinem Fernsehsessel und starrt ins Leere. Ich setze mich einfach ihm gegenüber auf das abgeschabte alte Sofa, das Helen nie austauschen wollte.

»Daddy?«, flüstere ich. Er bewegt sich, als erwache er aus einer Trance.

»Ach, Kindchen«, sagt er, beugt sich dann vor und drückt mich fest an sich.

»Ich bin ja da«, flüstere ich.

»Es ist so spät«, sagt er. »Deine Mutter hätte sich sicher Sorgen gemacht.«

Mickey kommt mit einer Tasse Tee herein, während ich in Daddys nach Waschmittel duftendes Hemd schluchze. Er stellt sie neben Pulkowski auf Helens Tablett ab. Sein Haar ist zerwühlt, und er sieht müde aus, aber sein Gesicht ist das Wundervollste, was ich seit Tagen gesehen habe. Er zieht mich in seine Arme und drückt mich fest an sich.

»Rosie«, haucht er in mein Haar. »Da bist du ja endlich.« Er hält mich wie ein Mann, der mich vielleicht liebt, aber wer weiß? Er ist ein guter Mann. Das kann nur an Helens Tod liegen.

Wir alle schlafen mehr schlecht als recht irgendwo im Wohnzimmer. Pulkowski bleibt in seinem Fernsehsessel, den er zurückklappt wie den Behandlungsstuhl beim Zahnarzt. Er döst mit offenem Mund, als warte er tatsächlich auf den Zahnarzt oder auf einen letzten Kuss von Helen. Als sein

Atem regelmäßig wird, kuschele ich mich auf dem kratzigen Sofa an Mickeys Brust zusammen und schlafe dort.

Am nächsten Morgen frühstücken wir in einem Zustand der Benommenheit. Mickey bereitet Pulkowski Toast zu, und ich sitze neben ihm und halte seine Hand. Helen scheint bei uns zu sein, scheint im Dampf unseres Kaffees zu schweben und mit der Lautstärke des Fernsehers herumzuspielen. Wir können sie spüren, aber nicht sehen. Das lässt uns alle schweigen.

Nach dem Frühstück machen Mickey und ich uns mit einer Kleidertüte, die wir mit Pulkowski gepackt haben, auf den Weg zu McClains Beerdigungsunternehmen. Wir sitzen in einem kleinen Büro mit weinroter Velourstapete, zwischen uns und dem Leiter des Beerdigungsunternehmens steht ein schwerer dunkler Holzschreibtisch. Beim Anblick des Kleides, das Pulkowski für Helens Beerdigung ausgesucht hat, zieht selbst der alte Frank McClain eine Augenbraue hoch. Vermutlich hat er seit 1959 kein perlenbesticktes weißes Hemdblusenkleid mit weit schwingendem Rock mehr gesehen. Aber Helen hat ihr offizielles Tanzkleid im Bowling-League-Stil geliebt, genauso wie Pulkowski. Ich reiche es dem Leiter zusammen mit Helens Perlenkette. In der Papiertüte auf meinem Schoß habe ich außerdem ihren roten Lippenstift, den Nagellack und ihr Parfüm »Evening in Paris«.

»Sie wollen also, dass wir Mrs Pulkowski mit diesen Sachen ausstatten?«, fragt er taktvoll. *Und ob,* denke ich. *Sie bahren schließlich eine Frau auf, die Miss Rheingold hätte sein können.*

»Ja, bitte«, erwidert Mickey und geleitet mich dann am Ellbogen aus dem Beerdigungsunternehmen.

Auf dem Heimweg schluchze ich lautlos. Mickey drückt meine Hand, doch daraufhin weine ich nur lauter und hemmungsloser. Ich trommele mit den Fäusten auf das Armaturenbrett seines Wagens, und all die Wut und die Trauer, die ich Pulkowski zuliebe zurückgehalten habe, quellen aus mir heraus. »Verdammt und zugenäht!«, schluchze ich. »Das ist *typisch* Helen. Hat sie das getan, weil ich mich auf die Suche nach Johnny Bellusa gemacht habe?«

»Spinn nicht rum«, sagt Mickey und biegt dann auf den Parkplatz des SaveWay-Konkurrenten King Kullen ein. Er verlässt die Straße so bedachtsam, dass es mir vorkommt, als habe er mit meinem Zusammenbruch gerechnet. Wir fahren auf einen Platz am Ende einer Reihe, und Mickey reicht mir ein weißes Stofftaschentuch, etwas, was selbst ein doppelt so alter Mann heutzutage in der Regel nicht mehr bei sich trägt. Ich putze mir die Nase, kann aber nicht aufhören zu weinen.

»Habe ich sie verletzt?«, frage ich und schnäuze mich ein zweites Mal. »Hat sie etwa gedacht, ich bräuchte sie nicht mehr, nur weil ich mich auf die Suche nach meinen Eltern gemacht habe?«

Mickey nimmt mein Kinn in die Hand und dreht mein Gesicht zu sich. »Rosie«, sagt er. »Du hast sie nicht *umgebracht*. Sie ist einfach gestorben.«

»Was weißt denn du!«, schniefe ich und entziehe ihm mein Gesicht. »Du kanntest doch Helen nicht so gut wie ich! Sie würde *alles* tun, um im Mittelpunkt zu stehen ...«

»... zum Beispiel einen Umweg von zwanzig Meilen auf sich nehmen, um ihren Schweinebraten zu kaufen und einen Freund für ihre Rosie zu finden? Ich glaube, ich kannte Helen.«

»Sie hat dich nicht *gequält,* wie sie mich gequält hat.«

»Sie hat dich geliebt, Rosie.«

Die Art, wie er das sagt, lässt mich verstummen. In seiner Stimme liegt eine Überzeugung, die man nur hat, wenn man etwas wirklich weiß.

»Und du hast sie geliebt«, schließt er.

Ich bin sprachlos.

Könnte die Wahrheit so einfach sein? Können zwei Menschen sich bekämpfen, schmollen, versuchen, einander zu gefallen, wichtige Informationen zurückhalten, einander verletzen, weglaufen, zu viel essen oder zu wenig essen und all das im Grunde nur, weil sie sich lieben?

Es scheint so.

Wie dumm und sinnlos mir dieses Ringen plötzlich vorkommt.

»Sie ist an einem Herzinfarkt gestorben. Vermutlich lag es am Rauchen. Nicht an dir.«

Mein Atem geht jetzt langsamer. Ich kann spüren, wie verquollen meine Augen sind. »Wusste sie, dass ich auf der Suche nach meinem Vater war?«

Er sieht in seinen Schoß, bevor er antwortet. »Ich habe es ihr gesagt. Sie hat auf der Suche nach dir im Geschäft angerufen, während du weg warst. Also habe ich ihr die Wahrheit gesagt.«

»Du verstehst meine Familie nicht wirklich, oder?«, bemerke ich. »Von denen sagt nie jemand die Wahrheit.«

»Sie hat dir die Wahrheit aus Liebe vorenthalten. Das war vielleicht ein Fehler, aber sie hat es gut gemeint.«

»Das können wir auf ihren Grabstein schreiben«, sage ich. »SIE HAT ALLE BELOGEN, ABER SIE HAT ES GUT GEMEINT.«

Und wieder ertappe ich mich dabei, dass ich weine. Diesmal fühlt es sich an wie eine riesengroße Erleichterung, nach diesem Spruch, der vielleicht ein guter Witz ist. Aber vielleicht *ist* das Leben ein guter Witz. Ich schluchze lauter.

»Komm her, Rosie«, sagt Mickey. Er nimmt mich in die Arme, und ich atme den Geruch seiner Haut und die Wärme seiner Brust tief ein. Wir bleiben lange so sitzen, vielleicht kommt es mir aber auch nur lange vor. Er hält mich fest und wiegt mich. Er hält mich und wiegt mich.

Es kommt, wie es kommen muss, und ich schlafe ein. Wir sitzen noch immer in seinem Wagen auf dem Parkplatz des King Kullen, als ich aufwache. Doch meine Augen öffnen sich und es fühlt sich an, als sähen sie eine frische, neue Welt. Eine Welt, zu der Helen nicht länger gehört, in der Ham ihr nicht länger den besten Schweinebraten mit Knochen zurücklegen muss. Mickey und ich sitzen in seinem Wagen, doch einige Meilen entfernt zieht ein Beerdigungsunternehmer Helen gerade ihr Ballkleid an. Eine Stadt weiter trauert Pulkowski in seinem Liegesessel. Zwei Bundesstaaten weiter schlägt ein Mann namens Johnny Bellusa Nägel ein und denkt über seine Tochter nach, die er gerade kennengelernt hat.

Und ich sitze neben einem Mann namens Ham. Auch das fällt mir auf und die Tatsache, wie sicher ich mich im Führerhaus seines Trucks fühle, während ich seine blöden Koteletten betrachte. Eine strahlende Sonne scheint auf die Einkaufswagen aus Chrom, und der leuchtend blaue Himmel spannt sich über uns wie ein Regenschirm. Ich drehe mich um und sehe Mickey an, und auch wenn der Zeitpunkt der Falsche ist und Mr McClain vielleicht gerade Lippenstift auf die toten Lippen meiner Großmutter aufträgt, muss ich ihm sagen, was ich entdeckt habe.

»Mickey«, sage ich, »mir ist etwas klar geworden während meines kleinen Ausflugs.«

Mickey sieht müde aus. An seinem Kinn glänzen goldene Bartstoppeln. »Was denn, Rosie?«, fragt er und klingt wie jemand, der mit einem überdrehten, übermüdeten Kind spricht, das neben ihm im Truck sitzt.

»Mickey.« Ich setze mich auf und sehe ihn an. »Wie es aussieht, haben wir nicht irgendetwas miteinander.«

Auf seinem Gesicht zeigt sich ein besorgter Ausdruck.

»Nein, warte. Ich hab das falsch formuliert.« Ich reibe mir mit den Fäusten die Augen, und meine Hände sind danach voller Wimperntusche. »Ich meine«, erkläre ich, »dass ich nicht nur mit dir schlafe, weil es sich gut anfühlt, mit einem netten Typen zu schlafen, nachdem sich herausgestellt hat, dass der eigene Mann ein Potz ist.«

»Ein Potz?«

»Das ist Helens Bezeichnung. Aber hier geht es nicht um

Teddy. Sondern um dich. Um uns.« Ich drücke seine Hand. Mickey sieht verwirrt aus. Er betrachtet mich und sieht ohne Zweifel eine Art durchgeknallten Waschbär vor sich, bei all der Wimperntusche um meine Augen. Aber das ist nicht wichtig. Ich bin sein Waschbär, falls er mich will. Nichts hält mich jetzt noch davon ab, ihm zu sagen, was ich weiß.

»Als ich da hinauf zu Johnny Bellusa gefahren bin, habe ich dich so sehr vermisst, dass mein Magen geschmerzt hat. Ich bin an zehn Dunkin' Donuts vorbeigefahren, ohne einen einzigen Doughnut zu kaufen. Nicht mal einen winzigen! Da habe ich erkannt, dass ich nicht nur was mit dir habe. Man bringt ohne Probleme einen Krapfen hinunter, wenn man einfach nur mit einem Kerl schläft, der einem nichts bedeutet. Aber du bedeutest mir etwas.« Ich sehe ihn direkt an. »Du hast mich doughnutlos gemacht.« Wieder drücke ich seine Hand. »Das hast du mit mir gemacht, Mickey Hamilton. Irgendwo zwischen der Bourne Bridge und Falmouth habe ich erkannt, dass ich einen Metzger liebe.«

Ich küsse ihn fest auf den Mund. »Wir haben eine echte Beziehung, Mickey!«, sage ich und schnappe nach Luft. »Ist das nicht großartig?«

Mickey antwortet nicht. Und er wirkt auch ganz eindeutig nicht, als ob er hin und weg wäre. Er sieht eher aus wie jemand, der von seinen Steuerformularen verwirrt ist.

»Wir haben eine echte Beziehung, Mickey!«, wiederhole ich.

Wieder warte ich auf eine Reaktion von ihm, bete darum, dass er mich in die Arme nimmt und *Heureka!* oder *Verdammt!* oder *Es wurde auch langsam Zeit, dass dir das klar wird, du verrücktes Huhn!* ruft. Aber nein, nichts Dergleichen. Er scheint über etwas nachzudenken, etwas abzuwägen.

»Rosie«, sagt er schließlich und atmet seine Entscheidung durch Mund und Nase aus. »Ich habe damit gewartet, dir etwas zu sagen, und ich will, dass du es genau jetzt erfährst.«

Ich halte mich, plötzlich hellwach, am Armaturenbrett fest. *Ich habe damit gewartet, dir etwas zu sagen?* Wann hat ein Mann je solche Worte benutzt, ohne einem mit dem nächsten Satz das Herz zu brechen?

»Bitte«, flehe ich, und meine Fingernägel hinterlassen tiefe Eindrücke in dem gepolsterten Armaturenbrett. »Sag's mir nicht jetzt. Lieber an einem anderen Tag. Mir reicht es für heute, mit dem Besuch beim Beerdigungsunternehmen und allem.«

Mickey scheint gar nicht zuzuhören. Er setzt aus unserer Parklücke vor dem King Kullen zurück. »Schnall dich wieder an«, sagt er. »Ich zeig dir etwas.«

28
Rette mich

Ich erschrecke, als Mickey den Blinker setzt und den Wagen zur Autobahnauffahrt lenkt. »Was machst du da?«, frage ich. »Sollten wir nicht zu Pulkowski zurückfahren?«

Mickey beugt sich an mir vorbei und klappt das Handschuhfach auf, aus dem er ein Handy holt, das ich nie zuvor gesehen habe. Es ist winzig, kaum größer als eine Schachtel Tic-Tac. Ich sehe zu, wie er die Kurzwahl betätigt und sich gleichzeitig fachmännisch auf die Spur gen Westen einfädelt. Er hält das Handy an sein markantes Kinn; es verschwindet fast in der Kotelette. »Bist du heute da?«, fragt er jemanden. »Gut. Dann bleib noch eine Stunde länger, ja?«

Bist du heute da? Wer ist da? Mickey brettert jetzt mit fünfundsiebzig Meilen über die Autobahn. Ich fahre mit der Hand durch mein wirres Haar, wage nicht zu fragen, versuche aber, nachzudenken.

Der Arzt ist da.

Die Exfrau ist da.

Der Vorsitzende ist da.

»Wer ist da?«, platze ich heraus, doch Mickey schüttelt nur den Kopf.

»Geduld«, sagt er zu mir. »Und gib mir mal Marcies Nummer.«

Das tue ich. Er ruft sie auf dem Handy an und fragt sie, ob es ihr etwas ausmachen würde, zu Pulkowski zu fahren. Dann breitet sich ein Lächeln wie ein Sonnenaufgang auf seinem Gesicht aus. »Sie ist bereits bei ihm«, informiert er mich. »Danke«, sagt er zu Marcie. »Wir sind in zwei Stunden wieder zu Hause.«

Zu Hause. Ist Pulkowskis Heim in Mickeys Augen jetzt sein Zuhause? Hat Helen ihn adoptiert, während ich fort war? Einerlei. Beim Klang seiner Worte steigt ein Gefühl der Wärme in mir hoch.

»Zeigst du mir endlich deine Wohnung?«, frage ich.

»Nein.«

Ich reibe mir die Augen, kämpfe gegen die Verwirrung und die Müdigkeit an. »Verrätst du mir, wohin wir fahren?«

»Wusstest du, dass ich eine autistische Cousine habe?«, fragt Mickey und überhört meine Frage. Vor dem Fenster flitzen Meilenpfosten und Ausfahrten vorbei. »Meine Familie hat da ein Sommerhaus in Connecticut, nicht weit weg von Stockbridge in Massachusetts. Es liegt an einem See in den Berkshires. Wir Kinder haben da im Sommer immer gespielt, während die Großen auf der Veranda Martinis gekippt haben.«

Mickey schwenkt auf die Ausfahrt nach Clearview, und jetzt fahren wir über die Memory Lane auf eine Brücke zu.

»War Dukey der Hund des Hauses?«, frage ich.

Er lächelt. »Sein vollständiger Name war Duke of Edinburgh, der Dritte, Herzog von Edinburgh also, und er war der Sohn zweier preisgekrönter Rassehunde.«

»Du hast deinen Boxer tatsächlich nach Prinz Charles benannt?«

»Prinz Charles ist ein *Prinz,* und der Herzog von Edinburgh ist ein *Herzog*«, erklärt er. »Aber egal«, fährt er fort und wechselt auf die Spur der Throgs Neck Bridge, die für Leute mit der entsprechenden Vignette reserviert ist. »Meine Cousine Amelia war jeden Sommer da. Sie war eine hübsche kleine Rothaarige, noch jünger als dein Metzgerfreund hier.«

Unter uns ist der Klang von Long Island zu hören, als wir die Brücke überqueren. Die blendende Wintersonne akzentuiert alle Konturen in einer Schärfe, die meinen Augen wehtut. Ich versuche, in Gedanken Mickeys Geschichte zu folgen, doch plötzlich erkenne ich, dass ich auf derselben

Brücke bin wie letzte Nacht, als ich Hals über Kopf von Cape Cod aufgebrochen bin, um bei Pulkowski sein zu können.

»Mickey«, sage ich erneut, »wohin fahren wir?«

»Nur Geduld, Babe«, sagt er und tätschelt mein Knie.

Babe? Soll das heißen, er hat mein Liebesgeständnis auf dem Parkplatz des King Kullen angenommen? Soll das heißen, unsere Auszeit ist vorbei? Oder überschreiten wir einfach nur die Zeitschwelle auf der Schnellstraße 95 Richtung Norden?

»Wahrscheinlich kennst du all diese Rituale, die autistische Kinder brauchen«, sagt Mickey und kommt wieder auf seine völlig aus dem Zusammenhang gelöste Erzählung zurück. »Das Tätscheln, die Wiederholungen und all dieser Kram. Manchmal sehe ich das auch bei Milton. Hast du ihn jemals dabei beobachtet, wie er die Streichkäse-Packungen in der Kühltheke alle gleich ausrichtet? Das macht er jedes Mal, wenn er daran vorbeikommt.«

»Wie geht es Milton eigentlich?«, frage ich, weil mir sein Unfall und unser aufgeregtes Telefonat einfallen. Ist das wirklich erst zwei Tage her?

»Gut«, sagt Mickey. »Er wollte eigentlich heute wieder arbeiten, aber ich hab ihm gesagt, er soll noch ein paar Tage freinehmen.«

Das ist typisch Mickey. So fürsorglich. So aufmerksam.

»Wie dem auch sei«, sagt Mickey, »ich habe sehr an meiner kleinen Cousine gehangen. Sie war hübsch, und sie hatte kleine Grübchen, wenn sie lächelte.« Stirnrunzelnd starrt Mickey durch die Windschutzscheibe. »Dabei ging man damals alles andere als liebevoll mit autistischen Kindern um. Ihre Familie folgte streng einem Erziehungsplan, bei dem Amelia immer auf die Hände geschlagen wurde und sie ihr Gesicht packten, um ihre Aufmerksamkeit zu bekommen.«

Bei der Erinnerung daran scheint Mickeys Miene sich zu verhärten. »Ich habe immer versucht, sie heimlich aus dem Haus und auf die Veranda oder den Rasen zu holen, wo ich sie ein wenig beschützen und ihr einfach ein bisschen, du weißt schon, *zusehen* konnte.« Er atmet scharf aus, als wir die Spur wechseln. »Wenn man einfach nur eine Weile mit ihr in ihrer kleinen Welt saß, dann fing sie an, einem den Kopf zu tätscheln und zu lächeln, genau genommen lächelte sie einen dann sogar *an.*«

Die Räder surren, es ist still im Auto, und ich bin erstaunt, Tränen in Mickeys Augen zu sehen. Wie kann ein Bursche, der als Erwachsener Tierkadaver zerteilte, von ein paar Klapsen so berührt gewesen sein? Jetzt beugt Mickey sich zu mir und küsst mich auf die Wange. Dabei rammt er fast einen blauen Mini Cooper. »Vorsicht!«, jaule ich. Er reißt das Lenkrad herum, küsst mich aber noch einmal.

»Ich habe dich immer dafür bewundert, wie du mit Milton und deinen anderen Schützlingen umgehst«, sagt er. »Das hat mir an dir von Anfang an besonders gefallen.«

Ich schweige eine Zeit lang. Dann sage ich: »Ja, und wie kommt es dann, dass du nicht selbst Pädagoge oder Sozialarbeiter geworden bist? Statt, ähm, Metzger.«

Mickey lacht. »Warte noch«, sagt er. »Gleich wirst du alles verstehen.«

Eine Ausfahrt vor Merritt Parkway, der Panoramastraße, fahren wir ab. Ich kann es nicht glauben, dass er mit mir den ganzen Weg nach Danbury in Connecticut gefahren ist, ganze neunzig Meilen, um mich zu einem anderen SaveWay zu bringen. Er ist noch nicht mal so nett anzusehen wie der auf Long Island. Es ist ein älterer Supermarkt, nur etwa halb so groß wie der, in dem Ham arbeitet. Der bunte Neonschriftzug glitzert wie die zu protzigen Klunker einer begüterten Witwe. Die ganze Fassade sieht aus, als hätte man sie einer Schönheits-OP unterzogen, die nicht ganz gelungen ist. »Das hier war die erste SaveWay-Niederlassung«, erklärt Mickey und parkt seinen Wagen in einer Lücke in der ersten Reihe. »Komm. Lass uns hineingehen.«

Irgendwann kommt sogar im Leben des geduldigsten

Menschen der Moment, in dem er seine Geduld verliert, dann ist es einfach genug. Als ich auf den ersten aller Save-Ways blicke, wird mir klar, dass dieser Moment jetzt gekommen ist. Ich bin froh, dass Mickey findet, ich sei nett zu meinen Schützlingen, doch plötzlich bricht eine Welle der Müdigkeit über mich hinein. Und ihr auf den Fersen folgt das schlechte Gewissen, das ich empfinde, weil ich so weit weg von Pulkowski bin. Mein Hintern bleibt fest auf dem Beifahrersitz von Hams Wagen sitzen. Ich werde nirgendwohin gehen.

Gestern ist meine Großmutter gestorben. Ich drehe mich zu Mickey um, der mir bereits die Tür aufhält, und erinnere ihn an diese Tatsache. »Bitte«, sage ich und höre die Erschöpfung in meiner Stimme, »bring mich jetzt nach Hause.« Zärtlich berühre ich eine seiner Koteletten. »Wir können unsere Angelegenheiten doch später klären. Nach Helens Beerdigung.«

In Mickeys Augen blitzt etwas auf, das ich nicht verstehe, und meine Worte scheinen dieses Glitzern auch in keiner Weise zu beeinträchtigen. »Vertrau mir, Rosie«, sagt er. »Helen wäre *begeistert* hiervon. Sie würde *wollen,* dass du genau jetzt genau hier bist.«

Ich atme tief aus. »Das glaube ich nicht.«

»Bitte, Rosie. Gib mir nur zehn Minuten, nicht mehr, und dann bringe ich dich sofort nach Hause.« Er drückt mich kurz an sich und lässt mich dann wieder los. »Okay?«

»Also gut.«

Er streicht mit den Daumen über meine Wangen und lächelt. »Wie schön du bist«, sagt er. »Lass uns gehen.«

Ich stolpere hinter ihm über den Parkplatz, die Arme eng um mich geschlungen, um nicht zu frieren. Als wir uns den Eingangstüren nähern, nimmt Mickey meine Hand und zieht mich zur Rückseite des Gebäudes.

»Gehen wir nicht rein?«, frage ich.

»Nicht ins Geschäft«, sagt er und zerrt an meiner Hand

wie ein Kind. Er führt mich um die Ecke des Supermarktes. Und dann sehe ich es.

Hinter dem Supermarkt, ganz am anderen Ende des Parkplatzes, erhebt sich ein dreistöckiges Bürogebäude mit verspiegelten Fenstern wie eine Fata Morgana. »Da«, sagt Mickey, und ich gehe so traumwandlerisch mit ihm wie Dorothy durch die Klatschmohnfelder in »Der Zauberer von Oz«. Mickey macht die Glastüren auf und führt mich hinein. Aus der Innentasche seines Sakkos zieht er eine Chipkarte und schiebt sie wie eine Visa durch den Schlitz einer weiteren Tür. Diese ist aus poliertem Holz und Chrom. Eine Frau in Helens Alter sitzt an einem Schreibtisch daneben und lächelt uns an. »Wie geht's, Michael?«, fragt sie.

»Gut, Jean«, sagt er, legt dann eine Hand auf meinen Rücken und schiebt mich durch die Tür. Er führt mich über einen kurzen, mit Teppich ausgelegten Korridor an einer Topfpflanze vorbei und klopft an eine Tür mit einem Messingschild. Er öffnet sie und ergreift dann meine Hand, damit ich ihm folge. »Bist du da?«, ruft er. »Pop?«

Ganz am anderen Ende des großen Büros kann ich den Hinterkopf eines Mannes ausmachen. Ein mit dichtem weißen Haar bedeckter Kopf dreht sich um und offenbart das schöne Gesicht von …

Ham.

Das Gesicht ist älter und die Falten um den Mund sind tiefer, als der Mann lächelt, aber es besteht kein Zweifel daran, dass dieser Mann Mickey Hamiltons Vater ist.

»Michael«, sagt der Mann und erhebt sich von seinem Stuhl. Er ist an die zwei Meter groß – bei ihm bekommt das Wort »starkknochig« eine ganz neue Bedeutung. Das Auftreten des Mannes hat etwas Aristokratisches, wie er die Schultern ein ganz klein wenig strafft, als er auf uns zukommt, wie die Knöpfe an den Manschetten seines gestärkten weißen Hemdes aufblitzen. Doch seine Hände sind rau, genau wie die von Mickey, und diese Hände wurden nicht in die Ärmel mit den Manschettenknöpfen hineingeboren. Metzgerhände.

»Das also ist die berühmte Rosie Plow«, sagt er, und seine Stimme klingt sonor und warm. Und dann nimmt er mich in die Arme, und auch seine Umarmung ähnelt der von Mickey. Ich entspanne mich, vielleicht aus Erschöpfung, vielleicht aber auch, weil dieser Moment auch nicht seltsamer ist als jeder andere an diesem eigenartigen Tag.

»Das mit Ihrer Großmutter tut mir so leid«, flüstert er mir ins Ohr, und ich glaube ihm. »Michael hat mir erzählt, wie sehr Sie an ihr hingen.«

Tränen durchfeuchten die Brust seines schönen, sauberen Hemdes. Ich weiß, ich sollte etwas erwidern, doch meine Verwirrung hat mich sprachlos gemacht. Andererseits hat es auch etwas Befreiendes, sprachlos zu sein. Man muss nichts tun, außer die beiden Männer anzustarren, die einen jetzt anlächeln.

»Bitte setzen Sie sich«, sagt Mickeys Vater, und ein Stuhl taucht hinter mir auf, in den Mickey mich hineindrückt. »Ich weiß, dass Sie nicht lange bleiben können«, sagt Ham senior und setzt sich mir gegenüber auf seine Seite des langen Mahagonitisches. »Aber es freut mich wirklich sehr, die Frau zu treffen, die Michaels Herz erobert hat.«

»Michael?«, gelingt es mir zu murmeln, doch der Mann in dem weißen Hemd betrachtet mich weiter, beurteilt mich mit seinem scharfen, aber freundlichen Blick. Sein Schreibtisch ist wunderschön. Schweres, geschnitztes Holz, das edel gemasert und auf Hochglanz poliert ist. Überall an den cremefarbenen Wänden hängen Gedenktafeln und Porträts, und ich brauche nicht lange, um dasjenige von Mickey in einem strengen, dunklen Anzug zu finden. Es hängt gleich neben dem seines Vaters.

Anscheinend werden meine Augen immer größer. »Alles in Ordnung?«, fragt Mickey und drückt meine Schulter. Wieder starre ich auf den Schreibtisch. Ein Briefbeschwerer aus

Waterford-Kristall steht darauf, zwischen zwei Füllfederhaltern. Eine vergoldete Münze mit eingestempeltem SaveWay-Logo schwebt darin. Ich werfe einen Blick auf die Gravur: 75 JAHRE. Ich sehe zu Mickey auf.

»Genau«, sagt er und legt die Hände auf meine Schultern. Und da kapiere ich, dass mein Metzgerfreund in Wahrheit Mr SaveWay junior ist.

»Rosie«, sagt er, »ich habe dich nicht hergebracht, um dir von den Supermärkten zu erzählen. Nach unserer, du weißt schon, kleinen Tagung vor dem King Kullen *musste* ich dich einfach herbringen …«

»Dem King Kullen?« Ham senior klingt beunruhigt.

»Keine Sorge, Pops. Das war kein Verrat.« Sein Blick aus diesen wunderschönen Augen kehrt zu mir zurück. »Ich wollte dich schon seit Monaten mit hierher nehmen, Rosie, damit du meinen Vater kennenlernst. Jede Woche haben wir unsere Treffen, und ich kann von nichts anderem reden als von dir.«

»Das stimmt«, bestätigt Ham senior. »Als Geschäftspartner war er nutzlos. In all seinen Berichten ging es nur um Sie. Frage ich ihn nach den Umsatzzahlen, antwortet er mir, wie schön Sie sind. Frage ich ihn nach dem Geschäftsbericht, antwortet er mir, wie humorvoll Sie sind.«

»Aber …«, wage ich einzuwerfen.

»Und jetzt sehe ich, dass er natürlich recht hat.« Mickeys Vater erhebt sich. »Aber ihr zwei müsst jetzt wieder los.« Er nimmt meine Hand in seine große Pranke. »Gehen Sie. Und nehmen Sie diesen Ham mit sich. Um Ihre Großmutter tut es mir aufrichtig leid.«

»Willst du meine Wohnung in der Stadt sehen?«, fragt Mickey, als wir uns wieder der Throgs Neck Bridge nähern. »Ich könnte den Tunnel nehmen und sie dir ganz schnell zeigen. Sie ist im Village, und ab und zu kriegt man bei mir um die Ecke sogar einen Parkplatz.«

Die Heizung im Wagen ist voll aufgedreht, doch ich zittere immer noch. Anscheinend stehe ich unter Schock. Mickey hat mir seine Skijacke um die Schultern gelegt, noch über meinen eigenen Mantel. Zum ersten Mal habe ich die Tageskarten für die Liftanlagen bemerkt, die am Reißverschluss baumeln. Mount Snow. Bretton Woods. Alle von letztem Jahr. Wer ist dieser Mann?

»Rosie?«, sagt er. »Ich weiß, dass das Timing heute nicht das beste war, aber es hat sich trotzdem richtig angefühlt.«

Ich erwidere nichts. Meine behandschuhte Hand liegt noch immer um das polierte Glas des SaveWay-Briefbeschwerers. Mickeys Vater hat darauf bestanden, dass ich ihn mitnehme, fast, als handele es sich um Mickeys Mitgift. *Behalten Sie ihn,* hat er gesagt, als er ihn mir reichte. *Ich weiß, bei Ihnen wird er in guten Händen sein.*

»Denk doch nur mal, wie gut Helen das gefallen hätte«, sagt Mickey.

»Wusste sie, dass du der SaveWay-Erbe bist?«

Mickey lacht und fährt auf den Zubringer zur Brücke. »Ich nehme dich ein anderes Mal mit in meine Wohnung«, sagt er. »Bringen wir dich lieber heim zu Pulkowski. Und nein, Mrs P. wusste es nicht. Aber sie hatte einen guten Instinkt, das muss man ihr lassen. Schließlich hat sie dir immer gesagt, ich sei ein Prinz.«

»Sie hat mir gesagt, du seist Metzger, genau wie Barney Kroener.«

»Barney Kroener?«

»Der Nachbar, der keinen hochkriegen konnte.«

Mickey johlt vor Lachen, und seine Koteletten zittern. »Nein, er war dein Onkel.«

»Er war *wie* ein Onkel.«

Jetzt müssen wir beide lachen. Ich lasse die Skijacke von den Schultern gleiten. Allmählich wird mir wieder warm. »Warum hast du mir denn nie etwas von all dem gesagt?«

Mickeys Gesichtsausdruck verändert sich. Er starrt geradeaus und umklammert das Steuer. »Ja«, setzt er sehr vorsichtig an. »Erinnerst du dich noch an den Tag in meinem Büro, als wir über die Hams und Fishers und Plows diskutiert haben?«

Ich starre auf meinen Schoß und meine seit Neuestem stromlinienförmigen Knie. Das war keiner meiner großen Momente, dieser Nachmittag in Hams Büro. Ich habe den Verlust eines Mannes mit einem Jurastudium beklagt, indem ich den Beruf eines ausgesprochen netten Burschen herabgesetzt habe – oder zumindest das, was ich für seinen Beruf *hielt*. Es schmerzt, sich vorzustellen, wie ich geklungen haben muss. Für eine Sozialarbeiterin, die mit geistig Zurückgebliebenen arbeitet, hat Roseanna Plow an jenem Tag wenig Verständnis für das »Anderssein« gezeigt. »Du hast mich für einen Snob gehalten«, sage ich zu Mickey und streiche unglücklich über den Briefbeschwerer seines Vaters.

»Na ja«, sagt Mickey. »Ich dachte, ich kenne dich besser, aber nur für den Fall, dass ich falsch lag ..., du weißt schon, geblendet von deiner Schönheit oder so, dachte ich mir, es wäre besser, mich bedeckt zu halten.«

»Dein gutes Recht«, gestehe ich. »Aber war das eine Beleidigung, dieser Spruch, ›geblendet von deiner Schönheit‹?«

Mickey sieht mich an, und seine Augen sind feucht und voller Liebe. Nein, es war keine Beleidigung. Ich nehme seine freie Hand in meine und drücke sie an meine Wange. Das ist meine Art, ihm zu sagen, dass ich ihn liebe. »Es tut mir leid«, sage ich, »dass ich so ein Arsch war.«

»Du bist meine Allerwerteste«, entgegnet er, was uns natürlich beide zum Lachen bringt.

»Und warum leitest du dann einen SaveWay in Ronkonkoma«, frage ich, »statt in einer Villa in Venedig zu wohnen?«

»Stellst du dir so das Leben von uns SaveWay-Jungs vor?«

»Na ja ...«

»Ich habe in jedem Supermarkt gearbeitet, den meine Familie besitzt. Drei Bundesstaaten. Siebzehn Märkte. Jede Abteilung.« Der Wagen wird langsamer, als wir an der Mautstelle für die Brücke vorbeikommen. Es entsteht eine vorübergehende Stille zwischen uns. »Ich habe jeden Job übernommen, den auch Milton macht«, sagt Mickey. »Jeden einzelnen. Und ich habe Obst und Gemüse bestellt, am Informationsschalter gestanden und, wenn es nötig war, die Kühlregale geputzt. Ich habe jede Aufgabe erledigt, die schon mein Großvater machen musste, als er vor fünfundsiebzig Jahren seinen kleinen Lebensmittelladen an einer Straßenecke in Newark betrieben hat.«

»Die Geburt der SaveWay-Kette«, stelle ich fest.

»Genau«, stimmt Mickey zu.

Ich lehne meinen Kopf gegen seine Schulter. »Rette mich«, sage ich.

»Es wäre mir ein Vergnügen, Miss Plow.«

Wir sehen beiden total fertig aus, als wir nach Hause kommen. Wir schleppen unsere ausgelaugten Körper ins Haus, wo Marcies Stimme laut aus der Küche dringt. Wir treffen sie in einem zerrissenen T-Shirt von VH1 vor dem Herd an, die Hornbrille baumelt an ihrem Halsausschnitt. Ihr Gesicht ist feucht, und ihre Augen sind so rot wie die eines Kaninchens. Sie begrüßt uns mit der freien Hand, während sie mit der anderen ein geröstetes Käse-Sandwich umdreht.

»Mr P. und ich haben gerade darüber gesprochen, wie Mrs P. dich damals ins Acropolis geschleppt hat, um Ham zu treffen.«

Pulkowski sitzt gebeugt in seinem Küchenstuhl und schüttelt sich vor Lachen.

»Wusstest du, dass sie das vorhatte?«, frage ich Marcie.

»Ich wusste alles,« entgegnet Marcie, lässt das Sandwich auf einen Teller gleiten und stellt es vor Pulkowski hin. »Helen und ich hatten so manches Gespräch. Ich erinnere mich noch an die Unterhaltung, in der sie mir sagte, sie sei der Meinung, du solltest dich von deinem Mann trennen, weil er ein Potz ist …«

Jetzt schüttelt auch Marcie sich vor Lachen. Sie steht hinter Pulkowski, klopft ihm auf den Rücken, und beide winden sich hysterisch. »Einen Potz hat sie ihn genannt! Einen kleinen jiddischen Schlappschwanz!«

Ich beneide sie fast darum, wie es ihr gelingt, Pulkowski zum Lachen zu bringen. Als sie schließlich aufhört und sich neben seinem Stuhl aufrichtet, betrachtet sie Mickey und mich kritisch prüfend.

»Was ist das für ein Briefbeschwerer?«, fragt sie, als ich ihn auf die Arbeitsplatte lege. Ich antworte nicht. Es fühlt sich gut an, ein Geheimnis zu haben, das Marcie nicht kennt.

»Es ist noch mehr Essen unterwegs«, sagt sie. »Seanie holt gerade Chop Suey.«

Ich ringe mir ein »Danke« ab, doch Marcie betrachtet uns noch immer fragend.

»Sieh dich nur mal an«, sagt sie. »Helen würde kaum glauben, wie *dünn* du bist.«

»Zu dünn«, sagt Mickey, umschlingt meine Taille und grinst.

»Helen«, sagt Pulkowski voller Gefühl. »Helen.«

So viel Liebe. In meinem ganzen bisherigen Leben habe ich nicht annähernd so viel Liebe erleben dürfen.

29

Was uns trennt

Pulkowski und ich sitzen Seite an Seite in der ersten Reihe und starren auf Helens offenen Sarg. Wir danken den Freunden und Bekannten, die nach und nach eintreffen. Ich habe mich bei ihm untergehakt, als wolle ich ihn auf dieser Erde verankern. Mickey und Marcie übernehmen die Gastgeberrolle, begrüßen die Trauergäste an der Tür, geleiten sie zu uns und befreien uns auch wieder von ihrer Gegenwart, wenn wir genug haben. Helen lächelt gelassen in ihrem Nest aus Samtkissen, als wisse sie von meinem Ausflug nach Connecticut und als wisse sie, wie gut sie aussieht in ihrem Tanzkleid und auch, dass all die Blumen für sie sind. Ich kann ihre Gegenwart noch immer spüren, als wolle sie die Ereignisse des Tages überwachen. Mein Herz tropft wie ein vollgesogener Schwamm, so sehr vermisse ich sie. Ich bin ganz in diese Gefühle vertieft, als ich Mickeys zögernde Schritte und die einer weiteren Person hinter mir höre. Als ich mich umdrehe, blickt Teddy besorgt zu uns hinunter. Mickey bewacht ihn wie ein Sicherheitsbediensteter und sucht in meinem Gesicht nach Hinweisen darauf, was er tun soll. Teddy lächelt zaghaft, aber herzlich, und entblößt dabei seine Mäusezähnchen. Er trägt einen von seinen schicken Anzügen, Anzüge, die ihm eigentlich den großen Erfolg als Jurist bringen sollten, uns aber stattdessen nur hohe monatliche Rechnungen bescherten. Er sieht unsicher und nervös aus, doch gleichzeitig ernst und traurig. Er ist zur Totenwache einer Frau gekommen, die nie ein gutes Wort über ihn verloren hat. Das ist anständig von ihm.

Ich lächle Mickey zu und drücke seine Hand. Erst da verlässt mein Metzger uns. Er geht zum Sarg, neben dem er Position bezieht, um über Helen zu wachen wie die königliche Leibgarde über den Buckingham Palace. Teddy ergreift die Hand meines Großvaters. »Mein aufrichtiges Beileid, Mr P.«, sagt er. Pulkowski nickt dankend.

»Rosie«, sagt Teddy.

»Danke, dass du gekommen bist«, sage ich. Dann stehe ich auf und umarme ihn. Ich rieche sein Aftershave, seine Haut, sein gestärktes weißes Hemd, alles Gerüche, die einmal Teil meines Lebens, meiner Gedanken, meines Bettes und meiner Zukunft waren. Sie bringen eine nostalgische Saite in mir zum Schwingen, als würde ich einen Blick auf einen Film werfen, den ich einst sehr gern angesehen habe, doch ich möchte nicht länger mit ihm nach Hause zurückkehren.

Potz!, zischt Helen unhörbar in ihrem gepolsterten Sarg, der beige ausgeschlagen ist, mit beigefarbenen Kissen ausgepolstert und überhaupt ganz beige ist und teurer war als die weiße Variante, doch was sonst hätten wir für Helen nehmen können? *Potz!,* sagt sie erneut, aber ich sage: Nein, Ma, *ich* entscheide hier, wer ein Potz ist. *Ich.*

Teddy ist schon in Ordnung, sage ich ihr. Er ist heute extra gekommen, um dir die letzte Ehre zu erweisen. Und wenn er den Rest seines Lebens mit Inga, dem Almost-Girl, verbringen will, dann ist das auch in Ordnung. Wirklich.

Mickey wacht noch immer in seinem teuren Anzug neben Helen, und er scheint sich darin viel wohler zu fühlen, als ich es mir je vorgestellt hätte. Es kommt mir so falsch vor, dass ich Helen nie sagen konnte, wie sehr ich ihn liebe. Aber was riet die *Cosmopolitan* bereits vor längerer Zeit: Es sind die schwierigen Bälle, die uns weiterbringen.

Ich kann ein leises Lachen nicht unterdrücken, und Teddy sieht besorgt aus. Seine Stirn legt sich in die Furchen, die mir seit fünf Jahren vertraut sind. Er wird nie ein abgebrühter Anwalt sein. Er ist die reinste Verkörperung des Wortes »verletzlich«. Aber er war schließlich auch einmal mein Teddy. In vielerlei Hinsicht sind wir zusammen erwachsen geworden. Und dann hat eben einer von uns das traute Heim verlassen, genau wie in Mickeys Ehe. Vielleicht hat Mickey doch recht. Vielleicht geht es nicht immer um Schuld. Obwohl ein Ehemann sein Heim auf sehr viel nettere Art verlassen kann als Teddy.

»Danke für dein Kommen«, sage ich noch einmal und begleite ihn über den Mittelgang zur Tür.

»Na ja«, sagt er, »sie war schließlich ein Teil meines Lebens.«

»Das war sie auf jeden Fall«, stimme ich zu, bin mir aber sicher, dass wir uns ganz unterschiedliche Teile vorstellen. Als wir an der Tür angekommen sind, sage ich: »Es war sehr lieb von dir, ihr deine Aufwartung zu machen.« Ich beuge mich vor und küsse ihn auf die Wange. »Dir und Inga alles Gute.«

Teddys Kinnlade klappt herunter.

»Habt ihr vor, Kinder zu bekommen?«, frage ich.

»Was?« Jetzt ist sein Ausdruck der echten Schocks.

»Du und Inga. Wollt ihr Kinder haben? Dieses rosa Haus ist ganz schön groß.«

Jetzt sieht er verängstigt aus. Vielleicht dreht seine Exfrau bei der Totenwache seiner Schwiegermutter durch. Dabei ist Helen ja gar nicht wirklich seine Schwiegermutter. Aber das geht ihn nichts an.

Ich genieße es, Teddy bei seinem Ringen zuzusehen. »Rosie«, sagt er schließlich. »Ich weiß, dass jetzt nicht der richtige Zeitpunkt dafür ist, aber ich möchte dir sagen, wie leid es mir tut, wie sich die ganze Geschichte abgespielt hat.«

»Diese ganze *Ehe*geschichte, meinst du?« Ich kann der Versuchung nicht widerstehen, ihn noch ein kleines bisschen mehr zu quälen.

»Ich weiß nicht, was ich sagen soll«, sagt er, und sein Gesicht läuft knallrot an. »Ich hoffe nur, du weißt, dass ich dich mal geliebt habe …«

Kann ein Gesicht noch röter werden? »… ich meine, ich habe dich natürlich *immer* geliebt, aber …«

Selbst ich kann es nicht länger mit ansehen, wie er sich quält. Ich öffne die schwere Eichentür, und ein Schwall kalter Luft dringt herein.

»Ich wünsche dir alles Gute«, sage ich zu ihm. »Eine Zeit lang hatten wir es doch ganz gut zusammen. Schick mir die Papiere, sobald du sie fertig hast.«

Ein anderer Mann hätte meine Umarmung vielleicht erwidert oder sich bedankt, doch so smart ist Teddy einfach nicht.

»Alles in Ordnung?«, fragt Mickey, als ich in den Raum zurückkehre. Ich fahre mit den Fingern über eine seiner Koteletten, zupfe an seiner Krawatte und klopfe ihm auf die Brust.

»Alles in Ordnung, mein hübscher, großer SaveWay-Knabe«, sage ich.

»Möchtest du ein bisschen rausgehen, Daddy?«, frage ich Pulkowski, nachdem Teddy gegangen ist. Der alte Mann nickt und erhebt sich langsam. Wir schieben uns an Nachbarn und Trauergästen vorbei in den dunklen Korridor, der zu McClains Vordereingang führt. Wir stehen unter dem schwarzen Vordach und lassen uns von der Winterluft beleben. Die Sonne steht schon tief am nachmittäglichen Himmel, und ein paar der vorbeifahrenden Autos haben bereits die Scheinwerfer eingeschaltet. Es war ein langer Tag – anstrengende Stunden, in denen wir gleichzeitig Hallo, Hallo, Hallo und zu Helen Lebwohl, Lebwohl, Lebwohl sagen mussten. Menschen aus der Gegend, in der Alexa groß geworden ist, und die ich noch nie getroffen habe, haben den Nachmittag interessant gemacht. Sie haben mich staunend und mit unverhüllter Neugier angesehen. *Ja,* hätte ich gern gesagt, *das ist Johnny Bellusas Gesicht, in das ihr blickt.* Fast meinte ich, mich bei ihnen dafür entschuldigen zu müssen, dass ich die Ursache dafür war, dass Helen ihre Gegend verlassen hat. Aber war es nicht eigentlich Alexas Schuld? Ich drehe mich zu Pulkowski um, der die Hände in den Taschen vergraben hat und anscheinend in seine eigenen Gedanken versunken ist. Er sieht stark und unerschütterlich aus, aber er ist ein achtzig Jahre alter Mann mit Prostatakrebs. Wie lange werde ich ihn noch haben?

»Daddy?«, frage ich. »Vermisst du Alexa?«

Das ist eine dumme Frage, aber etwas in mir drängt mich, sie laut auszusprechen. Auch der Zeitpunkt ist schlecht gewählt, wo doch der noch frische Verlust auf Pulkowskis Schultern lastet.

Doch sein Gesicht leuchtet auf, als er den Namen seiner Tochter hört. Er sieht mich aus müden Augen an und drückt mich dann fest an sich.

»Natürlich vermisse ich mein anderes kleines Mädchen«, sagt er.

»Möchtest du, dass ich versuche, sie zu finden?«

Er bläst warme Atemluft gegen meinen Schädel. »Was, wenn ich dir sage, dass ich weiß, wo sie ist?«

Ich entziehe mich ihm und spüre, wie das Blut in meinen Adern pulsiert. »Was?«

»Deine Mutter und ich wissen, wo sie ist. Aber sie will uns nicht sehen. Sie hat Angst, wir könnten … na ja, versuchen, etwas zu unternehmen.«

Mein Herz zieht sich zusammen. Der Wind hebt die Ecke meiner Jacke an, doch ich spüre es nicht. »Was versuchen?«, frage ich.

»Sie lebt in einer Art Kommune im Bundesstaat Washington.«

»In einer *Kommune?*«

Er lächelt. »Genau. Und sie isst nur Gemüse.« Pulkowskis Grinsen wird breiter. »Das hat deine Mutter unglaublich gestört.«

Ein Auto rauscht vorbei, die Lichter blenden. Blinzelnd sehe ich zu Boden.

»Sie bauen Brokkoli an«, sagt er. »In der Kommune.« – »Ist sie nie zurückgekommen?« – »Nein.«

»Wollte sie mich nie sehen?«

Pulkowski schweigt fast eine ganze Minute lang. Der Wind frischt auf, während der Himmel sich allmählich dunkelblau färbt, doch keiner von uns macht Anstalten, wieder hineinzugehen. »Das ist die Art Frage, auf die es keine gute Antwort gibt«, sagt er schließlich. Er nimmt mein Kinn in seine große Hand, als wäre ich wieder ein Kind, und wischt mit dem Daumen die Tränen weg. »Aber es hat nichts mit dir zu tun.«

»Womit denn sonst?«, schluchze ich, unsicher, ob ich um mich, um Helen oder um die Mutter weine, die ich nie hatte.

»Wenn ich dir davon erzählt hätte, würde das weiterhelfen?«, fragt mein Großvater.

Wieder legt er die Arme um mich. Ich ringe mit meinem Ärger, der sich aber vielleicht gar nicht gegen ihn richtet. »Sie war mein kleiner Liebling«, sagt er, »aber sie war auch ein seltsames Mädchen.« Ich höre ihn langsam atmen, als sammele er seine Gedanken, sortiere seine Worte und versuche sein Bestes, um einen Weg zu fingen, es zu erklären. »Allie war ziemlich aufgeweckt, ja, das war sie, aber sie hatte auch Probleme. Heutzutage hätte so was einen klangvollen Namen. Vielleicht wüsstest du sogar, was es ist.«

Ich richte mich auf und sehe ihn an. »Du meinst, eine psychiatrische Angelegenheit?«

Mein Großvater nickt, seine Augen blicken traurig. »Als kleines Mädchen war sie süß wie Zucker. Doch als Allie größer wurde, hatte sie immer öfter solche Zustände, dann sprach sie nicht und sah traurig aus und niemand konnte zu ihr durchdringen, nicht mal Helen.«

Der Gedanke, dass es Helen nicht möglich gewesen sein soll, zu jemandem durchzudringen, macht uns beide traurig. Wir schweigen eine Minute.

»Einmal hat sie ein ganzes Fläschchen Pillen geschluckt«,

sagt er sanft. »Deine Mutter hat sie in ihrem Zimmer gefunden. Dabei war sie wirklich klug. Hatte in der Highschool nur die besten Noten, nur die schwierigsten Fächer.« Ein Lächeln huscht über sein Gesicht. »Ich weiß gar nicht, von wem sie das hatte.« Er lacht sein Pulkowski-Lachen, aber nur kurz. »Dann ist sie in eine Gruppe Jugendlicher hineingeraten, das waren – wie würdest du sie nennen?« Pulkowski runzelt die Stirn. »Hippies, vermute ich. Dabei schien sie sie nicht wirklich zu mögen. Der einzige Freund, an dem sie je wirklich hing, war der Junge aus dem Schulbus.«

»Johnny Bellusa?«

Ein ernstes Nicken bestätigt, dass mein Vater tatsächlich der Junge aus dem Schulbus war.

»Sie sprach ständig mit ihm. Jeden Abend. Am Telefon. Oder in seinem Auto, vor dem Haus.«

»Mochtest du ihn?«, frage ich und weiß, dass ich rührselig klinge, wie ein kleines Kind, das sein neues Fahrrad jemandem vorführen will. Mein Großvater antwortet nicht.

»Deine Mutter hat versucht, Hilfe für Allie zu holen, als sie mit dir nach Hause kam. Sie wollte, dass sie an einer Therapie in einem Krankenhaus für Jugendliche teilnimmt, Jugendliche mit …«

»Psychischen Problemen«, beende ich den Satz für ihn.

Pulkowski nickt. »Da ging sie.« Er verschränkt die Arme, als versuche er, die Teile von etwas zusammenzuhalten. »Sie hat es geschafft, hat sogar in Oregon irgendeine Ausbildung zur Hebamme gemacht …«

Ein Wagen mit einem kaputten Auspuff fährt vorbei, doch es ist nicht der Lärm, der mir das Gefühl gibt, dass Eiswasser durch meine Adern jagt. Es ist meine Mutter. Hebamme. Meine biologische Mutter bringt die Kinder anderer Frauen zur Welt, nachdem sie dafür gesorgt hat, dass ein ganzer Kontinent zwischen ihr und mir liegt.

»Sie hat ein Darlehen aufgenommen und es selbst zurückgezahlt, und sie hat uns sogar Bescheid gegeben, als sie fertig war und arbeitete«, sagt Pulkowski, dem die Tatsache entgeht, dass mein Innerstes am Erfrieren ist, dass meine Muskeln erstarrt und meine Gelenke vor Rost und Kummer steif sind.

»Aber sie führte nie das, was man ein normales Leben nennt. Zumindest nicht nach Helens und meinen Maßstäben. Und sie wollte auch nie« – er macht eine Pause und nimmt meine Hand in seine –, »also, sie wollte nie mehr nach Hause kommen.«

Dicke Tränen kullern über meine Wangen. In dem Schmerz auf Pulkowskis Gesicht sammeln sich purpurrote Schatten.

»Ach, Liebes«, sagt er leise. »Soweit wir wissen, hat sie sich nie Hilfe wegen ihrer Probleme geholt. Du siehst also, dass es nicht wirklich Alexa ist, die ihr kleines Mädchen nicht sehen will. Ihre Krankheit hält sie davon ab, es zu wollen.«

»Sie wird uns also nicht sehen wollen, nie?« Ich schluchze seine Sportjacke voll, nicht sicher, ob ich um mich, um Helen oder um die Mutter weine, die ich nie hatte. Doch Pulkowski kann meine Frage nicht beantworten. Ich weiß das. Er kann mir auf den Rücken klopfen, wie er es gerade tut. Er lässt seine große Hand sanft kreisen. Er kann meine Tränen mit dem Daumen wegwischen. Aber das war die größte Menge an Worten, die wir in unserem ganzen Leben miteinander gewechselt haben. Er hat alles gesagt, was er sagen kann, um mich zu trösten. Und man muss auch nicht die ganze Zeit reden, um jemandem zu sagen, dass man ihn liebt.

Am nächsten Morgen stehen wir vor einem Grab auf dem Militärfriedhof von Calverton, wo Helen darauf warten wird, dass ihr Herzallerliebster aus dem Zweiten Weltkrieg sich eines Tages zu ihr gesellt. Es ist ein knackig kalter Wintertag, und über uns hängen Schneewolken. Mickey hat den Arm um meine Schultern gelegt. Wir haben jeder nur eine einzelne rote Rose auf Helens Sarg gelegt. *Lebwohl, Ma!* Als ein junger Soldat anfängt, den Zapfenstreich zu spielen, scheinen Pulkowskis Knie ein wenig nachzugeben. *Lebwohl, Miss Muffet!* Er verschränkt die Hände wie ein Mann, der nichts hat, an dem er sich festhalten kann. Ich stehe neben ihm und habe den Arm um ihn gelegt. Die ersten Schneeflocken fallen auf die Schultern unserer Wintermäntel und bestäuben die Blumen auf dem glänzenden Holz des Sargdeckels. Ein Priester, dessen Schultern vor Kälte hochgezogen sind, hebt die Hand zu einem letzten Segen für Helen. Ich merke, wie ein Lächeln meine Lippen umspielt. Vermutlich einer von diesen verzogenen Jesuiten, denke ich. Jemand bringt ihm wahrscheinlich seinen Tee und seinen Brandy und wischt ihm sogar noch den Hintern.

EPILOG
Nicht ohne mich

Am Morgen von Eleanors Auftritt mit der Integrativen Theatergruppe greife ich mir das Telefon und rufe Johnny Bellusa an.

»Roseanna?«, sagt er, als er meine Stimme hört. »Bist du das?«

Ich lächle unter meinem Stapel Bettdecken. »Hast du gedacht, ich wäre eine deiner Freundinnen?«

»Da haben wir's«, lacht er. »Du redest genau wie deine Mutter.«

»Es tut mir leid, dass wir nicht zusammen essen konnten«, sage ich zu ihm.

»Und mir tut das mit deiner Großmutter leid. Wie kommt Mr Pulkowski denn klar?«

»Er ist im Nachbarzimmer, falls du mit ihm sprechen möchtest. Er ist bei uns, seit sie gestorben ist. Soll ich ihn dir geben?«

Am anderen Ende herrscht ein kurzes Schweigen. »Oh, nein«, sagt Johnny. »Ich wüsste gar nicht, was ich nach all den Jahren zu ihm sagen soll.«

»Er weiß, wo Alexa ist. Er hat sie hin und wieder gesehen.«

»Tatsächlich?«

Ich erzähle es ihm. Ich wiederhole alles, was Pulkowski mir in Bezug auf Alexas Aufenthalt erzählt hat, obwohl ich mich frage, warum ich das tue. Klar, dass ich immer noch auf ein märchenhaftes Ende der unglücklichen Romanze meiner Eltern hoffe – der Zimmermann und die Hebamme eilen von ihrer jeweiligen Küste herbei, um endlich vereint zu sein. Welches Kind würde sich das nicht wünschen?

»Soll ich dir etwas Lustiges sagen?«, frage ich Johnny Bellusa. »Meine Mutter ist Vegetarierin, und ich liebe einen Metzger.«

Johnny lacht, und ich meine fast zu sehen, wie sich seine leicht gebeugten Schultern schütteln. Mickey rollt im Schlaf herum und wirft einen ausgestreckten Arm um meine Taille.

»Ich muss Schluss machen«, sage ich zu Johnny. »Aber ich wollte dich vorher noch etwas fragen.« Ich atme tief durch und sage dann: »Wusstest du, dass meine Mutter emotional gesehen ein bisschen ... na ja, labil war, damals, als du sie kanntest?«

Ich kann hören, wie mein wiedergefundener Vater ins Telefon seufzt. »Für mich war deine Mutter wie eine Prinzessin«, sagt er schließlich. »Sagen wir mal, wie Prinzessin Diana, die in das Leben eines Berufsschülers trat.« Er macht eine Pause. »In meinen Augen war sie immer perfekt.« Bei dem Wort *perfekt* wird seine Stimme brüchig.

Ich ziehe Mickeys Arm enger um meine Taille. »Ich würde das mit dem Essen gern nachholen«, sage ich schließlich zu Johnny.

»Jederzeit, meine Liebe«, erwidert er. »Wann immer du willst.«

Auf meinem Weg in die Küche, wo ich Kaffee aufsetzen will, komme ich an Pulkowski vorbei, der im Wohnzimmer auf dem Klappsofa schläft. Eines der malvenfarbenen Kissen bedeckt sein schlafendes Gesicht zur Hälfte. Ich betrachte ihn eine Weile, bis mir bewusst wird, dass ich im Moment nicht mehr als ihn brauche. Vielleicht packt es mich eines Tages und ich nehme einen Flieger, um irgendwo auf einer Brokkolifarm im Bundesstaat Washington nach meiner Mutter zu suchen. Doch heute bin ich glücklich damit, zu wissen, dass ich diese beiden schlafenden Männer in meinem Leben habe. Und ich hatte ja auch Helen, einen Segen, den ein Kind vielleicht erst im Rückblick wirklich schätzen kann.

Ich beuge mich über Pulkowski und küsse ihn auf die Stirn.

Er hat eine aufregende Woche hinter sich, auch in medizinischer Hinsicht. Die Untersuchungsergebnisse sind da: Er hat keinen Krebs mehr. Das Ironische daran ist, dass er nicht sicher ist, wofür er noch leben soll. Ja, diese Ironie: Da hat die Frau, die er verehrte, sich rührend um ihn gekümmert, aber auch ein Päckchen Zigaretten pro Tag geraucht. Jetzt ist sie fort, und er hat nur noch mich.

Natürlich hat er auch Mickey. Und Marcie. Selbst Sean kommt manchmal sonntagnachmittags vorbei, um mit ihm Karten zu spielen. Wir kommen zurecht. Es ist ein bisschen eng in der Wohnung, aber er wollte erst mal nicht allein bleiben. Jetzt kann er aber wieder zurück nach Hause, meint er.

Nach der Theateraufführung heute wollen Marcie und ich ihn rüberbringen, die Vorratsschränke mit Lebensmitteln füllen, ihm ein neues Fernsehheft kaufen und noch ein paar von Helens Wandschränken und Schubladen leer räumen. Wir werden ihm eine Liste mit Telefon- und Handynummern dalassen und überprüfen, ob auch genug Benzin im Auto ist. Es war seine Idee. Na ja, seine und Marcies. Sie hat seinen Gefrierschrank mit Fertiggerichten gefüllt, die für mehrere Wochen reichen. Und sie hat sich bereits Helens Kleiderschrank vorgenommen.

Auch für Eleanor ist heute ein aufregender Tag. Mrs Bingle, die Leiterin der Integrativen Theatergruppe, hat ihr eine tragende Rolle in dem Stück *Nicht ohne mich* gegeben, zweifelsohne wegen ihrer grandiosen Singstimme. Wir alle werden uns die Aufführung ansehen. Mickey kommt vom Save-Way herüber und bringt auch Milton mit. Sogar Marcie und Sean werden dabei sein, da sie beide am Wochenende frei haben und Eleanor ja ein Schützling von EPT ist.

In Momenten wie diesem vermisse ich Helen am meisten. Sie hätte Pulkowski einfach mitgeteilt, dass wir uns heute ein paar singende Einfaltspinsel anhören und sich ob dieser Aussage nicht im Geringsten geschämt.

Ich setze Kaffee auf und stelle drei Tassen auf den Tisch. Mickey hat mir ein neues Wägelchen für die Mikrowelle besorgt (genau genommen einen Metzgerblock auf Rollen), und jetzt sieht die Küche wieder viel wohnlicher aus. Wir werden Teddys Arbeitszimmer zu einem Gästezimmer umbauen, damit Pulkowski so oft kommen kann, wie er möchte. Es ist ja nicht so, dass er stört. Schließlich spricht er kaum.

Da ich die Erste bin, die aufgestanden ist, springe ich unter die Dusche. Während das warme Wasser über meinen angenehm schlanken Körper läuft, höre ich, wie die Glastür aufgeht und Mickey hereinkommt. »Hey«, sagt er und legt die Arme um mich. Er ist feucht, warm und pelzig – alles genau an den richtigen Stellen. »Hey«, sage auch ich, küsse ihn auf den Mund und schmecke die Seife. Seine Hand gleitet über meinen fast flachen Bauch. »Wir könnten aus dem Gästezimmer auch ein Kinderzimmer machen, weiß du«, sagt er. Ich habe ihm nie erzählt, dass ich immer gehofft hatte, Teddy würde das mal sagen. Wieder küsse ich ihn, diesmal schmecke ich Shampoo. »Jetzt, wo ich endlich dünn bin«, sage ich.

»Du warst immer schön«, sagt er. »Ich mag starkknochige Frauen.«

Metzgergesäusel. Immer geht es um Knochen und Fleisch.

Um zehn Uhr ist Mickey bereits fort. Pulkowski und ich fahren hinüber zu Eleanors betreuter Wohngruppe. Der Himmel ist mit schweren grauen Wolken verhangen, und man meint fast, den Schnee riechen zu können, der bald fallen wird. Pulkowski sieht scharf aus in dem schönen Hemd, das ich für ihn gebügelt habe. Ich habe den Kragen und die Manschetten gestärkt, genau wie Helen es getan hätte, und sogar die Knopfleiste. Wir fahren auf den bereits überfüllten, matschigen Parkplatz hinter Eleanors Haus und sehen zu, wie die Eltern der Bewohner und andere Familienangehörige Türen knallen und nach drinnen eilen. Manche von ihnen haben Blumen dabei, und einer trägt eine Flasche mit sprudelndem Traubensaft, die so verpackt ist, dass sie wie Champagner aussieht.

»Mr P.!«, hören wir jemanden rufen, und als wir uns umdrehen, läuft Marcie auf uns zu. Sie ist von Kopf bis Fuß von einem braunen Herrenmantel bedeckt, der zeltgroß ist und sich im Winterwind bläht. Sean folgt steif ein paar Schritte hinter ihr. Er trägt eine Wintermütze, die seinen Kopf wie ein Ei aussehen lässt.

Zu viert betreten wir eine Diele, die vollgestopft ist mit Stiefeln und Jacken. Von der Decke hängt ein riesiger Stern aus Pappmaché, und an Wänden und Fenstern kleben unzählige Papiersterne. NICHT OHNE MICH! hat jemand in runden Kreidebuchstaben auf ein großes Schild geschrieben. Eleanor kommt mit einem Lächeln auf den Lippen und stark geschminktem Gesicht auf uns zu. Was sie trägt, kann man am besten als Ballkleid bezeichnen. Es ist pfirsichfarben und hat mehr Schichten als eine Hochzeitstorte. Sie sieht aus wie eine Prinzessin. »Kommt hierher!«, ruft sie, wirft die Arme um mich und drückt mich an sich.

»Eleanor«, sage ich. »Möchtest du uns nicht begrüßen?«

»Ich bin der Star!«, sagt sie und lässt mich los. »Hallo.«

»Du bist *ganz* sicher der Star«, sage ich zu ihr und zupfe einen ihrer Puffärmel zurecht. »Und ein sehr hübscher obendrein.«

Ich stelle sie Pulkowski vor, der inmitten der Mischung aus geistig zurückgebliebener Durchgeknalltheit, Lampenfieber, aufgeregtem Rufen, laut brüllenden behinderten Schauspielern und ihren Familien selig lächelt und nur Augen für Marcie hat. Als ich Marcies Aufmachung sehe, weiß ich auch, warum er so gefesselt ist.

Sie sieht einfach perfekt aus in Helens gepunktetem Hemdblusenkleid. Der Gürtel aus Lackleder sitzt genau im selben Loch. Der Rock fällt in schmeichelnden, gepunkteten Falten über ihre schlanken Hüften. Das kleine weiße Spencerjäckchen hängt steif von ihren Schultern, die Dreiviertelärmel haben akkurate Bügelfalten.

»Das ist doch wohl das heißeste Outfit, das du in deinem ganzen Leben gesehen hast, oder?«, fragt sie.

Ich weiß nicht, ob ich diese, meine beste, verrückte Freundin erwürgen oder bei ihrem Anblick einfach nur in hysterisches Lachen ausbrechen soll. Ich entscheide mich für den Mittelweg und stehe mit offenem Mund in der Diele.

»Sie sieht entzückend aus«, flüstert Pulkowski.

»Und erst die Schuhe«, sagt Marcie. Sie schlägt die Hacken ihrer altmodischen Stöckelschuhe, die vorne offen sind, zusammen. Vermutlich hat Helen sie zu meiner Taufe getragen. Ihre Zehennägel sind rot lackiert. »Deine Mutter hat auch ein paar coole Hüte«, sagt sie. »Aber die schienen mir für heute zu sommerlich.«

»Ja, wir haben schließlich *Februar*«, gelingt es mir zu sagen.

»Ich hoffe, du hast sie mitgenommen«, sagt Pulkowski. »Die Hüte. Sie hätte gewollt, dass du sie bekommst.«

»Was für Hüte?«, ruft Eleanor, ergreift dann meine Hand und zieht mich zum Esszimmer.

Was für ein Anblick.

Die Wände sind mit alten Filmpostern von Rita Hayworth, Joan Crawford und Clark Gable bedeckt. Das größte Poster zeigt Fred Astaire und Ginger Rogers beim Tanzen. HOLLYWOOD HURRA! steht auf dem Banner, das in dem Zimmer aufgehängt ist. Auf dem Tisch liegen neben einer Vase mit gelben Rosen Marker und Namensschilder, die von den Gästen auszufüllen sind. In der Mitte der Tafel aber thront eine riesige, rechteckige Torte, die ohne Zweifel Eleanor gebacken hat.

Ganz ohne Zweifel. Nur Eleanor würde eine Torte mit einem Schuh dekorieren. Ich trete einen Schritt näher, um sicherzugehen, dass ich richtig gesehen habe. In dem leuchtend rosa Zuckerguss steckt ein silberner Tanzschuh. Der Schuh sieht nicht neu aus. Der ausgefranste Knöchelriemen hängt in die Glasur. Das scheint niemanden zu stören, oder die heutigen Gäste sind einfach zu höflich, um etwas zu sagen.

»Hier«, sagt Eleanor und hebt einige Lagen ihres Kleides an, um ihre eigenen silbernen Tanzschuhe vorzuführen. »Die gleichen Schuhe wie meine. Die sind nur für Tänzer. *Nur* für Tänzer.« Sie erhebt mahnend einen Zeigefinger.

»Die sehen hübsch aus«, sage ich. Dann deute ich auf die Torte. »Und wessen Schuh ist das?«

»Weiß ich doch nicht!«, ruft Eleanor laut, als wäre es vollkommen idiotisch, danach zu fragen.

Ich spüre Hände auf meinen Schultern und entdecke beim Umdrehen, dass Mickey hinter mir steht. »Bitte verlang nicht, dass ich die auch noch im SaveWay ausbilde«, flüstert er mir ins Ohr und starrt auf die rosa Torte.

»Beruhige dich«, sage ich und küsse ihn auf die Wange. Milton steht geknickt neben ihm. Er knetet sich so aufgeregt die Hände, als wäre er gerade Zeuge eines Mordes geworden. Es war sehr schwer für ihn, zu akzeptieren, dass Miss Plow bald Mrs Hamilton sein wird.

»Hallo, Milton«, sage ich und schüttele ihm ganz formell die Hand.

»Man kann doch keinen Schuh in eine Torte stecken«, sagt er ziemlich laut.

»Kann man wohl, wenn man Schauspieler ist«, korrigiert Eleanor ihn. »Und wer bist du?«

»Das ist Milton«, sage ich. »Milton, das ist Eleanor.«

»Ich bin der Star der Show«, erklärt Eleanor Milton. »Nicht ohne mich.«

»Ja, und mich hat mal ein Volvo angefahren«, sagt Milton.

Das scheint Eleanor zu verwirren.

Eine schlanke Frau in einem schwarzen Kleid, von der ich annehme, dass sie Mrs Bingle ist, ruft alle Schauspieler auf, sofort zu ihr in die Halle zu kommen. Das Esszimmer leert sich in Sekundenschnelle, zurück bleiben nur verblüffte Eltern und Gäste.

»Wer *war* dieses Mädchen?«, fragt Milton und folgt der Wolke aus pfirsichfarbenem Crêpe in Eleanors Windschatten mit dem Blick. Mrs Bingle erscheint erneut und fordert uns auf, umgehend unsere Plätze in der Halle einzunehmen.

Mickey stupst mich mit dem Ellbogen an, als wir nacheinander hineingehen. »Ist das der Beginn einer Romanze zwischen Milton und der Bäckerin?«

»Keine Ahnung«, erwidere ich. »Ich hab den Metzger abgekriegt.«

»Ich liebe deine Lenden«, sagt er und tätschelt mein seit Neustem schlankes Hinterteil.

»Schscht« zische ich ihm zu und lasse mich auf einem Klappstuhl zwischen ihm und Pulkowski nieder.

»Kann ich neben Miss Plow sitzen?«, fragt Milton und beugt sich vom Platz neben Mickey herüber.

»Nein«, sagt Mickey.

»Möchtest du gern neben mir sitzen?«, fragt Sean zu unser aller Überraschung.

»Nein«, sagt Milton, und Marcie bricht in schallendes Gelächter aus.

Eine ältere Frau in einem türkisblauen Pullover nimmt vorn im Raum hinter einem alten Klavier Platz. Zu einem lauten Akkord kommt die Integrative Theatergruppe hereingetanzt und fängt an zu singen.

Give my regards to Broadway!
Remember me to Herald Square!
Tell all the gang at Forty-second Street
That I will soon be there!

Eleanor steht vor den anderen und schmettert ihr Lied. Die anderen tanzen und singen hinter ihr und führen ihre ziemlich schwierige Choreographie besser vor, als ich das je gekonnt hätte. Sie werfen die Beine mit den glitzernden Tanzschuhen in die Höhe, als gäbe es kein Morgen.

Give my regards to old Broadway
And say that I'll be there e'er long!

Eleanor breitet die Arme aus wie Al Jolson. Ihr Rock wippt, ihre Augen strahlen, ihre Wangen sind röter als der Zuckerguss auf ihrer Torte. Pulkowski nimmt meine Hand in seine, und so sitzen wir da und sehen zu.

Nach der Aufführung essen wir alle von der Torte. Wir nehmen den silbernen Pumps heraus, bevor wir in die Glasur schneiden. Milton blickt traurig drein, als Mickey mir eine Tasse mit Früchtepunsch reicht.

»Miss Plow?«, fragt er. »Werde ich je eine Freundin wie Sie haben?«

»Du weißt doch«, raune ich ihm zu, »was für ein toller Kerl du bist. *Irgendeine* Frau wird kommen und sich dich unter den Nagel reißen.«

»Ich weiß, dass ich ein toller Kerl bin«, ruft er laut, als ich mich vorsichtig danach umsehe, ob uns irgendwelche Betreuer hören könnten, »aber ich bin auch ein bisschen *beschränkt.*«

»Wir sind alle ein bisschen beschränkt«, erinnere ich ihn, doch das scheint Milton nicht zu trösten. Ich drücke seinen Arm und sehe ihm geradewegs in die Schokoaugen. »Ich wünschte, ich könnte in die Zukunft sehen«, sage ich zu ihm. »Ich bin aber nur deine Betreuerin.«

»O nein«, erwidert er. »Sie sind nicht nur meine Betreuerin. Sie sind die Dame mit dem schönen Gesicht.«

Mickey und Milton müssen zurück in den SaveWay. Ich begleite sie zu Mickeys Wagen, ich, die Dame mit dem schönen Gesicht. Milton geht wie ein eifriger Roboter vor uns her. Ham hat ihm den Schlüssel gegeben, um das Auto aufzusperren, und er nimmt diese Aufgabe sehr ernst. Mickey und ich schlendern langsam hinterher und genießen es, kurz miteinander allein zu sein.

»Ich könnte uns heute Abend etwas kochen«, schlage ich vor. »Ich werde früh genug von meinem Vater zurückkommen.«

Es fällt noch kein Schnee, aber der Sturm scheint so nahe bevorzustehen, dass ein erwartungsvoller Schauer über meine Arme läuft. Wir gehen Hand in Hand über den Parkplatz und denken beide an die erste Nacht seit Wochen, die wir allein in der Wohnung verbringen werden.

»Ist dir nach etwas Bestimmtem zum Abendessen?«, frage ich.

»Nach dir«, sagt Mickey und drückt meine Hand.

Wir wussten ja bereits, dass er ein Fleischfresser ist.

»Erinnerst du dich noch an die netten roten Dessous, die du einmal für Marcie und Seanie vorgeführt hast?«

Ich nicke. Meine Wangen glühen so heiß, dass man Schnee damit schmelzen könnte.

»Warum ziehst du die nicht an, wenn ich nach Hause komme?«

Ich erwidere seinen Händedruck. »Warum nicht, Mr Ham?«, sage ich. »Warum tue ich das nicht?«

Als wir am Wagen ankommen, sitzt Milton bereits drin. Sein schönes, besorgtes Gesicht blickt durch das Fenster zu uns heraus. Ich drücke Hams Hand ein letztes Mal und lasse sie dann los. Sie werden zurück zum SaveWay fahren, und er wird Milton wieder zum Einpacken schicken. Ich fahre Pulkowski zurück in das Zuhause meiner Kindheit und fange mit Marcies Hilfe an, daraus einen Ort zu machen, an dem er wieder leben kann. Und während mein Großvater sich auf seine erste ganze Nacht allein vorbereitet, werde ich heute Abend in meine feuerwehrroten Dessous, die so knapp wie Gummibänder sitzen und ein Geschenk meines Exmannes sind, schlüpfen und mit einem Mann mit lustigen Koteletten schlafen, dem Mann, den zu lieben ich vielleicht geboren wurde.

Als ich zurück ins Esszimmer der Wohngruppe komme, entdecke ich Pulkowski, der es sich auf einem steiflehnigen Stuhl bequem gemacht hat und von Eleanor und ihren Mitbewohnern belagert wird. Manche von ihnen tragen noch immer die Theaterschminke. Die kleine grauhaarige Mitbewohnerin, die ich schon an Thanksgiving kennengelernt habe, tätschelt Pulkowski den Kopf und strahlt ihn an. »Er ist ja so süß!«, sagt sie immer und immer wieder. Pulkowski scheint das nichts auszumachen. Zum ersten Mal seit Wochen sehe ich ihn lächeln.

»Nehmen Sie etwas von der Torte mit!«, ruft Eleanor mir zu und eilt mit einem in Frischhaltefolie verpackten Pappteller herbei. In der Glasur ist ein eckiger Abdruck, dort, wo vorher der Absatz des Schuhs steckte. Ich danke Eleanor, nehme den Teller und sage ihr noch einmal, wie großartig ihr Auftritt war. Sie umarmt mich so fest, dass eine zartere Person Verletzungen davongetragen hätte. Doch ich habe starke Knochen und mein Herz ist übervoll, und selbst wenn Eleanor für den Rest ihres Lebens im Schlafanzug zur Arbeit erscheint, selbst, wenn sie gefeuert wird, kann ich doch nicht anders, als die außergewöhnliche Entwicklung dieses meines ganz speziellen Schützlings zu bemerken.

Ich setze Pulkowski ins Auto und stelle ihm die Torte auf die Knie. »Bereit?«, frage ich und lasse den Motor an. Er nickt und schenkt mir eins seiner berühmten Daddy-Lächeln.

»Marcie wird da sein, um uns zu helfen«, erinnere ich ihn. Wieder nickt er.

Eleanor winkt uns vom großen Panoramafenster aus zu, als wir den Parkplatz der Wohngruppe verlassen. Wir werden Helens Haus wieder in Besitz nehmen. Endlich fällt auch der Schnee. Braune Rasenflächen verschwinden unter einer dünnen weißen Schicht, so zart wie Spitze. Ich stelle Pulkowskis Lieblingssender im Radio ein, und wir lauschen

Peggy Lee, wie sie mit sinnlicher, starker Stimme und verführerischer Betonung »Fever« singt. Mein Großvater klopft sich im Rhythmus der Musik auf die Knie. Ich meine zu hören, wie Helen ihn ruft, lauter als Peggy Lee, und auch viel verführerischer. *Beweg dich her, Pulkowski, und hilf mir mal mit dem verfluchten Reißverschluss!* Der Schnee fällt weiter. Die Scheibenwischer quietschen. Pulkowskis Hand macht *tapp, tapp, tapp*. Wie sagte Helen doch einmal an einem weitaus weniger glücklichen Tag als dem heutigen zu mir? Das Leben ist nicht immer Klavierkonzert und Kalbskotelett. Aber wie es so ist im Leben: Genau in diesem ganz unspektakulären Moment finde ich meines einfach wunderbar.

Danksagung

Ich möchte mich bei meiner Agentin Sally Ryder Brady für die schier endlose Ermutigung und den unnachgiebigen Glauben an mich und mein Werk bedanken.

Es ist mir eine besondere Ehre, mit meiner Verlegerin Erin Brown zu arbeiten, die mir so viel beigebracht und mir ihre einzigartige Begeisterung für das geschriebene Wort eingeflößt hat.

Sehr dankbar bin ich Angela Gerst und Mike Scott, die jedes Wort dieses Romans gelesen und mich mit ihrer Weisheit und ihren Vorschlägen weitergebracht haben.

Ich danke euch, Donna und Martin Moore-Ede, weil euer Vertrauen mich immer angespornt hat. Und meinen großartigen Schriftstellerfreunden von der Two Bridges Writers' Group – euch gilt mein Dank für all die Unterstützung und Ermutigung.

Ich danke Melissa Mitchell und Elena Gonzalez für die sorgfältige Lektüre und Überarbeitung des ersten Entwurfs. Es ist schön, sich eine Welt vorzustellen, die voller solcher junger Menschen ist.

Danken möchte ich auch meiner Cousine Ellen Powers, die sich lange, bevor ein Verleger diesen Roman zu Gesicht bekam, erboten hat, mich für meine Lesungen einzukleiden, und auch meiner Cousine Marie Hautigan, selbst eine gute Schriftstellerin, deren Begeisterung für meine Arbeit mich jahrelang über Wasser gehalten hat.

Dank darüber hinaus an Judi DeCew, weil sie mit dem Stolz der großen Schwester meine Manuskripte immer und immer wieder gelesen hat.

Ich drücke meine beiden Schwestern Betty Barker und Josie Muccio – ihr macht mich unheimlich stolz auf die Mädels von Long Island.

Gesegnet seist du, Elayne King, du bist meine beste Freundin, und ich danke meinen beiden Müttern, Dot Fussa und Anita Berman, weil ihr immer wusstest, dass eure Tochter fähig ist, einen Roman zu schreiben.

Ich hätte im Leben nichts erreicht – weder in Wirklichkeit, noch in literarischer Hinsicht – ohne die Zuneigung meiner wunderbaren Familie.

Joe, Melissa und Ross: Ihr wisst ja gar nicht, wie sehr ich euch liebe.

Weltbild Buchverlag
–Originalausgaben–
Deutsche Erstausgabe 2008

Projektleitung: Bettina Spangler
Redaktion: Carmen Dollhäubl
Umschlag: Zeichenpool, München
Umschlagabbildung: Shutterstock
Satz: avak Publikationsdesign, München
Gesetzt aus der Sabon 10,5/12,5 pt
Druck und Bindung: CPI Moravia Books s.r.o., Pohorelice
Printed in the EU

ISBN 978-3-89897-999-3

2015 2014 2013 2012

Die letzte Jahreszahl gibt die aktuelle Ausgabe an